世界

我想
去寻找那些疑惑的、好奇的、通过思想来定义自我的人

反抗跟踪

与跟踪狂的700日斗争

ストーカーとの七〇〇日戦争

［日］内泽旬子 著

匡匡 译

浙江文艺出版社

STALKER TONO 700 NICHI SENSO by UCHIZAWA Junko
© 2019 UCHIZAWA Junko
All rights reserved.
Original Japanese edition published by Bungeishunju Ltd., Japan in 2019.
Chinese (in simplified character only) translation rights in PRC reserved by Zhejiang Literature and Art Publishing House, under the license granted by UCHIZAWA Junko, Japan arranged with Bungeishunju Ltd., Japan through Bardon Chinese Media Agency, Taiwan.

本书中文简体字版版权，浙江文艺出版社独家所有
版权合同登记号：图字：11-2020-055号

图书在版编目(CIP)数据

反抗跟踪：与跟踪狂的700日斗争／(日)内泽旬子著；匡匡译．—杭州：浙江文艺出版社，2023.1
 ISBN 978-7-5339-6898-4

Ⅰ.①反… Ⅱ.①内… ②匡… Ⅲ.①纪实文学–日本–现代 Ⅳ.①I313.55

中国版本图书馆CIP数据核字(2022)第112551号

图书策划	邵 劼		装帧设计	未 氓
责任编辑	邵 劼 徐 全		营销编辑	王莎惠
责任校对	陈 玲		数字编辑	姜梦冉 诸婧琦
责任印制	吴春娟			

反抗跟踪：与跟踪狂的700日斗争

[日]内泽旬子 著　匡匡 译

出版发行	浙江文艺出版社
地　址	杭州市体育场路347号
邮　编	310006
电　话	0571-85176953（总编办）
	0571-85152727（市场部）
制　版	浙江新华图文制作有限公司
印　刷	浙江超能印业有限公司
开　本	880毫米×1230毫米　1/32
字　数	267千字
印　张	12.25
插　页	1
版　次	2023年1月第1版
印　次	2023年1月第1次印刷
书　号	ISBN 978-7-5339-6898-4
定　价	59.00元

版权所有　侵权必究

目录

第一部

1 协商分手 / 003

2 前科 / 018

3 A 闯至小豆岛 / 030

4 报案书 / 042

5 供述书 / 053

6 逮捕 / 065

7 检察官 / 076

8 谈判和解 / 088

9 I 律师 / 99

10 条款交涉 / 110

11 释放 / 122

第二部

12 隐身 / 135

13 Line 消息 / 146

14 违反协议 / 158

15 M 律师 / 169

16 孤独的战斗 / 180

17 2ch 论坛 / 191

18 律师的论调 / 202

19 防身术 / 213

20 查证 IP 地址 / 224

21 一封长信 / 235

22 初次谢罪 / 245

23 加害者心理 / 257

24 小早川老师 / 267

第三部

25 手机定位 / 281

26 临床治疗的必要性 / 292

27 再逮捕 / 304

28 意见陈述・公审 / 316

29 判决 / 327

30 假释 / 338

31 没有终点的战斗 / 350

32 防患于未然，接受治疗 / 361

后记 / 382

第一部

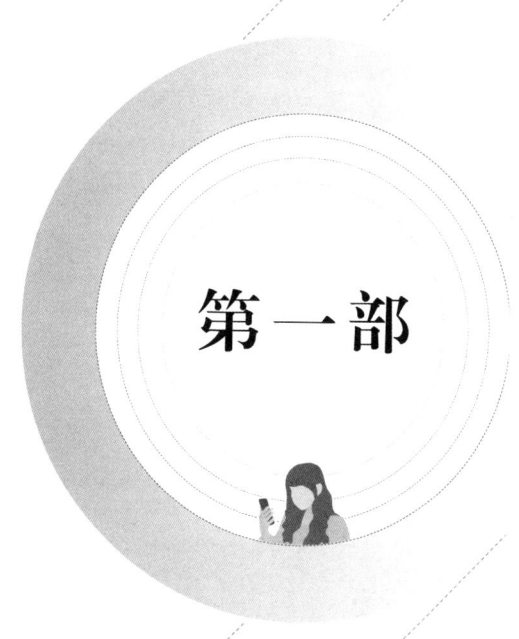

1
协商分手

还是报警求助吧。尽管我猜警察听了也不过是付之以冷笑,嗤之为"不外是情侣之间争风吃醋、吵架拌嘴而已",根本不会把我的申诉放在眼里。

事件的开端极为平常,始于人们司空见惯的男女纠纷。我打算跟交往中的对象分手。仅此而已。只不过略微有些操之过急。我这个人的脾气,只要一开始讨厌谁,就会态度陡变,连跟对方说句话都觉得没心情。未曾想到,正是这种草率,给自己惹来了巨大的麻烦。

2016年4月上旬,交往对象 A 提出要来我家玩,我以太忙为由拒绝了他。随后,电话便被此人打爆了。

2014年,我由东京移居至小豆岛①,除了偶尔出门与东京的出版

---

① 小豆岛,位于日本香川县高松市东北方的岛屿,是濑户内海中的第二大岛屿。为日本热门旅游度假岛屿。在香川县小豆郡行政区域之内。——编者注

社编辑见面沟通工作，日常就在望得见大海的家中，与一头雪白的山羊"KAYO"相伴度日。当时由于"KAYO"产崽，我的生活中刚刚增添了一名新成员，一只纯黑的小公羊"TAME"。平时，在照料小羊的间隙里，我不仅要给东京的出版社提供稿件与插绘，还考取了狩猎执照，针对小豆岛上野猪、野鹿造成的农害进行采访报道。从东京都内高昂房租的压力之下解脱出来，我每日眺望着濑户内海清新湛蓝的海面，在宽敞的家中从事着写作。喂养宠物羊，外加张罗大小家事，使我终日忙忙碌碌，尽管生活谈不上悠闲，却也能快乐地奔忙在山海之间。那天，我从岛上搭乘渡轮，花费一个小时来到了对岸的街市，一家高松的枪具店。

A君，居住在香川县下的某市，与我通过网络结识，交往了八个月左右。我去高松办事时，多半会与他见面。

当日，我曾多次回复讯息给他，告知说此刻正与人谈事，见面的话请稍后再说。结果他置若罔闻，接二连三发消息过来，声称无论如何想听听我的声音，总之听一听声音就可以，又一遍遍拨打我的手机。

这个男人，从交往之初起，对我说过的任何话，就从来听不进耳朵里。

"不管什么事，你老觉得自己最正确。"这是他数落我的口头禅。我嫌大动干戈的争论太麻烦，多数时候出于无奈会听从他的说辞，沉默不再表态的情况也愈来愈多。那段时期，我已彻底厌倦了与他的关系，正考虑设法与他保持距离，找机会提出分手。

但话说回来，在以往的相处当中，他倒从未做出过对我的工作与日常生活构成困扰的行为。最终，我办完事屈服地接起了电话，在此之前的三个多小时里（中途我切换了静音模式），手机的呼叫提示一刻也不曾停过。

原本整个2月期间，A都几乎未曾联系过我，理由不是工作不顺心，就是在接受抑郁症的心理治疗。我还以为与他的关系能够就此"自然消亡"。谁知进入3月，他竟重新"满血复活"，在其邀约下，我们见了几次面。这一来，他忽然像打了鸡血，提出想在小豆岛举办一场音乐节。既无资金又无人力，况且一个自称患有抑郁症的男人，如何能够操盘一项迫切需要协调沟通能力的音乐节筹办工作？与当地居民及各机构、部门的交涉，现场工作志愿者的招募，资金的筹集等，各种事务全都指望我去替他完成，这一点显而易见地摆在眼前。我不想卷进这摊麻烦，提议要办就在高松办，决定今后不再把这个男人约到岛上来。谁知方才下了决心，他便忽然要求上门来我家玩。莫非他那边也察觉到了什么？

然而，令我始料未及的是，仅仅拒绝了他来访的要求，事态便发展成被他这般穷追猛打的地步。当时我便莫名预感到，与他的关系将会变得十分棘手。在无法忍耐的厌烦情绪之上，一种前所未有的"恐怖感"瞬间袭来。我原本计划，假以时日、循序渐进地与他拉开距离，最终来一场面对面的深谈，在得到他的理解与同意后圆满分手。但接起电话的瞬间，我却恨不能尽早斩断与他的一切关联，遂在电话中直截了当地向他宣告了分手。

"我受够了。明明告诉过你别打电话过来，你还一遍一遍打个不停。和这样的男人交往，我办不到。咱们到此为止吧。"

"呃，什么？这样就分手了？你给我等一等！"

A当然无法接受，口气越来越激动，要求继续交往。作为我来说，所能做的，也唯有解释一下分手的理由，争取得到他的认可。不过，见面这事终归太可怕了。和A在高松见面，就意味着我要坐着他开的车四处走。在小豆岛以外，我的驾驶经验几乎为零。在高松市区内驾车，对我来说难度不小。况且就算我技术老练、得心应手，开车搭渡轮往返高松与小豆岛，也需花费近万元船资。倘若没什么太要紧的事，通常在高松市内活动，我都依靠步行或租用共享单车。假如办事地点太远，骑车多有不便，我会选择乘公交巴士或打车。不过多数时候，同我见面的男士会主动提出，在回程时顺便开车把我送到渡轮码头。可惜，出乎我意料的是，一旦我接受对方的美意，仅仅是坐上了副驾座，便总会遭到对方的误解，认为我"对他有意思"，这种状况屡屡发生。过去，我从未在日常出行主要依靠驾车的地方居住过，实在不懂如何控制这种人际距离。可怕。若是我坐上了A的副驾驶座位，会不会也被他认为，我对他仍然抱有好感？就算没有这种误解，谈分手的过程中万一话不投机，对方情绪冲动，采取过激行为的可能性也未必为零。与对方共乘一辆车，身处密闭空间之内，不知会被载到哪里去——这样的情况可免则免。我决定利用即时通讯软件Facebook的"站内信"功能，对他进行劝说。以往，我们之间也是用

Facebook 做日常联络的。

起初，A 只是一味道歉，对我抓住时机列举的一些"想要分手的理由""无法交往下去的理由"，统统采取认错态度，一再发邮件表示："全怪我，我会按你的要求去改正。"

过去交往中那些屡试无效的沟通，也不知算怎么回事。这陡然一变、全面投降的嘴脸，我只在书里面读到过：这和家暴男性对妻子拳打脚踢之后，瞬间换一副温柔态度、不停道歉的样子何其相似。这种套路，让我怎么考虑都觉得选择复合十分不妙。

A 和我的宠物羊"KAYO"做不到友好相处。对此，他也罗列了一大堆借口。

"你太宝贝这头羊了，我不敢伸手摸它。""要是它反抗起来，我怕自己忍不住打死它。"净是些不太正常的理由，甚至还越描越黑："没成年那会儿，我曾失手把动物打得半死，被送去教护院①管教过。可我是个热爱动物的人，原本也希望和'KAYO'好好相处的。"

什么跟什么嘛。讯息看得我眼前一黑。这番辩解，根本不能成其为理由。教护院的经历，也不知是真是假。不过，就算是瞎话吧，能编出这种瞎话，也足够瘆人了。

我希望立即断绝与他的关系，一刻也不宜迟误。

我向他表示"不管怎样道歉，无法挽回的关系，还是无法挽

---

① 教护院，日本问题儿童救助机构。现名为儿童自立支援设施。——编者注

回"。之后便不再回复他了。于是,他改为只在每天早晨用即时通讯软件 Line 发消息问候。只要我点过"已读"按键,他也不继续多说什么。这样的状态维持了十多天。

早安	已读
早安	已读
早安	已读
早安	已读

看到这样的手机画面,他难道不觉得无趣吗?然而,这或许也不失为通往"自然消亡"的一条路径。原本我还担心,万一他无休无止地打电话过来该如何应付,看目前这情形,似乎令人意外且轻松地就能结束关系。我放下心来,不再给每条早间问候点"已读"。差不多快要画上句号了吧。老实说,我连点个"已读"都嫌烦,甚至不乐意打开对话框。

不料,A 却发来一封内容长长的邮件,诉说自己之所以性格不够随和讨喜,说了许多对我造成伤害的话,可能是抑郁症导致。另外和其母亲健康状况欠佳也有关系。

啊啊啊啊啊,可见此人丝毫未曾死心!幸好每天只点了"已读"。但话说回来,A 把伤害我的行为悉数归为疾病所致,以此来逼迫我复合,简直令人作呕。与他交往的八个月期间,我无数次感到极度的心理不适,这个事实不会改变。再度与他交往的意愿?为零。有一次,我因照顾宠物羊而手指骨折,他却说:"骨头不可能断的,哪有那么严重。"跑到我家来住,却一点活儿也不干,连给我搭把手都没有过。当时他也推说:"大概是抑郁症的关系。"没办法,我只能回答:"是吗,请多保重。"此刻,他更把曾经的语言暴力,甚至给我的一切伤害,全部推到抑郁症上面。我只想说:"什么?鬼知道是真是假。"

对患有抑郁症的伴侣提供精神支持,仅限于过往两人之间建立了坚定而稳固的信赖关系的情况。我与A,交往仅八个月,且从第一个月起便争吵不休。种种沟通的尝试全部徒劳无功。认识到这一点,我才有了与他分手的念头。对这种人,我产生不了提供精神支持的想法。他那样肆无忌惮地伤害他人,究竟是什么情况?我无法按捺住心头涌起的怒火,给他回了讯息。

> 我已无法忍受由你带来的更多伤害,也做不到继续操心你、照顾你。麻烦去找一个结实任劳,可以将你所有的自私任性照单全收的女人吧。身在病中大概很辛苦,望多保重。请将这段话,当作我对你最后的回复。再见。

消息发出后,没过多久。

> 我绝不再伤害你了。也不会再提自私任性的要求。酒,我也戒了。保证这辈子再不沾一滴。我会彻底洗心革面。不管什么活

儿，我都愿意帮你干。我是真心喜欢你。

A又发来一条满是恳求的回信。实际上，那条讯息比我摘录在此的文字长三倍不止。好烦……我已厌倦与他这样一来一往，没完没了。况且此人的态度，也与以往的骄横自大反差强烈，实在令人感觉不适。

以前，我也有过类似于被人跟踪的经历，对这套死缠烂打的做法，或把自身意志强加于人的人，真的十分反感。倘若A企图继续接触我，我会向警察署的生活安全科寻求法律援助。

针对跟踪骚扰行为的一些保护性举措，主要由警察署生活安全科负责提供。若问不谙世事、缺乏社会经验的我为何会了解这些，是因为猎枪持有许可证的发放工作，也是由生活安全科负责的。2015至2016年间，因猎枪持有许可证的审核手续，我曾持续半年以上与生活安全科的各位警务人员进行面谈，或接受他们的来访，以及身份背景的问讯调查。当然，也曾前往香川县警察总署，参加相关规章的讲习与考试，并在射击场接受射击技能的培训。终于，历尽万难，我购置了一支二手的伯莱塔①上下两段式折叠霰弹枪，并在家中配置了专用的枪械柜，方才迎来了自己心心念念、朝思暮想的猎枪。为了办理手续、进行面谈，我多次往返小豆警署。对生活安全科的诸位警员，

---

① 伯莱塔，即皮埃特罗·伯莱塔有限公司，意大利知名枪械生产制造商。——编者注

虽谈不上全部认识，但至少半数以上都已面熟。

在小豆郡内，持有猎枪持有许可证的女性人数极其稀少。在我数次电话联络生活安全科的过程中，负责转接电话的警务人员曾把我和某位当事人搞混，问道："是××的跟踪狂案件吗？"听得我满是疑问，心想："原来生活安全科还兼作跟踪骚扰案件的法律咨询窗口。怪不得呢。小豆岛竟然设有针对跟踪狂的报警机制。提到这个，听说岛内未婚无业的'啃老族'数量挺不少的。别看居住人口才两万七千，恐怕存在各种各样复杂的问题呢。"与此同时，生活安全科也负责风俗店①、私家侦探社以及弹珠店②的营业执照发放业务。

话题回到我与A的日常消息往来。在这个时候，我还未认真打算向生活安全科寻求帮助。只是出于警告目的，想尝试对A使用"生活安全科"这样的字眼。谁知，这却是绝不可提起的禁忌之语。之前一直低声下气的A嘴脸骤变，恼羞成怒。

> 什么跟踪狂，什么报警，既然你这样由着性子信口开河，那恐怕跟岛上的朋友也散布了一堆关于我的坏话吧。Facebook软件也对我设置了"不可见"权限。要不然我也写写曝光日记好了。反正我也豁出去了。

"居然叫我跟踪狂？我可饶不了你！"A气急败坏地叫嚣，声称反

---

① 风俗店，日本一种提供性服务的会所。——编者注
② 弹珠店，日本一种经营小钢珠游戏且具有赌博性质的游戏店。——编者注

正已经再没什么可以失去的了，准备委托相识的写手，把我们交往的全过程悉数曝光，给我点颜色瞧瞧。甚至仅凭我在 Facebook 上曾给某位男性友人点赞，便一口咬定我与该男"有奸情"。

什么？一对单身中年男女的恋爱八卦，写成报道究竟有谁会读？他脑子怕不是有点问题吧。我思忖着，A 虽扬言要把房帏之事曝光出来，但恐怕并不具备唤起大众好奇心的写作能力。于是，我忍不住回复道："你愿意写就写个痛快好了。尽管我认为你这样做也于事无补。"从以往与他的对话推断，我不觉得他真的认识什么写手，况且面对此人卑鄙的恐吓，我也有种不愿屈服的心情。

如此一来，A 更狂躁了。扬言要把我的一位作家朋友罹患重病的消息爆料给《周刊文春》杂志社；还宣称要到小豆岛来，向我的朋友们揭发我这个人有多么冷酷残忍；甚至打算闯到他妄自判定的、我的"偷情对象"家里去大闹一场；更威胁说，他准备前往小豆警署，举报我这个人性格偏激而不具备持枪的资格，让警方吊销我的猎枪执照。继而他又提出，自己之所以患上抑郁症，都怪我平时总强迫他听我那些阴暗的牢骚和埋怨之言，他将提起诉讼，要求我支付精神损害赔偿金。我该如何应对才好？此人已经彻底疯了。

进入这段时期，我每日除睡眠时间以外，差不多每隔五分钟手机便会震动，收到 A 发来的消息。这太疯狂了。我改变了应对策略，向他道歉："严格来讲，我虽然并没有直接称呼你为'跟踪狂'，但的确用过这个字眼，这是我的不对。"我请求他，千万不要把朋友患病的事告诉别人。可不管我怎样劝说，他始终不听。我拼命安抚、开导,他却一口咬定绝不会原谅我。

我冷静地、尽量不触怒他地再三回讯息劝解,谨慎掂量着措辞,不暴露出自己内心的恐惧。可惜,尽管他一度表示接受了我的道歉,但说变卦就变卦,又叫嚣起来,"我非去岛上给你闹个天翻地覆",并承认真的给《周刊文春》杂志社打了爆料的电话。

事态越发令人感到毛骨悚然。我认为此人已丧失了正常思考的能力,说话前言不搭后语,逻辑也荒谬到极致,而他对此却无丝毫自觉。不过,话说回来,在骚扰人、恶心人方面,此人脑子却转得飞快,十分灵光。我愈是讨厌什么、忌讳什么,他愈是能直射靶心,直戳我的痛点。倘若我不予理睬,他便愤然道:"你敢无视我?"继而情绪越发狂躁,接二连三对我进行激烈的辱骂。

我回讯息表示:"你若想来岛上请尽管来,但不要冷不丁地贸然上门,望你事先通过发讯息取得联络,约好日子再来访;那些你计划要见的朋友,大家也都答应了,愿意同你见面聊一聊。"结果他回复道:"这可不是我们男人行事的方式。别瞧不起我们乡下人。我会到这些人家门口去蹲点,一直等到他们愿意见我为止,这才是男人的做派。"随后,他又勃然大怒,"你肯定到处去说我的坏话了吧?"他以讯息附件形式发来一张谷歌地图①的图片,声称已经跑到他妄自判定的、我的"偷情对象"的家里查探了一番。哇……

我连那位男性朋友家住何处都不知道,慌忙联络了对方,向对方

---

① 谷歌地图,美国网络搜索引擎公司谷歌(Google)提供给民众使用的电子地图。——编者注

说明情况,"实在不好意思……"结果朋友发来消息,说那个住址似乎属于另一个与他同名同姓的人。"我家的地址是×××,从社区来看完全不在同一个地方嘛。"据朋友讲,那个同名同姓的人与他非亲非故,两人也从未打过任何交道。啊……确实,小豆岛上同姓的人相当多。不,岂止小豆岛,各地皆是如此。这种情形在乡下司空见惯。但话说回来,我与那人虽说素不相识,人家毕竟是开门做生意的,假如真名实姓和家庭住址都被放到网上,未免也太危险了,真希望A能就此罢手……

至于猎枪执照的事,假如A去向警方胡说八道、刻意抹黑,对我恐怕也不太妙。再者,别说我的朋友了,A若是又闯到与我八竿子打不着、连认识都谈不上的人家去胡搅蛮缠,那就更难办了。我在心里逐条罗列着各种理由,终于联络了生活安全科。一位年纪最轻、前些天刚刚调任到此地的O警员接待了我。他也是为我办理猎枪执照最后手续的人。

果然不出所料。问讯室里,坐在对面的O警员脸上,显而易见有着几分困惑……不,确切地说是不耐烦的表情。嗯,想来也是。就算是身为当事人的我,也不乐意谈这些令人感到麻烦的破事啊。更何况,面谈的对象还是一名比我小二十来岁的年轻男性。但是话说回来,骚扰讯息终日不休,每晚我都惊恐到难以成眠,身体状况也愈来愈差,甚至哮喘开始发作。我必须赶在A跑来小豆岛、在小豆警署和各位友人家里大放厥词之前，先行一步将事态报告给警方。

我依照事情的来龙去脉，开始向O警员进行说明。起初满脸倦怠的警员，在听我说起"他要到岛上来"时，神色一凛。当我叙述到，"他把某个同名同姓的陌生人误当作我的熟人，执拗地认定对方是我的偷情对象，打算闯上门去闹事"时，O瞬间脸色一变，突然站起身。"抱歉，我离开一下。"丢下这句话，他便走出了问讯室。大概……是去找上司汇报请示了吧。

原来如此……只要你真的求助于警方，警方就会为你采取行动。这样的情景似乎在哪本书里读到过，警察的反应果真像书中描绘的一样……我漫不经心地想着。只要警方能稍稍严肃地看待此事，认真为我的安全考虑，我心里就踏实多了。

问讯室里忽然拥进了一堆人。"请告诉我们您交往对象的名字。"警员说道。我在纸上写下了A的全名。警员又询问A的住址，我也写在了纸上。年龄呢？嗯……好像四十三四岁吧。一名警员立即起身走了出去。是去检索档案了吧？

转眼间，那位警员便回来了，说我提供的住址显示查无此人。啊，怎么可能呢？

"内泽女士，您去过对方的家吗？"

"是的，去过一次。"

"那麻烦您确认一下，"警员哗地摊开一张ZENRIN①出版的巨幅

---

① ZENRIN，日本知名地图资讯调查、制作、销售公司。创立于1948年。——编者注

住宅地图,"请指出他家所在的方位。""嗯……嗯……在这儿,这里。对的,不会错。"我记得附近的一处公共建筑,所以比较有自信。那栋住宅旁边,以小字标记着一个陌生的名字。咦?我心里产生一种不祥的预感。

啊啊!想起来了。说来,此处应该是他的老家。他是和父母中的一方同住的。我记得他父母好像离婚了,所以该住宅标记的名字才和A的姓氏对不上吧?

又一位警员走了出去。接下来的时间,问讯室外逐渐骚动起来。隔着一条走廊,对面是刑事科与生活安全科所在的房间。走廊上响起不知何人吧嗒吧嗒急促跑动的脚步声。有人在发号施令,有人在怒喝,话语声此起彼伏。直至方才,四下里明明很安静,为何忽然吵闹成这样?问讯室内,全员皆默不作声,时间一点点缓缓流逝……

咣当一声,房门被猛然推开,身穿藏青色制服的警员手执一沓纸片走了进来,脸上露出我从未见过的神情。大约是刑事科的人吧?来人面无表情地瞥了我一眼,一面将手中的纸片递给生活安全科的警员,一面低声说了几句什么。不知何时,O警员已退至房间一隅,将主导权交到了上司T组长的手上。

"内泽女士,是这样的,接下来有样东西需要给您确认。您看看,和您交往的男性,是此人吗?"

上司T组长语调沉缓,一字一顿地说着,并递来一沓纸片。

生平头一回，我在人前凄声发出了惊叫。

眼前所见，是身穿派克大衣的 A，正面与侧面的胸位以上的半身照。此类照片，平日里在一些刑侦剧或美国联邦调查局题材的美剧中时常可以看到，即所谓的 Mugshot，是犯罪嫌疑人或罪犯被捕之后，由警方拍摄的司法登记照……不过，欧美的犯人照是站在身高标注墙前面拍摄的，而我看到的，则是白色背景。真没想到，我会在警局里看到自己前男友的照片。然而，这既非玩笑也不是什么恶作剧，而是如假包换的真实照片。我推测，它们是联系了警视厅或香川县警察总署，要么就是地方检察院或地方法院得来的。总之，是从某档案管理机构调出的资料，随后又使用专业光面相纸，从小豆警署的喷墨式打印机里打印出来的。更打击我的是，无论怎么打量，照片里的 A 都不像是未成年，而是近期的模样。可以断定，它们拍摄于最近五年，不，三年之内。也就是说，仅仅在不久以前，A 刚犯过什么事儿，他都干过什么呢，这个男人？

"是他本人没错吧？"

啊……没错。的确是 A。

"A 只是此人编造的化名。"

我简直要昏过去了，死命硬撑着。化……名？

那……那么，这人的，真名呢？

"根据《个人信息保护法》的规定，我们不能告诉您。"

啊……

2

前科

　　我感到头脑要炸裂了。大脑仿佛噼里啪啦碎成几瓣，原本便贫弱的紧急情况处理能力，渐已濒临所能应对的极限。这个我在网上结识并交往了八个月的男人，在我刚察觉情况有些不对劲时，提出要上门来，被我拒绝。紧接着，此人的骚扰电话便开始响个不停。在我与他就分手问题，通过即时通讯软件 Messenger① 反复沟通的过程中，他的态度由苦苦哀求忽而转为恼羞成怒，持续不断地向我发送恐吓信息。末了，竟扬言要将我的好友罹患重病的消息爆料给《周刊文春》杂志社，并声称要到小豆岛来，向警察诬告我，或上门骚扰我的朋友与熟人。而我仅仅是抱着试一试的心态，前往警局进行"法律咨询"而已。

　　哪知道，我曾经交往的男人，用的竟然是编造的化名，且判明具有犯罪前科！都到这份上了，警察甚至不告诉我此人究竟姓甚名谁，

---

① Messenger，为 Facebook 公司旗下的即时通讯软件。

这到底算哪门子破事?！别别，给我冷静。莫非……那张照片并非他在被逮捕归案的阶段所拍摄？也就是说，A或许只是暂时被警方扣留。这个嘛……比如说，参加游行或静坐之类的示威活动，一旦与警察发生冲突，也会遭到逮捕，不是吗？

"那么，内泽女士，您的枪目前保管在自己家中吗？"

枪……吗？比起我这个活生生的人，警察操心的首先是枪——我脑子里倒没有这种念头（但走笔的此刻再一回想，当时确实有点这样的想法）。那是当然的。假如A闯进我家，打开了枪械柜……万一发生这种情况，后果将不堪设想。据我所知，日本一向如此，只要哪里发生了恶性的由猎枪引起的犯罪事件，其后一年左右，全国范围内都会停止持枪许可证的发放。所有的持枪者，要一同背负"群体连带责任"。毕竟，许可证是经过一道又一道极为严格的审查，才终于发放下来的。

自己的猎枪用不了，固然令人不悦，但是，倘若因为我，殃及全国为了驱除有害鸟兽而不辞辛苦的申请者，连累大家的持枪许可证一并被停发，那可人罪过了。就算杀了我，我死后都不得超生。哪怕变成鬼，也要赔罪不休。这是我绝对不愿看到的。

庆幸的是，我那杆猎枪好歹是折叠款，与自动款比起来，它的组装方法更为复杂。说来惭愧，我自己至今对组装也还一知半解。如此高难度的操作，对未曾接受过培训的家伙来说，更是不可能完成的任务。再者，我起初就把它拆卸开来，一直以散置状态收在枪械柜里，枪栓也用锁链固定住了。A最后一次到我家来，大约是三个月之前，别说存放子弹的弹药库了，就连枪械柜摆在哪里应该也无从知晓。

此外，最为关键的是，我实际上刚从东京出差回来不久。日本政府规定，单身持枪人士若出差离家，事先须将所持枪支寄存至枪具店。出差归来，方一登岛，我便直奔小豆警署，而那杆猎枪目前仍寄放在岛外的某间枪具店里，尚未取回。

"请千万千万不要把枪带回家。"

当……当然啊！我拼命点头，同时不安之感犹如盛夏层叠的乱云，在胸中不停翻涌。想来A定是犯了相当严重的罪，曾经服过刑。警方连此人的真名都拒绝透露，自然更不会告诉我他是否有过前科。

"接下来呢，您需要提交一份援助申请书。可以做好110系统登录。然后，还可以租一只能够直拨警署的儿童简易手机。您看呢？"

110系统登录，确切来讲，就是在110紧急报警系统中事先做好登记备案。根据日本《反跟踪骚扰法》的规定，假如当事人用预先登记过的电话号码拨打110进行报警，其所在区域的警署，或紧急奔赴现场的警员，便可共享当事人登录的报案信息等必要的相关资料，顺利发布救援指令。

比如说，走在街头，察觉有人尾随，准备拨打110电话求助。假如以前从未打过，那么个人号码恐怕也未在系统中登记备案。电话拨通后，当事人必须从头至尾向警员陈述自己遭遇的状况。最常见的是，报警人惊慌失措的同时，还不得不向警员一一说明事由，这一过程中极可能陷入危险境地。最糟糕的情况是，甚至还会遭到杀害。

110系统备案，大概是依据以往犯罪现场的实际情形，而设立的辅助报警制度。假如报警人预先登记了个人号码，负责接警的工作人员就能立即调出此前的报案记录，以及加害者信息等。不管报警人如何惊慌失措，工作人员都能一定程度上察知其所身处的状况。赶赴现场的警员，也会收到受害者和加害者信息。这难能可贵的救助系统，令人心里万分踏实。我自然乐意之至。

顺便，我还租用了"受害者报警终端设备"，即一只儿童简易手机。不仅按下数字键"1"加"确定"键，便能拨出110，拉一下绳纽，防狼器还会响声大作。继而，通讯指挥室的110系统终端上，"受害者报警信号发送中"的字样便会不停闪烁。只要接警人员不按下"已处理"键，报警人的位置信息将会持续不断地发送至指挥室。

另外，据说只要长按"返回"键达两秒以上，便可取消防狼器的鸣叫声。也就是说，报警过程可以始终不被试图近身的加害者察觉，通讯指挥室的110系统终端画面上将持续有提示信号闪烁，直到接警人员按下"已处理"键。

嗯……这只儿童手机的操作，我能完全掌握吗？方法看似简单，但不到万不得已的紧要关头，上面无论哪个按钮都绝对不可碰触，否则便会拨通报警电话。我虽没有熟练使用的自信，但有它确实可以壮胆。我连同充电器一起，办理了租借手续。

接下来，警方进一步提出，希望掌握过往A发送给我的全部邮件与信息，将这些内容作为涉案资料记录在册。然而，谁也不了解该怎样打印手机画面。本来，只需将截屏图片以邮件方式发送给负责办案的某位警员即可，但往警署发邮件这件事本身是被禁止的。据说，为了防止针对政府网络服务器的黑客攻击，警署从系统设置上杜绝了与外部邮件的往来。没法子，只好由鉴证科的警员，把我的手机画面拍成照片作为存证。啊啊，难堪的内容接二连三暴露在他人的目光之下，虽说属于无奈之举，但我毕竟没有这种程度的心理准备，简直就像有谁拿起刨丝器，狠狠地在刨我的脑子。

警方交代我，今后切莫与加害者接触；社交软件上的交流也一概避免；倘若收到对方发送的含有"现在去找你""我要宰了你"之类字样的让我感到会有人身危险的恐吓邮件，须第一时间电话知会生活安全科；假如发现对方的身影或车子在周围出没，应立即拨打110报警；对方若是到小豆岛来，也要马上联络生活安全科。叮嘱完毕，便放我回家了。

我手头保留的文件显示，当日除了问询之外，我还应该向警方提交过一份意向书，即《针对跟踪骚扰及家暴行为的应对方案》。这是每一位前往警局寻求援助的受害人，都必须填写、签字并递交的一份材料。所谓意向，是指受害人在报案后，希望警方在应对时采取刑事手段，还是行政手段（即依据《反跟踪骚扰法》向加害人出具警告信），抑或受害人目前尚未下定决心，总之会有三个选项，受害人在自身情况对应的选项前画圈即可。印象中，警方确实让我在一张类似问卷的调查表上画过圈，至于具体选了哪一项，我已经忘干净了。在警署里，一张前男友的司法登记照片不仅摆在我的眼前，更可怕的是，此人还一直对我使用伪造的化名，一连串的打击如五雷轰顶。本来嘛，我到警署求助，并没抱着让警察把 A 抓起来的企图。目的不过是在 A 四处散布谣言、酿成骚乱前向警方提前做个报备。只要警方能对 A 发出警告，在我看来已属幸运。

走出警署，天已漆黑。也不知我在里面待了几个小时。

出了这么大的事，回家之前，有个地方我得先去一趟。那就是 B 女士的家。自从我搬家到小豆岛以来，她就像亲戚一样关照我。B 这个人，着实有种不可思议的魅力，尽管她自己也刚迁居岛上不久，却很受一群年轻人（主要是外来住民）的欢迎。在小豆岛上，除了 B 以外，还有一大群三四十岁的外来住民，他们既擅长交流，又具有执行力，共同建立起一个社交圈，时常举办音乐节之类的各种文化活动。

我刚和 A 开始交往那会儿，就向他提到过这个话题，好几次想把以 B 女士为首的岛内友人介绍给他认识。而每一次，都遭到了 A 强硬的拒绝。我心想，"那就算了吧"，遂放弃了这个想法。哪知到了今天，A 却三番五次吵着要去 B 女士家骚扰，扬言要向 B 揭穿我丑恶的真面目。大概企图破坏我的人际关系或职业发展吧。真不知他的脑子里怎么会有如此卑鄙的念头。

假如 A 闯到小豆岛来，而我也姑且相信，他那些恐吓句句是来真格的，那么，他的目标肯定不会是我家，而是 B 女士家，以及前文提到的那位与我素不相识、被他妄自判定为我的"偷情对象"的陌生人家。来我家闹事固然令人讨厌，但一想到，他跑到毫不相干的人家去胡作非为，我的胃就更痛了。我把情况择要向 B 做了简略的陈述。

"嗯,好的。A要是来我家,我就见见他。不碍事。"

别呀,您愿意和A谈谈,我感激不尽。可对这种人,还是避之大吉吧?

"可我也没处去躲啊。你完全不必担心。我会试着和A君聊聊看。以往我也照顾过不少年轻人,帮助他们做心理疏导,其中不乏具有危险倾向的,或精神有异常的人。"

我了解B女士的为人。毕竟在我过往的人生中,也得到过她许多的帮助与鼓励。但这次的情况太过危险。对方是个与B素未谋面的陌生男性。

"反正,我只能先会会他,再见机行事喽。倒是旬子你,最好找个地方先躲一躲。"

是啊。A在发给我的讯息里称明天他要到岛上来。我推测他今晚不可能行动。哦,就算他要来,最后一班渡轮估计也早就出发了吧。对了,还有高速艇。但就算高速艇有深夜的班次,不驾车一起登岛,到了岛内交通也成问题。遇到这种意外状况,就体现出岛居的优越性来。我打算明天一早便躲出去。

回到家里,我立刻打开手机,给寄养小羊"KAYO"的朋友打了个电话。原本我出差归来就该去他家把"KAYO"接回来的,现在只好再继续寄养一段时日了。我担心的是,A知道我常把"KAYO"托付给这位朋友,要是他闯进我家,发现小羊不在,该不会找到朋友家里去吧?我一担心起来,就没完没了。

"哎呀,内泽,看来那家伙迷上你了呢。(笑)我这边完全没问题啊。他要是敢到我家来搞三搞四,我就抡开膀子收拾他,应该不会有事吧?"

我这位朋友,对自己的武力值相当自信,此刻他定然兴奋得两眼放光,这一点从声音就听得出来。只不过,动手嘛……我可说不好会不会有事……还是请您报警吧。真对不住您啦。我猜对方只想给我捅点娄子,估计不会在您那里胡来的。

但话说回来,其实有一点我未向朋友透露。我最为担心的,是 A 会不会对我深爱的"KAYO"下毒手。我总不能为了守护小羊,跑到朋友家里去站岗,更不能带着羊一起避难。幸好,若想去到此刻拴羊的地方,必须先爬上一道相当陡的斜坡,A 平时不爱运动,也没什么体力,四处转悠寻找羊的下落,这事他办不办得到,还挺难说。

"KAYO"打一开始便十分憎恶 A。尽管它本不属于性情温顺的乖巧动物,但我第一次带 A 回家,让他俩见面时,"KAYO"便死命低下头,用犄角笔直地去刺 A。还扬起前蹄,后腿站立,摆出比威吓更为激烈的战斗姿态。我听说,在国外有山羊从背后袭击人,导致该人肾脏被刺穿而身亡的事例。从"KAYO"当时的姿态可以看出,只要 A 胆敢靠近,它当真会用犄角刺过去。这种姿态,不止对我,对任何人它都没采用过。甚至,有时对某些人,它还会温驯地垂下头,任对方随意抚摸。

我让 A 和"KAYO"见过面后,便走进屋内。忽然,从面向庭院的那扇窗子传来"哧啦"一声巨响,吓得我赶紧去看,发现"KAYO"把纱窗顶了个大窟窿,正摇摇晃晃站在廊下。当时,我以为"KAYO"大概是嫉妒吧,到底是个爱撒娇争宠的小家伙啊。

实际上,"KAYO"浑身都散发出一个讯息——"这个男人太危险,别把他带到家里来!""KAYO"啊……我好想它,真希望马上见到它。

A 提到他少年时期曾虐待过动物,此话不知是真是假。有谁会因为残害动物,而被送进少管所吗?哦,在 A 发来的消息中,他的原话不是"少管所",而是"教护院"。所谓教护院,和生活安全科一样,都属于特别耳生的词,如非实际与之有交集的人,嘴里很难冒出这种说法。他若是吹牛装大尾巴狼,那使用"少管所"或"少鉴所"① 的概率应该更高。我听说他曾是不良少年,至于不良到何种程度,谁知道呢。假如一切都是他为了吓唬我而故弄玄虚,那该多好。

A 抱怨"KAYO"一点也不可爱,自那以后连靠近它都不愿意。那段时间,我与"KAYO"一起度过的时间比较多,A 无法与"KAYO"和平相处,无奈之下,这也成了我不再邀请他到家里来的理由之一。

翌日早晨,我带上工作用具和换洗衣物,来到了避难的地方。归置好行李后,我立刻打开电脑,翻查往日的邮件。书评约稿……没

---

① 少鉴所,全称"少年鉴别所",指将家庭或法院送来的少年收容之后,根据医学及心理学等专业知识,对其身心状况和性格特质进行分析、鉴别的日本国家机构。——译者注

错，是这封。过去，《周刊文春》的编辑部曾邀请过我撰写书评。虽极不情愿，我还是给编辑部拨去了电话，想打听一下 A 是否真给《周刊文春》爆过料。话虽如此，我却不能道出具体的事由，以致语焉不详，连自己都觉得自己莫名其妙，最后被对方一口回绝，称"此类垂询，恕难奉告"。唉，也是呢。再坚持追问下去，对方会认为我这人不太正常。不，恐怕已经这么认为了。在 A 的讯息攻击之下，我的心理状态也慢慢变得奇怪起来。

迫不得已，我接着在社交网站 Twitter 上给内田春菊老师发送了一条站内私信："真的万分抱歉。实际上，我这边出了这样一件事……"我前文提到的"罹患重病的友人"，便是内田春菊。此事过去后的 2018 年 1 月，内田老师通过文化社出版了一部漫画，名为《抗癌的我》①，公开了她自己与病魔抗争的经历。但在我去信的当时，她尚处于手术前后身体状况十分不稳定的时期，别说体力尚未恢复，心理想必也起起伏伏，尚未平静。假如把她卷进这堆破事当中，我真不知怎样谢罪才好。况且，患病的消息由自己公布，和被某人擅作主张地曝光出来，遭受大众的揶揄调侃，感受岂止是天差地别，不，简直是天穹与海沟的差别。

内田老师给我的回信，第一句便是："内泽小姐，你身体方面没有受到什么伤害吧？"

---

① 《抗癌的我》，日本原名为《がんまんが》，该书名具有融合"がんまん"（患癌的人）与"まんが"（漫画）两个词的双重含义。内容讲述了作者罹患大肠癌期间，与癌症对抗的日常。——译者注

多么温柔贴心的人啊!我差点飙出眼泪。

"大家都是出版人,对吧?不会有谁不经采访就乱写文章的。"

话虽如此,万一有记者跑去采访内田老师,岂不是十分困扰?在您与病魔抗争的艰难时期,给您添这样的麻烦,实在太抱歉了。A 的行为,我绝对不会原谅!

"真要是有采访意向,编辑部肯定会正式联络我的。再说了,我也没干什么见不得人的丑事。看来此人被甩之后,相当不甘心呢。他也是个可怜之人。你要加油哦,尽量争取警方的保护。"

可惜,再怎么努力争取警方的保护,他们最多也只能惩治违法行为,而 A 对我的恨意与执念,却无从消除。如果不采取有效的措施,他的骚扰岂非将一直持续?这种事想想就令人忧郁。我去报警的事,假若过后被他得知,恐怕对我会更加恨之入骨。然而,事到如今,既然已经见过他的司法登记照,也得知他对我一直使用假名字隐瞒过去,再考虑断绝与警方的联系,看来也难。如此一来,A 绝不会做出过激举动的保证,以及两人间最基本的信赖(说来惭愧,尽管以往就少得可怜),此刻也一口气消失殆尽了。不过,假如 A 能遵从我的意愿,不搞突然袭击闯到我朋友家里去,能事先跟我打个招呼,约一下时间的话,那就万幸了……

午后,A 又发来消息。他已经到小豆岛了。

我已经到××家附近了（即 A 妄自认定的"我的偷情对象"，实际上是位同名同姓的陌生人）。地图上写的住址不太清楚。具体在哪一户，你告诉我。

3

A 闯至小豆岛

警方叮嘱过我，不要回复 A 的信息。我犹豫了一瞬，随即决定尽到应尽的礼节。

为什么事先不打招呼，突然跑到小豆岛来四处打探呢？未免太失礼了吧？

回复完这句话，我便立刻通知了小豆警署。在过往与 A 的交流中，我只提过一句"会向警方寻求援助"，他便大为恼火。自那以后，我吓得连半个警字都不敢说出口。今日的回复讯息中，我也只声明说："我与你所有的往来信息，皆已记录在案。"

倘若他在毫无预警的情况下被警方拘捕，极有可能会认为是我要了他，而气到发狂。我明明告诉过他，若想到小豆岛见我的朋友，请提前预约，而他对我的请求竟置若罔闻（因此我才通报了警方）。这一点，我希望至少给他一个明确的提醒。

不到一个小时，小豆警署便打来电话，说已将 A 拘捕。好神速。啊……可见 A 果真到小豆岛来了，而且事先不打招呼，搞突然袭击。这种行为何其荒唐愚蠢。

内泽女士，您能立即到小豆警署来一趟吗？此刻，A 正在本署接受讯问。我们会做好安排，保证绝不让他与您碰面。停车场那边，也会给您安排最靠内侧的车位，不会被他察觉。出于谨慎，您到达警署前，请再度通过电话联系我们一下。

小豆警署位于小豆岛的旧内海町。内海町盛产酱油，自小豆警署沿国道向东驱车行驶一小段距离，便有酱油的香气扑鼻而来。我驾车来到小豆警署近邻的一家 7-11 便利店，在门外的停车场里熄了火，给警署拨了一通电话。一位刑警走了出来，引导我把车开进警署区域内。小豆警署不知为何与香川县产业技术中心发酵食品研究所共享一块用地。

警员们也隶属"香川县警"编制。来到小豆岛任职的警员，都是县公务员。

每次我来警署办事，总会把车停在发酵食品研究所和小豆警署的正中间位置。尽管我只是来办理持枪许可证的，但出入警署这件事本身，我有点不太愿意被岛上的人看见。我的车子颜色比较醒目。不，就算颜色并不醒目，在乡下地方，好多人都极擅长识别车种，且拥有出色的动态视力，同时热爱传播八卦。

这次，刑警引导我将车子停在了警署办公楼的背后。如此体恤，实在感激不尽。回到警署正门时，我望见 A 的厢式面包车就停在大门旁。连瞄一眼，我都感到战栗。不，且慢。把 A 的车牌号抄下来会不会好一点？说不定日后，会在一段漫长的时期里与他对抗、周旋。假如走在高松市内，须得时刻保持警惕。A 知道我常去高松上瑜伽课，他若是想蹲守在哪里伏击我，轻轻松松就能实现。

此刻，我如果请示眼前这位刑警，可不可以抄下 A 的车牌号，恐怕他不会同意。况且刑警就在身边，我也拿不出勇气果断把车牌号抄下来。可是，要行动只能趁现在啊。只有现在。

我被领进问讯室，刑警走了出去，等候的片刻工夫里，我给住在小豆警署附近的一位朋友发了一条短信。

真不好意思。一生仅此一次的重大请求！实际上，说来话长，容后再表……能否麻烦您把停在小豆警署门外那辆××色厢式面包车的车牌，拍张照片发给我？拜托了。m（——）m

诶？咦咦咦咦……了解！内泽，你不要紧吧？好紧张哦，不过我试试看。惊呆。(｀·ω·´)

跪谢——！_(._.)_

吁……

那位刑警回到了问讯室。

"此刻在别的楼层,我们正对 A 进行问讯。A 声称,他来小豆岛并不是为了见您,而是要见 B 女士。他十分坚持,说无论如何也要见到 B,否则绝不回去。至于这位 B 女士,她是……"

什么……这个脑子有病的混蛋,真叫人无语。B 是我还住在东京的时候,就已开始交往的老友。在小豆岛上,她时常关照我,待我犹如亲人。之前,我曾好几次试图介绍 B 给 A 认识,都遭到了 A 的拒绝,所以他们二人从未见过面。时至今日,A 为何忽然非要见 B 一面不可?简直莫名其妙。老实说,我觉得这事挺瘆人的,让人特别不舒服。

"A 吵着死活要见 B 女士,怎么劝说都听不进去。对我们警员,态度也很抗拒,实在难搞。您看怎么办好呢?"

A 跑到小豆岛四处打探,想要搜寻我的"偷情对象"家住哪里(他妄自认定对方是我的偷情对象,且实际骚扰的只是个同名同姓的陌生人),结果冷不防被警方拘捕,并被教育训诫,看样子他越发狂怒不已。啊啊……看来此人对自己的恶劣行径,全无丝毫自觉,只任凭怒气翻滚沸腾,并且冲警察大肆宣泄。真是差劲到家了。

至少,他来之前若能好好和我打声招呼,我大概也不会联络警方。但是话说回来,这事如果换作 B 女士,以她那种擅长照顾安抚年轻人的性格,对 A 的怒气恐怕会全盘予以谅解。北风无法征服的,就交给太阳。假如 A 能冷静下来,态度平和地与我把关系切割清楚,两厢再无瓜葛,那敢情也挺好。不过,万一 A 对 B 做出什么伤害行为,那就麻烦了。怎么办好呢？我打电话征求 B 女士的意见，结果 B 回答："我见见他。"于是，警方就会面一事做了联络与安排。

"首先第一步，今晚会有两名刑警押送 A 至草壁港①，监督他乘坐最后一班高速艇离开小豆岛，返回他的住处。至于他的车，就暂且扣押在小豆警署停车场。"

原来如此。不知警方联络与他同住的母亲了没有？对方会到高松港来接他吗？总之，只要被押离本岛，他就无法再做出任何危害行为了。这是岛居生活才会有的安全感。

"然后，我们邀请了 B 女士明天到警署来，让他们二人在这里见面谈一谈。"

好的。这很合理。假如让 A 到 B 的家里去，我会很担心。感谢警方的安排。

"而且，我们还勒令他当着我们的面，删掉了与您的 Messenger 联系的账号，并要求他立下保证，今后一概不给您发送任何消息。然后呢，内泽女士，针对您这个案子，我们内部也反复研究过了，对方经由 Messenger 与您进行的联系呢……假如对话内容是以邮件形式发送的，按规定，可以适用《反跟踪骚扰法》，而通过聊天软件发送的骚扰信息……法律是没法处罚的。"

诶？什么意思？

"Messenger 不是设有群聊功能吗？所以，经由社交软件产生的，

---

① 草壁港，日本小豆岛岛屿南侧港口。——编者注

类似您这种对话记录，在《通信法》中都不被认定为一对一的沟通行为。"

什么嘛，我和 A 之间明明是一对一的对话啊，岂有此理！对方肆无忌惮地对我诋毁诽谤、恶语相向，这样的行为竟然算不上骚扰。而同样的污言秽语，如果是通过邮件形式发给我的，便足以判定为骚扰。简直难以置信。

本案发生的时间，是在 2016 年 4 月。《反跟踪骚扰法》在那之后经过修订，于翌年的 6 月开始实施，通过社交软件产生的"纠缠"等，也被涵盖在"骚扰行为"的认定范围之中。然而，法律的适用不可溯及既往，当我听说《反跟踪骚扰法》重新修订的消息时，那份懊恼与不甘，至今仍记忆犹新。

"是啊，以目前的法律，对这种情况还无法给予制裁。等将来法律修订完善，我想，社交软件上的骚扰行为也会入刑的。我方认为，针对本次事件，可以恐吓罪的名义将其案件化。"

案件化？

"警方将证据收集完毕后，提呈给检方审理。为了避免检方以非刑事案件为由将本案驳回，我们必须充分做好证据的搜集与整理。这样一来，由警方递交、检方发起诉讼的案件，最终 99% 都会得到有罪判决。因此呢，在取证环节，决不能出现任何错误或模棱两可、含混不清的地方。"

哦……这不就是刑侦小说或罪案剧里的常用桥段嘛，所谓"有罪率 99% 的壁垒"。在如今的司法界，冤案的危险性得到了充分的重视与讨论。警方为了将手头的案子成功"案件化",会在各个环节反复进行严谨的取证调查。怪不得。嗯,也就是说,警方希望切实掌握 A 从事违法行为的证据,将其逮捕归案,绳之以法?从我的立场来说,自然巴不得警方能尽快采取措施,扼制事态发展,至于最终是否希望判 A 有罪,将其逮捕,我心里也没个准主意。不过话说回来,当我得知社交软件上的骚扰信息也许不属于《反跟踪骚扰法》的适用范畴时,还是感觉遭受了十分不公正的对待。

"所以呢,看了您和 A 在 Messenger 上的对话记录后,我们进行了充分的商讨。警方的意见是以恐吓罪立案。不过呢,内泽女士,麻烦就麻烦在您这里,从对话记录来看,您似乎显得不怎么害怕嘛……"

啥?为了让对方冷静下来、恢复常态,我竭尽所能,拼命抑制着内心的恐惧与厌恶,忍耐再忍耐,绞尽脑汁地考虑该如何回复,才能让他意识到继续胡搅蛮缠下去并非明智之举,从而放弃对我的骚扰。我极力劝说,小心翼翼写下的回复,竟被警方如此误解吗?我怎么可能不害怕!

少开玩笑了!即使没有痛哭流涕,或表现出饱受惊吓的模样,恐惧依然是恐惧,不快依然是不快,受害者的感受并不会改变。我自儿时起,就是个爱哭鬼兼胆小鬼,稍有一点不顺心便哭鼻子,三天两头遭到父母老师的嫌弃与呵斥。慢慢地,我被灌输了"哭泣和胆怯是可恶的行为"这一观念。再后来,即使遇到糟糕的事,或听到什么可怕的话语，我也不再流泪或表露出畏怯之色了。难道说，我大错特错了？按照警方的说法，面对危险的状况，倘若不明确喊出"我好怕"，就无法构成"当事人感到畏惧"的证据。何其荒谬。这岂不是俗话所说的"忍一时，吃亏；退一步，倒霉"吗？

A已大肆宣称，要将床帏间的私事一股脑儿曝光出来，这样的做法，竟会被检方以"受害人未表露出恐惧情绪"为由，驳回恐吓罪的起诉？会有这种可能？这算什么嘛。不管是谁，接收到这么一堆令人作呕的文字，内心也不可能平静吧？难道说，为了便于今后向对方兴师问罪，从一开始就必须做出夸张的反应？

再说了，对方威胁要把交往中两人性爱的细节曝光出来，如此充满了猥琐描写的内容，却被作为第三方的男性警员一览无余，这一过程本身就已令我相当困扰了，羞愤到恨不能咬舌自尽。这样的体验，足以称作"二次强奸"了吧。可惜，事已至此，也无法再提出把案子转交给女性警员来处理了。无奈之下，我才强按下心头的不快，表现出一脸淡定漠然之色。然而，警方却说我身为受害人表现得过于镇定，恐难将对方治罪，那我又该作何反应呢？

每当与刑警四目相对，我都会心里一沉，不知他是否在暗暗讥笑我和那个男人竟有这般火热的性爱。"都一把年纪的老阿姨了，到底在搞什么名堂嘛！"每个阅读对话记录的警员，心里就算有这种念头，大概也不足为奇。大家只是尽量不把想法写在脸上、挂在嘴上而已。值得感谢。感激涕零。当然了，我很清楚，警员们也不是出于个人兴趣才读的。况且他们也在竭尽全力地商讨，该如何针对A的恶劣行径给以应有的处罚。但是，清楚归清楚……

见我板着脸一言不发，刑警继续说道：

"恐吓罪虽不属于亲告罪，但仍需要受害人提交一份报案书。警方在受理之后，才能告知您加害人的真实姓名。"

哦，这样啊……只有真实姓名……吗？至于该男子是否有犯罪前科，是不会告诉我的。我自己设法检索的话，不晓得能查出什么来。如果A犯过杀人之类的重罪，没准儿能搜到相关的新闻报道吧。对于我来说，比起A的真名实姓啥的，更希望知道他对我隐瞒至今，且警方也一直秘而不宣的犯罪前科或被捕经历。

"内泽女士，您和此人最早是怎么认识的呢？"

我回答说："是在一个叫'雅虎伴侣'的婚恋交友网络平台上。"刑警闻言，脸色一沉。好吧好吧，警官先生，我知道您想说什么。

我听说这个平台还算比较正规，所以才注册的。注册的时候，据说需要实名的身份验证。不过看情形，A用化名似乎也蒙混过关了呢。

"也就是说，这是一个以婚恋为目的的社交网站，对吧？"

啊，是的。我嘴上应和着，心里却已翻江倒海。

什么……求您饶了我吧。听您这口气，世间男女的社交选择仅限两种：要么是"约炮"，即以解决性需求为目的；要么是"奔现"，即冲着结婚而去的交友，人们必须从中二选一，非此即彼。而像我这样的中年离婚妇女，既不以上床为目的，也不打算搞婚外恋，更不以结婚为前提，只希望本着诚意找个交往对象，就不可以吗？

本人有正当职业，有足够满足个人开销的收入，同时保有租金低廉、不致造成经济之忧的舒适居所，且刚刚过了适宜生育的年龄，谁能告诉我，本人有什么理由非结婚不可？

什么户籍改姓①、家务的争执推诿……男女间这些麻烦的破事，不到万不得已，我绝不想重新经历一遍。况且，到了我们这种年纪，有时还背负着双亲的养老问题。感到寂寞了，想找人说说话了，就跟谁约约会，在外面喝点小酒、美餐一顿，这样程度的交往，分寸刚刚好。而在网上找个这样的约会对象，就那么不可思议吗？

"话虽如此，可是内泽女士，像您这样的女性，选择和 A 那种人交往，就从不觉得奇怪吗？不认为他可疑吗？稍微交谈几句，还察觉不到此人有问题吗？"

哎呀……刑警先生，在我们媒体界，什么自由撰稿人啊、作家啊、新闻记者之类的，不论男女，净是些想法异于常人的怪人。金钱观念非同寻常的家伙也数不胜数。比如，想到战地最前线去拍摄采访的，为了写书跑到缅甸边境、深入金三角腹地帮人家种植罂粟的……我的朋友里就是有这类不走寻常路的"奇葩"——一番话涌到嗓子

---

① 户籍改姓，即日本《民法》与《户籍法》规定同一户籍的夫妻须使用相同姓氏。因此婚后妻子一方会改变姓氏，冠以夫姓，以组成夫妻同姓的一户家庭。——编者注

眼,又被我咕咚一下咽了回去。不不,像作家高野秀行①,已经属于同行友人中比较正常的那一类了。而那些想法更加奇特的朋友,没准儿会捧腹笑到满地打滚,一致拿我开玩笑:"内泽,你让男人给骗了吗?咋这么缺心眼啊,哈哈哈……"想到那帮家伙乐不可支的模样,我就感到不快。

刑警的面色更加凝重。

"这么说来,A有没有对您使用过暴力,或开口向您索要过金钱?您有没有借出过大笔钱款给他?"

那倒没有。仅有一次,他发消息过来,要我给他买件价格昂贵的东西。我拒绝他说"没这么多钱",他也没再言语什么。充其量,我只在请他吃饭时花过些钱,但也并非回回都由我付账,在我看来,都在正常合理的交往花销之内。

有时我说了些什么,一旦与他意见相左,对话便会演变成激烈的争执,渐渐地我不再乐意同他交谈,甚至懒得开口再搭理他。只是,话说回来,也并非我要替他辩护,A遇事待人虽然不懂退让,又嫉妒心极强,时常冲我大呼小叫,说一些粗暴伤人的话,但实际对我动用暴力的情形,却从未有过。这一点毋庸置疑。

---

① 高野秀行(1966—),日本纪实文学作家,喜爱边境探险,著有《鸦片王国潜入记》《巨流亚马逊之行》等作品。——译者注

话虽如此，确实也有几件事，让我觉得比较可疑。首先，是他住在香川县母亲家的理由。起初，他声称是母亲身体不好，才回老家照顾的，但言行之间，又瞧不出一点照看病人或帮手家务的迹象。

其次，他自称从前住在千叶县，曾在当地干过一番大事业，并一直将这段经历藏在心底，很少向任何人提及。可观其日常，又不像事业有成、手头十分宽裕的样子。我寻思，莫非创业失败了？于是试探性地问了一下，他回答说，是遭到合作伙伴的背叛，因此打道回府了。但话语间，又看不出丝毫对那位伙伴心怀怨怼的感觉。我又琢磨，他会不会背有巨额的债务，要么自行申请了破产？但听他讲，这些情况也一概没有。总之，就是疑点重重。

不过，人活四十来岁，总有些不愿启齿的经历或失败的过往。换作是我，要我把自己的人生从头到尾做一番交代，我也会懒得开口。我的熟人里，也有因金钱纠葛而一败涂地的，有下落不明而原因成谜的，甚至有搞婚外情私奔的……这都不算什么稀罕事儿。只要当下这一刻认认真真地生活，不管过往如何，都无所谓，不是吗？

我心里虽有种种疑惑，不知他在隐瞒什么，却也未再继续追问。在我看来，或许某天他会主动讲起，那就够了。况且，在我产生"已经走不下去了，得赶紧分手"的想法以后，对他的过往就更不抱有什么兴趣了。虽说心里明白他在撒谎，但若逼问起来，免不了又要吵得不可开交，我嫌麻烦，就由他去了。

4
报案书

在我搬到小豆岛,认识了一些当地的中老年男性后,我尤其发现,吹牛这项技能简直就如同他们的默认配置一般。什么曾在东京的大型机构里任职啦,从前在县里当过差啦,明明我又没问什么,他们却个个喋喋不休,没完没了地吹嘘以往在东京和大阪的辉煌历程。再没比这更闹心的了。我索性养成了一个习惯,总是敷衍地赞美几句,对他们的话左耳朵进右耳朵出。

所以,当A聊起他在千叶时的丰功伟绩,如何如何风生水起,我也只当是乡下大叔特有的、充满夸张的自吹自擂,随便听听完事。反倒是现在,A凭着极微薄的资金,努力开创新的事业,这在我看来更了不起。尽管他对当下事业的描述,多少也有夸大的成分,但当初刚认识的时候,我对他抱有尊敬之意,也是不可否认的事实。当A兴致勃勃地谈起自己经销的商品,向我科普它们的性能与相关知识,我总是听得津津有味。

而且,A这个人脑子转得快,说话方式也有趣。他还评价说,在他认识的所有女性中，我是聊天最有趣的一个。大概因为我是搞文字工作的吧，被人夸"美女"，内心不会有任何波澜，但若被赞美"有趣"，会马上心花怒放，从而放松了戒备。

恐怕对于 A 来说，对与东京的出版社有工作往来的我也抱有一丝抵触吧。就以我那点存款金额，跟居住在东京都内的同行同年龄段的女性比起来，不过是零零星星的一点微薄收入，连失败者群体都进不去。但好歹我也出过书，上网检索的话，便能搜到我的照片和采访。在那些不知内情的人看来，我是个"名人"的印象会被格外强化。

另外，与在当地企业里打零工的女性相比，我确实属于"赚钱多"的一类人。A 对这一点耿耿于怀，在日常谈话中便能被察觉。但虽说如此，我还真没有出息到足以被人针锋相对的地步。所以，从交往之初起，金钱方面的借贷授受，就一概没有。哪怕嘴上不曾明说，在交往中我也一直秉持"您老人家若是打着找'提款机'的主意，那不如另觅高枝"的态度。饶是如此，A 依然对我纠缠不休。

A 自称，他不只在千叶创过业，另外还在好几个地方城市间辗转。然而，他一方面宣称自己有段时期曾定居高松，从事饮食行业；一方面又对高松的繁华商业街一问三不知到了惊人的程度，常去消费的店一家也报不出来。要判断他的话哪句是真哪句是假，在已经无法跟他逐一对证的此刻，是十分困难的。可我仍然忍不住思考，在 A 对我编造的那些虚虚实实的经历中，能否找到一丝揭示他犯罪前科的线索。

从卑躬屈膝地道歉,到把脸一翻大肆攻击,由 A 嘴里吐出的恐吓言辞及猥亵话语,可谓绵绵不绝、难以历数。他自述曾有虐待动物的经历。那么,和警方打过一轮交道,他会在今后收起怒气、回归理性吗?又或者,会怒气冲天、无止境地胡闹下去?若是过去他犯过什么杀人罪或人身伤害罪呢?别说犯罪前科了,我连此人姓甚名谁都不晓得,心里越发惴惴不安。

用老朋友们的话说,我在选男人的盲目程度上,本就是"天下一绝",因此我素来对自己的判断力毫无信心。可是,仅仅被说了句"像个跟踪狂",一个人便会轻易地被怒火支配,崩坏到面目全非,摇身一变而化为一只狰狞的怪兽吗?如此乖戾自负的男人,我竟无所察觉,还曾与他朝夕相处,好恐怖。简直让人不寒而栗。

这么说来,有一件事显而易见地不对劲。A 声称自己在千叶待过,可对东日本大地震的话题,却一概绝口不提。

那段日子,他是在哪里、如何度过的呢?我和 2011 年以后认识的朋友聊天时,有一次曾谈起这个话题。当时,有人恰好到仙台出差,不幸遭遇了地震;有人因电车停运,只能一路走回家去;还有人带着孩子跑到冲绳岛避难等。假如身处千叶县内,比起东京离震源地更近,肯定会有一些惨痛的经历。而 A 一面自称当时身在千叶,一面满不在乎地回答"没啥大事,没怎么样",而后漠然地扭过脸去。就算有什么伤痛的经历不愿启齿,至少也会说句"晃得厉害"吧。

可惜，这样的推测哪怕再多，终究起不到任何作用。与其一味让内心的不安发酵膨胀，还不如尽早提交报案书，请警方公布此人的真实姓名。我同意了报案书的制作。

面对刑警的提问，我做出若干回答后，一份报案书便制作完成，简明扼要地记录了我与A为了分手而发生的争执如何转入白热化，以及A的态度如何演变为骚扰恐吓，关键处点缀着一些用词，诸如"毛骨悚然""感到作呕""心中畏惧"等。在刑警的叙述中，我成了一位操着文雅用语的矜持女士，读来不免让我有些羞愧。

如今回想，当我收到A发来的消息，读到关于虐待动物的描述时，单凭一句"毛骨悚然"可无法形容我的心情，不如说脑袋里一片空白，仿佛信号骤然被切断一般。那种恐惧，与看恐怖片时体会到的惊悚，绝非一种滋味。为荧幕上他人的遭遇而战栗时，不管多么害怕，当中也有某些快乐的成分。无论怎样代入剧中人的处境与之共情，说到底那也是"事不关己的他人之苦"，大不了抱紧身边伙伴的手臂嘎嘎尖叫，要么嘴里塞满爆米花，鼓着腮帮大嚼特嚼，来缓解受到的惊吓。然而，现实生活中遭遇跟踪狂时的那份恐怖感却无处逃遁，犹如口中被谁强行灌满了砂砾，沉重的负担与强烈的冲击，直到如今都死死跟随着我。

文体如何，我倒没什么所谓（虽说值得玩味）。反正事实确凿无疑，就算措辞在语感上存在微妙的差异，我受到惊吓这一点仍是千真万确。换个角度这么一想，也便释然了。我在报案书上写下自己的姓名与住址，刑警当场便把A的真名告诉了我。

是个挺有古意的名字。嗯……原来他真名叫这个。A 给自己取那样的假名，到底是怎么想的？管他呢。反正我把他的全名深深刻在了脑子里。必须设法调查一下这个人。

走出小豆警署，上了自己的车，我立马给检索技能高超的一位东京友人拨通了电话，把情况扼要介绍了几句，而后跟他商量，能否帮我查一查 A 的过往，把刚从警方那里得知的 A 的真名告诉了他。在我目前落脚的临时住所（朋友夫妇的家）其实也可以上网，但连日来出入警局，我已不剩一丝气力来支撑自己把 A 的名字输入搜索框，并掘地三尺般地细细搜寻。

刚一回到临时住所，手机便响了。

"喂，我把过去的相关报道粗略检索了一遍，查到此人曾因欺诈罪被逮捕过。我先把原文发给你，然后再接着搜搜看。"

多谢。实在感激不尽。这样啊……原来 A 犯的是欺诈罪。不是什么杀人罪或伤害罪，姑且还好……不过，急于下这样的结论，会不会为时太早？

"估计你心里也是七上八下的吧？总之，你多加小心。"

明白……

我走进自己临时住所的房间，打开电脑，点开朋友发来邮件里添附的文档。该篇报道发表于 2011 年以前。据当中记载，A 涉嫌利用网络从事金钱诈骗。当然，该案是否真由 A 主导，我并不清楚。但就文字所见，我感觉似乎不是什么惊人的大案。新闻行业嘛，只要不是相当程度的重案，通常不会有后续的跟踪报道。至于 A 被捕后的案情进展，也便不得而知了。A 最终是否被判刑更无从知晓。

报道中 A 的所在地，即是他本人曾提及的、过去居住过的某个地方城市。两者信息一致。与他同时被捕的另外两名共犯，也和他得意洋洋曾夸口过的"当年一起创业的两名心腹属下"有着相同的职业。看来这条线索确实挖出了 A 的黑暗历史。俗话说，人在撒谎时往往真假参半，谎言之中常含几分真实。一个人假如没有"几把刷子"，根本编不出彻头彻尾的谎言。

A 口口声声吹嘘自己如何开创事业、赚得盆满钵满，以及时常出入酒吧、夜总会等声色场所。如今看来，靠欺诈手段骗取他人钱财，成为暴发户自然并不稀奇。听说我赚的那点版税和稿费，他曾惊讶地叫出声来："什么？才这么点钱？"当然，搞写作工作肯定比不过搞诈骗，哪有后者来钱更让人痛快（创作出超级畅销书则另当别论）？可怜可耻，令人无语。这男人愚蠢透顶。

本次案件中 A 是否为初犯？有无争取到缓刑？不晓得诈骗犯该适用怎样的量刑标准。他只有这一项犯罪经历吗？报道给出的信息虽经得起推敲，但也让人感觉有欠完整。我原以为只要掌握 A 的真实姓名，便能破解所有疑点，此刻看来，似乎没这么简单。种种疑问在我心中不断发酵。

说来不可思议，我对 A 隐瞒真名及过去犯罪经历的行径并未感到多么激愤。我反倒觉得，假如交往当初他能好好坦承自己的过去，也不至于把我吓成这样。此人真是一点脑子也没有。

话说回来，我这人是不是有点什么问题？明明被 A 骗得团团转，就算生气也无可厚非，但一想到 A 自尊心极高，又不免有几分同情，心想他大概想坦白也难于启齿吧。我发现，自己潜意识里一直把"上当受骗"等同于"被诈骗光钱财"。说得难听一点，只要钱没被骗走，怎样都无所谓。对于结婚这件事，我是一丁点向往也没有。在我看来，只要双方不存在经济方面的瓜葛，能自由自在、彼此尊重地谈谈恋爱就好。说起来，反倒是 A，好几次话里话外透露出"想结婚"的意思。

比起上述原因，更让我恼火，且绝对不予原谅的是 A 屡次怀疑我偷情而醋意大发，用各种触碰底线的恶语伤害我、激怒我。再加上由于我提出分手，他不仅用污言秽语激烈地辱骂我，还跑来小豆岛任性骚扰，酿成了本次的"恐吓事件"。对这个男人，我感到心惊胆寒，再不愿与他碰面，甚至连那张脸，看一眼都觉得恶心。

然而经过本次调查，我不得不彻底改换心态。仍旧持"只要钱没被骗走，怎样都无所谓"的态度，是行不通的。我必须搞清楚这个前男友的真实面目。

翌日早上八点半，手机响了。是小豆警署打来的，通知说警方希望做一下口供笔录，请我尽快过去一趟。呃，怎么没完没了。

不过，今天是 A 和我的朋友 B 女士在小豆警署碰面的日子。难道又要和 A 待在同一栋楼里？可怕。光想想就会起一身鸡皮疙瘩。我连停在停车场里的他的车也不愿看见。虽说可能性很小，但万一他不顾警方的制止，朝我冲过来呢？真是不寒而栗。

口供的笔录工作，在三楼一间会议室模样的房间内进行。因为允许携带私人物品，我在保温杯里灌好了咖啡，又在 7-11 便利店买了一些三明治和饭团带上。考虑到当日 A 也会出入这栋建筑，我觉得笔录结束之前，最好一直待在室内，不要到外面去。当然，要是中午之前能录完回家，那就再好不过了。

负责笔录的警员，又换回了当初在报案窗口接待我的 O 警员。该警员的诸位上司则从旁监督跟进。房间一头的桌上摆着笔记本电脑，旁边放着一个厚墩墩的工程用卷线盘式插线板。插线板上有四个插孔。除了警员使用的笔记本电脑之外，我的手机也需要充电。我在被安排好的座位上落座，插好手机充电器，瞟了一眼 O 警员，发现他神情隐隐有些不安。是不是有什么顾虑？

"老实说，这是我头一回负责口供的笔录工作……"

呃，这样啊……看来今天要花点工夫了。之前的文书工作也都很费时间。

首先，据说要把作为 A 恐吓证据的 MSN 聊天记录整理提交。呃，又来？昨天和前天都做了拍照留证，但也仅是其中的一部分。警员说，我与 A 分手前所有的文字往来都必须进行笔录。

文字量庞大到令人抓狂。要是能把手机里的内容统统转成纯文本格式，工作量应当会压缩不少。有没有什么法子，能在保留日期的条件下，将 MSN 的聊天记录全部转为纯文本呢？昨晚我向电脑方面颇为在行的朋友咨询过，结果对方也拿不出什么主意。警署这边也是摸索来摸索去，最后同样找不到办法。就算能把包含日期与时间的所有聊天记录下载至我的电脑，用外接 USB 插入警方电脑进行文件拷贝的操作也是被禁止的。把我的电脑直接连到警署的打印机上打文件，同样不被允许。即使把手机显示的内容截屏后保存成图片格式，到头来依然会面临相同的难题。也就是说，我只有自带打印机前来报到喽？（苦笑）

"鉴于目前这种情况，我们需要另外准备房间，对所有的 MSN 聊天页面拍照留证，希望您能把手机暂时交由我们保管。"

啊啊啊，难道又要把那些私密的文字交给他人阅览？万般无奈，我在一份同意将手机作为证物暂存于警署的文件上签了字，并留下了开机密码。因为拍照时手机若是自动变为黑屏，自然需要重新开机。好吧，只能如此了。一位鉴证科的男性走了进来，一身警服，如同电视剧里常见的模样，脖子上挂着一台高档的单反相机，看样子大约二十岁吧。我和他目光对视了一下，彼此都努力装出面无表情的样子。首先，为了表明该手机是由我提交的物品，需要一张机主用手指着它的照片。于是，我指着自己的手机，跟它来了一张合影。当镜头对准我时，我习惯性地想要露出微笑。哦哦，不可以。收起表情，板起面孔，咔嚓，完工。何其怪异的光景。

况且，这已经是第几次了？我又得把自己和 A 相识交往的来龙去脉从头到尾"交代"一遍。

"首先,请问您和 A 交往时,是如何称呼他的?"

呃,问这个干吗?明明当事人早已不愿再回想。我称他"××君"。但这不重要。问题在于,昨天刚刚交代过的东西,又要从头复述一遍?我快昏过去了。而且不出所料,当我提到与 A 结识于"雅虎伴侣"时,O 警员叹了口气,操以一副说教的口吻说道:"果然啊,网上找对象是危险行为。"啊……又来?

我脑中浮现出某君的面孔,正是他向我推荐,"听说注册'雅虎伴侣'必须提交身份证明,所以绝不会遇上已婚男或奇奇怪怪的家伙"。此君不光有老婆,外边还有情人,却仍时不时来撩拨我。女人一旦过了四十,凑到身边来的净是此类货色,遇到的不靠谱的交往要求也越来越多。可本人就算不想结婚,也不等于愿意同有妇之夫有关系。麻烦多多的关系?饶了我吧,一概恕不奉陪。而这种心情,去向一个公务员,况且是二十来岁的年轻人解释,对方恐怕也不会理解。可话虽如此,我明明对此君的话半信半疑,却仍在他的推荐下动手在"雅虎伴侣"上注册了使用账户,也委实够糊涂的。

不过,网络交友这种事,实际尝试一下,还真有趣极了。我先后与多位男性有过邮件往来,他们各自展现出的精神风貌、气质与个性,比相关类型的人物小说真实有趣,且深刻多了。

他们当中,有负责长途运输的卡车司机,靠拉货攒下资金,在家乡的小镇上开了一间居酒屋;有回收行业的拆卸工人,却像高中生一样,在个人介绍栏里写着"喜欢未解谜的神秘生物体、加西亚·马尔克斯、坂口安吾和摇滚乐队 P-MODEL①"；有从大都会移居到地方小镇，准备在复兴地方商业方面大显身手的生意人；也有不少丧妻的鳏夫。

在首都区域近郊出生，上学、工作皆在当地的我，一直成长于大都市之中。对我来说，那些在小地方成长生活的人，他们拥有的人生选择，除了大学毕业进国有单位或加入农业协会之外，要么就是继承家业，此外再想象不出其他可能。所以能在网上结识这样一群人，实在太有意思了，令我开心不已。近年来，那些因崇尚"慢生活"而搬至乡间居住，开咖啡馆、烤面包、种田务农，或推动衰败行业复兴的年轻一代，他们的生活理念与形态得到了网络与杂志的大力推崇。当然，"乐活族"的每位成员无疑各有各的精彩，这是不争的事实。但真正代表小地方的，其实是我认识的这群人啊。地方社会的半边天是由他们支撑起来的啊！

---

① 加西亚·马尔克斯（1927—2014），哥伦比亚作家，代表作《百年孤独》。坂口安吾（1906—1955），日本作家，代表作《堕落论》。P-MODEL，即日本电子摇滚乐队，1979 年成立，2000 年解散，乐队核心人物为音乐人平泽进。——编者注

5

供述书

原本我舍弃都市生活、移居小豆岛的理由之一,就是大城市的居住成本过高,我想离开大地震来临时瘫痪无力、应对无能的现代食品流通网络,在一个距食物更近的地方居住;如果可能的话,最好与家畜一同生活。此外,我还有一份渴望以自己的方式,近身感受日本乡镇风情的心情。对于人口凋敝、经济贫困等小地方面临的诸多问题,我希望亲眼观察和捕捉到制造出"根本性的改革已彻底无望"这一颓废氛围的、看不见的罪魁祸首,究竟是什么。再者我也想试试在某处乡间实际居住、生活,切身体会一下传说中属于乡村的、沉闷压抑的空气。以上,便是我的动机。

有一阵子,我为了物色宜居地,连续走访了好几个地方。后来,当我得知B女士决定移居小豆岛时,便打算亲眼瞧瞧那是个什么地方,遂登门拜访了她。接着,等我回过神来,自己已在"空房银行"① 上动手搜寻起新家了（至于迁居的详细经过，请参阅拙作《一路漂流，抵达海岛》）。

正因如此，从属于我个人的对地方社会的探究欲，再到"雅虎伴侣"上一群居于偏僻无名之乡的中年男性的个人介绍栏，两者之间究竟是被什么联结起来的，我也不太清楚，但依旧在几位编辑面前，热情满满地辩解："超有意思的好吗，这帮人！"

幸好，我与他们只存在邮件往来。奔现的念头倒也并非完全为零，但与素不相识的人见面，我终归有些胆怯。于是，仅限于邮件互动的网友越来越多，而恰好在那段时期，我结识了 A。

产生与 A 奔现的念头，真的是各种细微的互动不断累积之后的结果。我内心一面期待能在现实中与他见面，一面将邮件作为一种诚意的表示，接受单纯的仅限文字互动的关系。我平时交往的那些男性网友，多数在情感表达上略显生涩笨拙。而 A，在询问和确认了双方是否存在共同的兴趣爱好，例如彼此都喜欢的电影后，便直截了当向我发出了邀约——"见面吧！"。这种异乎寻常的干脆态度，令我耳目一新。平日里对陌生人设立的警戒线，在他身上失效了。

供述书，似乎与我们日常所写的文章不同，有一些不可遗漏的关键点。例如：A 给我具体某一号码的手机打过电话；或是 A 使用我所知道的某号码的手机，给我的手机发过消息……诸如此类将证据落实到细节的叙述。以及，由于"对方发来了这样的消息"，于是"我被

---

① 空房银行，日本房地产中介网站。——译者注

吓到了,害怕得不得了"等关于恐惧情绪如何被激发的、前因后果的描述。另外,还须提及自己为了尽量不刺激对方,如何小心翼翼地给出回复。

——对对,这一点确实至关重要。幸亏警方替我做了解释。正因如此,我在给A的回复中,才"看起来"一点也不害怕,对吧,是这个道理吧?

而且,由于我"想和A断绝关系",所以"宣布了分手"。而A拒不接受我的分手要求,我"害怕极了,遂求助警方",并一再坚定表达了分手的意愿。在此结果下,A勃然大怒。

接下来,是对于A所驾车型、品牌与颜色的说明,以及在住宅地图上对其住所位置的确认,通过正面写真对A容貌的确认。我逐条逐项进行了"供述",表示每一条信息皆"准确无误"。生活安全科的O警员,笔录过程中一直把A的司法登记照摆在我眼前,我难受得要命,说了句"不好意思",拿纸把照片盖了起来。只要视线落在A的脸上,我就胸口发闷,喘不过气来。

在警方基于什么情况才将A的真实姓名向我公布做了一番交代之后,O警员又列出了一张一览表,内含八项被认定属于胁迫行为的聊天记录,要求我逐一说明,自己是在何时及何地读到这些讯息的。收到这些讯息的时候,有一阵子我正在东京出差,假如手机不从鉴证科拿回来,我很难记得清楚具体哪一条属于哪种情况。粗略回想的话,似乎还有坐在新干线列车上的时候。

在东京出差那几日，恰如字面所示，手机的讯息震动提示可谓"无休无止"。谈完工作之后，我和两位相熟已久的女性编辑，同时也是我的老朋友，一同到餐馆吃饭。享用美味的鹿肉时，手机也没完没了地响个不停。"有消息提示呢，不理它没关系吗？"朋友不解。"哎呀，说来不好意思，实际上我现在遇到了点麻烦……"在我向二人解释情况的过程中，伴着嗡嗡嗡的提示音，屏幕上不断弹出各种恐吓的语句："要不要我在社交博客 Twitter 上写日记曝光你""老子会把你碎尸万段"。"你们看嘛"，我把手机拿给两位朋友瞧。

"天哪，好可怕……话说真要开枪的话，你先瞄准他的腿。反正就算你犯了伤害罪，我们也不会拒绝你的稿子。"

"哦，我们社也没问题。影响不到工作，你放心好了……"

"往后写回忆录，要拿给我们社出哦。"两人你一言我一语。

虽说是玩笑话，可干编辑的人，也个个不逊于搞写作的，都是些情感丰富、个性强烈的家伙。我自然是不会开枪的，也没有丝毫攻击 A 的意图，但万一发生什么极端状况，想到自己至少不会遭到全社会的摒弃，心中确实轻快了不少。这份友谊难能可贵。从事文字工作本身也实属幸运。毕竟，身处不同的组织或集体，好多人碰上这种事，连找谁倾诉、商量都会有所顾忌。

我看着从鉴证科取回的手机，一条一条挨个确认讯息、记录：这条讯息的时间点，我在东京的餐馆里；这条大概是在我登上开往冈山的新干线希望号列车后，快要行驶到小田原的时候发过来的；收到这条信息之后的日子，我都在临时住处……

O 警员嘴上"嗯嗯"回应着，手上不停往电脑里打字。打印机放置在二楼，为了取回打好的文稿，必须一趟趟往楼下跑。此时，A 正在一楼的房间里和我的朋友 B 女士谈话吧。尽管是双方共同期待的一次对话，但二人毕竟初次见面。不会有问题吧？

"我把整理好的文字通读一遍，请您确认。"O 警员说道。

这……如果可能的话，请让我自行阅读纸质文稿来确认。出于职业习惯，我习惯于用"看"的方式处理文字信息。就算您冲着我高声朗读，我也听不进脑子里去。

我把打印出的供述书拿在手中。文书格式类似于横排信纸，最下方中央处，是"香川县警署"的五字落款；左上端印有一排小小的汉字加数字，"格式第×号（刑事诉讼第×××条）"。满是公文行文风格。尽管如此，内容中我的叙述部分，对 A 却并非直呼其名，用的是交往时我给他的昵称"××君"。莫非规定便是如此？明明是在受害的前提下进行的供述，我还以为不该在叙述中使用亲昵的称谓呢。

回了回神，我拿起红色圆珠笔，对错误的日期、时间、错别字等，开始一点一点进行细致的订正。O 警员见状有些吃惊。之后，在其他各机构也是如此，每当我用红笔批改那些诉讼记录或意见书时，对方总会流露出一丝困惑之色。

O 警员把我用红笔批注的地方录入至文档，随后拿着完成的供述书又去了二楼。这回，是为了交给上司过目。似乎被指出还存在若干不足，于是 O 警员嘴里"嗯嗯"着，对文稿再次进行了更正与润色。接下来，又是一轮批改、确认。这样的过程几次三番下来，还差最后一步就要完工了！好容易来到这一刻，窗外的天色早已黑透。啊……桌上乱七八糟散落着一堆供述书的草稿。

"接下来还要做什么吗？明天，我有一个峰会的采访（G7 香川·高松情报通信大臣会议，2016 年 4 月 29、30 日举行），一大早必须到高松去……"

早已筋疲力尽的 O 警员发出了一声哀嚎。对了，A 和 B 女士在楼下的面谈不知进展如何？别说我了，就连本案的负责人 O 警员似乎也一点都不清楚。话说，眼前这份供述书真的会派上用场吗？就算问 O 警员，他也答不上来吧？哎呀，真是让人无奈。

对跟踪骚扰案的处理归生活安全科管，若以恐吓罪立案的话，则会移交给刑事科负责。然而，小豆岛警署规模太小，刑事科与生活安全科并未各自独立，而是合并为"生活安全·刑事科"一个部门。总之，是由同一部门办理同一案件。我问 O 警员："这是否意味着问题相对较少？而且，不如说部门越小，在信息共享方面也越简单？""哪有哪有。"他连连摇头。据他说，即使在部门内部，也存在一条泾渭分明的界线。

昨天，刑警告诉我要将本次事件"案件化"，即以刑事案件正式起诉；与此同时，也回应 A 本人的要求，安排了他与 B 女士的面谈。若是 B 对 A 劝说成功，也就是说，A 收起怒气，反省了自己恶劣的所作所为，那么本案接下去将是什么走向？会不会对 A 警告一番便结案呢？想到这里，O 警员的手机响了起来。貌似上司发来了什么指令。

"说是 A 那边面谈结束，已经离开小豆岛了。接下来，我们 T 组长有些话想跟您谈一谈。"

我下了二楼，被领进一间问讯室。

"内泽女士，A 和 B 女士谈过之后，情绪已经平静多了。不过，他一口咬定您在交往中存在背叛行为，无论怎么劝说都听不进去。我们一再向他解释，说没有这回事，纯属是他的误解，但他仍旧不依不饶。对自己跑到岛上大闹的行为，也丝毫不愿反省。"

啊啊……完全不曾反省？一阵战栗袭上我心头。不肯反省，就意味着对我仍怀有愤恨之意。这可非同小可。打之前起，A 便三天两头因为我的男性朋友或熟人吃醋、闹脾气，嘴上絮絮叨叨说许多难听、伤人的话。要能早点察觉这家伙的变态性格……不，结局反正都一样吧。像这种男人，一旦你提出分手，他就会"爆炸"。

离开小豆警署后，我去了 B 女士家，打听她和 A 面谈的情况，被告知：总之不甚理想，这是个相当危险的人物。

若以恐吓罪对他提起诉讼，判刑恐怕也不会多重吧？我查了一下，大约为两年以下有期徒刑。如果只是触犯《反跟踪骚扰法》，刑期则在一年以内（不过，假如是在警方对其发布人身禁止令期间，再次做出骚扰行为，刑期则为两年以下）。因此，单纯比较刑期长短的话，恐吓罪确实判得更重。大概警方也替我考虑到了这一点吧。然而，神奈川县逗子市跟踪狂杀人事件①的犯人，却是在因恐吓罪获得有罪判决后，依然四处搜寻受害人，最终将其杀害的。

假如 A 被逮捕，他对我的愤怒与仇恨，岂非会再升一级？疑念与忧惧奔涌而来，在我头脑中挥之不去。思绪一旦打开闸门，便一发不可收拾。

我郁闷着、苦恼着，辗转直至天亮。熬到八点半时，我终于给小豆警署拨了一通电话。我想问问昨晚与我谈话的生活安全科 T 组长，接下来会不会对 A 实行逮捕，以及假如我撤回自己的报案书，结果会怎样。

"明白了。内泽女士，您现在到警署来一趟，怎么样？让我们谈一谈。"

组长的口吻十分温和。因本次事件而与我打交道的每位警员，没有一人态度蛮横、作风官僚。虽说并非感受不到对方投来的好奇的眼光，但大抵都相当含蓄，完全可以理解为我神经太敏感而产生的被害妄想。

究竟已经连跑了多少天警署呢？最早时在窗口接电话的女警员，现在刚一听我自报姓名，瞬间便给出回应："哦哦，明白。"恐怕要不了几天，我就能在警署靠"刷脸"出入了吧？想想心里虽也踏实，

---

① 神奈川县逗子市跟踪狂杀人事件，简称"逗子跟踪狂杀人事件"，发生于 2012 年日本神奈川县逗子市。犯人小堤英统（40 岁），对多年前曾交往过、后已与他人结婚的前女友三好梨绘（33 岁）不断施以短信骚扰和人身威胁，根据《反跟踪骚扰法》的规定，被判处有期徒刑一年，缓期三年执行。在缓刑期间，他找到受害者的居所，持刀闯入并将其杀害，随后在走廊上自缢身亡。——译者注

却一点高兴不起来。

"内泽女士,您有什么困扰吗?"

嗯……最终警方肯定会对 A 实行逮捕,对吧?我还是觉得很担心。万一逮捕这事惹得他更恼怒、更疯狂,日后找到我大肆报复呢?这么一想就觉得,说不定还是稳妥处理、息事宁人比较好。现在,我要是撤回报案书,不知会怎么样呢?在 T 组长面前,我把方才电话里的问题又重复了一遍。

"内泽女士,是否对 A 实行逮捕,我们此刻没办法给您一个结论。就算提交了报案书,并不等于立即便会采取逮捕行动。是否采用这一手段,是在警方对收集的证据详加分析之后做出的判定。"

哦。这样啊。好吧。

那么,等于是说,即便提交了报案书,也有可能不予逮捕?

"没错。"

嗯……

"如果您提出要撤回报案书,我们也会受理。只是,那样一来,关于此案,今后警方将一概无法再介入了,还望您理解。"

呃。我目瞪口呆。

关于 A 的犯罪前科,我尚未彻底了解清楚(不知此人犯过什么案,以及到何种程度)。况且,他对不停给我发送骚扰信息,威胁我、恐吓我的行为,至今不见任何反省之意;还一口咬定我与其他男人有染,纯属我的过错;对警方和 B 女士给予的劝告,一副"不听不听"的态度。可是,即便我真的移情别恋而爱上了别人,也不意味着他大量发送恐吓信息，触犯法律的行为就该得到允许。他对这点显然并不理解。也有可能，提起以往的犯罪前科，对自己的违法行为，他同样觉得没什么所谓。

话说回来。A 对我所做的一切尽管不可原谅，皆属于违法行为（具体适用哪个条款我不太清楚），但换个角度想一想，或许尚处在可以挽回的阶段。虽说他事先不打招呼，便闯到岛上四处寻衅，但实际并未对任何人造成伤害。不不，也许只是在造成伤害之前，便被警方控制了而已……

在此状态下，我寻求警方的介入，这选择果真正确吗？说不定，就像我在回复的讯息里提到"会找警方协助"，便使得他恼羞成怒一样，万一走到逮捕那一步，他对我的恨意恐怕将变本加厉，行为也会更穷凶极恶吧？

反复纠结了半天，可既然撤回了报案书，警方也将不再介入，我只能打消念头。以目前的状况，让我选择去相信 A，怎么掂量我也没有这个胆子。毕竟他连一点反省的态度都不曾有过。自打 A 跑来小豆岛骚扰之日起，我目前藏身的临时住所外就有警车给予全天候的密切监控。A 在岛期间，警方对 B 女士家，以及前文提到的那位陌生人的家，甚至连被 A 误认是我偷情对象的男性友人的家，都进行了巡逻安保。这是让人何其安心的举措啊。以后，我只能继续依赖警方的保护。

明白了。报案书我照旧会提交。接下来也要辛苦你们了。我俯身拜托。再抬起头时，T组长郑重凝视我的双眼，缓慢、清晰、一句一顿地叮嘱道：

"好的，了解。那么，内泽女士，咱们在这儿立个约定。今后，可没法再说'我还是撤销算了'这种打退堂鼓的话了，好吗？"

好……的。

话都说到这份上了吗？不过，从警方立场来看，受害人的主意假如三天两头变来变去，他们将无所适从、很难采取举措，所以事先给我打好预防针，让我的想法不要来回变换，我认为这样的应对可谓妥当。只是，我的心情十分复杂。因为被切断了退路。来到这一步，便再也无法回头了。可这个决定果真没问题吗？我心里忐忑得要命。

怀着愁闷的心情，走出小豆警署，我再次来到B女士家。

"这样啊……有关逮捕方面的问题，我也不太了解。不过，此时此刻若是失去警方的保护，怎么说都挺危险的。我和A虽说完成了面谈，但过程中他依然相当冲动，猜不出他会干出什么过激的事。不过，几乎一半时间，他都在谈自己成长中遭受母亲虐待的经历，想想也挺可怜的，不是吗？最好既不通过警察，也不惊动法院，而在某个中间人的调解下，你们双方能把各自的意见重新整理一下，大家找个地方再好好沟通沟通。有没有合适的场所呢？找找看怎么样？"

说得也对啊……若是A能消除对我的误解，情绪冷静下来，我二人重新回到陌生人状态，从此再无瓜葛，对我来说，是再好不过的结果。可惜，在我求助警方，而A当真闯到小豆岛来那个时间点，事件已然被某种不可知的力量启动了。不，这么说的话，A几次三番对我发出威胁，声称要向警方揭发我"这种人根本没有持枪资格"，才是事件的起点。那个推动事件向前滚动的力量，比我想象的更为巨大且深重，以我个人之力，已然无法停止。谁知接下来它将推着事件滚向何方呢？

6

逮捕

从 B 女士家告辞，回到临时住所后，我一直在写稿。天色暗下来时，手机响了。是 B 打来的。我马上接起电话。

"喂，听我说，A 君刚才给我来了电话，说自己对你做了特别过分的事。看来是有意道歉呢。"

啊？事已至此，再说这话，已经无济于事了好吗！为什么，为什么不能早一点，至少当着警察的面时，好好反省一下呢？这可怎么办？如何是好……对了！至少应该告诉警察。向警察反映一下 A 有悔过的意愿，是不是也可以呢？警方决定是否逮捕时，当事人是否具有认错态度，估计也会影响决策结果。小豆警署的 T 组长就曾数次提到，看不出 A 有反省之意，A 的态度过于抗拒。

"懂了。那么，报案书的事情暂且不提。我设法劝劝 A 君，让他对警署那边也表达一下心里的歉意。"

拜托您了。拜托拜托……话到最后，我声音也哽咽起来。为我提供临时居所的朋友也察觉到我最近状态异样，特意上门来探望。

"你还好吗?"

"A 道歉了。他给 B 女士打电话,承认自己做错了。为什么事已至此才……"我在朋友面前嚎啕大哭。这眼泪究竟所为何来呢?自打 A 开始狂怒失控,这还是他头一回,真的是头一回,神志清醒地表示歉意。走到这一步,太漫长了。太多担惊受怕了。看来 A 的脑子还存有正常的部分。

我松了口气的同时,想到 A 仅有的一点歉意,接下来极有可能会遭到打击,一种忧虑之情便又重重压上了心头。今早我才和 T 组长立下约定,"今后不再撤回报案书"。我只能祈祷,但愿 A 主动向警方表示悔过,能改变事件此后的走向。

隔日上午。小豆警署刑事科一位自称姓 Y 的警员打来电话,通知我昨日早上,已将 A 以恐吓嫌疑予以逮捕。小豆警署没有看守所,A 被提押到了设有看守所的香川县本地某警署。实际执行逮捕行动的,是小豆警署刑事科。于是,我再度驱车赶往小豆警署。问讯室里,我和 Y 警员相对而坐。哦哦,想起来了,这就是我初次来求助那天,把 A 的司法登记照拿来给我的那位警员。

"目前警方通过调查,找到了 A 因抑郁症一直就医的心理诊所。"

记得 A 发给我的那些消息里,有一条曾提到,由于我总爱冲他发乱七八糟的阴暗的牢骚话,搞得他患上了抑郁症,因此他要起诉我,甚至还附上了半张诊断书的照片让我瞧。照片里并未显示医院的名称,但警方通过推理,设法查了出来。

"这张是由他的主治医生出具的意见书,结论为'该患者的病情,不足以导致精神错乱、神志失常或认知障碍等症状'。"

这样啊。在案件审理中,有时辩方会提出被告患有精神疾病,不具备刑事责任能力的辩护主张。因此,警方在将案子送交检方之前,才委托A的主治医生,写了一份当事人的病情与其在事件中的行为不具关联性的简单声明吧?原来如此。这一招真的好高明。我粗略检索了一下,作为导致认知错乱的精神疾病被提及最多的,是精神分裂症。

"从逮捕之日起四十八小时以内,警方须完成所有侦查取证工作,将犯罪嫌疑人本人移送检方。接下来,会在检察官的主导下,继续推进案情调查。内泽女士,您那里应该也会收到高松地方检察厅打来的电话。"

地方检察厅!我脑海中浮现出一幅新闻画面:检察官们个个身穿黑色西服,手捧纸箱,里面装满查抄与扣押的证物,从大厦门口鱼贯而出……除此之外再没有其他的印象。对于普通市民来说,比起警察,检察厅是更少打交道的陌生机构。我拼命在大脑的记忆库里搜寻,却只想到了电视剧《律政英雄》中演员木村拓哉扮演的检察官,如何为了市井街头的一桩小案而调查不辍。说起查案,我一直以为是警察的工作。这个知识点对我而言蛮新鲜的。所以只要想象是类似木村拓哉那样的一群人,就对了吧?

"A的羁押期限是在送交检方后,由检察官发起刑事拘留申请之日起开始算的,为期十天。假如检方提出了延长手续,可继续追加十天。通常情况下，大多案子都会延长，但没有规定必然如此。内泽女士，您目前似乎还暂居在临时住处吧？要是想搬回自己家的话，最好趁现在。"

回自己家。回家，并不意味着回到原先的生活中。警员大概是在提醒我，整理好今后生活所需的物品吧？接下来我该如何行动呢？确实，一直借住在朋友家里也不是个办法。然而此刻，在逮捕这件事的冲击下，我一时还无所适从，于是六神无主地，如游魂一般又去了B女士家。

B是这样建议我的：

"考虑到人身安全问题，你也要把离开小豆岛这个选择纳入考量。"

离开小豆岛？我？是说要再度搬家吗？

我想都未曾想过。自己费尽千辛万苦，利用工作间隙，多次奔波于东京与小豆岛之间，好不容易才物色到这座能眺望海景的房子，把它租了下来，还拥有了两只可爱的小羊，交了一堆朋友，有了狩猎资格，学会了驾驶和土木方面的手艺，甚至还找到了志同道合的伙伴，打算一起办个肉类加工厂。这一切的一切，都将要从我的生活中剥离了吗？仅是想象一下，我都觉得心里空落落的，仿佛自己是个轻飘飘的、无内在的纸片人。

生活变成了一具空壳。再没有任何价值。我刻骨铭心地感受到岛上的日子对自己究竟有多重要，眼泪不禁夺眶而出。不知不觉间，我正在沦落为一名受害者，一个手中的一切皆被剥夺，只能偷偷摸摸、寂寂度日的受害者。

……少开玩笑了！竟敢夺走我的生活？想都别想！

我绝不会搬出小豆岛，也不愿离开每一位朋友。所以，我准备在岛内找个新住处。

"也好。那就这么办吧。我会帮你的。"

小豆岛的人口约为二万七千人。社区的数量大概是多少呢？在1980年这个统计节点，岛内共有十六所小学（现在是五所）。三年居住下来，我的感触是：经由人与人进行的信息传播，最多只能抵达邻近的居住群落。一旦越过旧三町①的边界，人们之间的往来便大为减少，信息源也会消失。假如A是小豆岛土生土长的原住民，我除了离开别无选择。但A在岛上别说亲戚了，连个熟人都没有。我感觉要做到"在岛内销声匿迹"，并非绝无可能。可以"消失"到何种程度，我不清楚，但姑且试试看吧。

为我提供临时住处的朋友夫妇，立刻动手帮我物色了可以短期租住的房子。距离帮我照管母羊"KAYO"和小羊"TAME"的朋友家也不算远。我当即拍板订了下来。

然后，便是车子的问题。我现在驾驶的这辆轻型厢式车，颜色鲜艳，过于扎眼。在大型超市的停车场，买完东西拐回头来，记不起车子停在哪里时，很快便能找到。我对它十分满意。但恰是这一点，今后会成为麻烦。在岛上，还是驾驶最不起眼的车型比较好。若要隐藏

---

① 旧三町，指岛上原有的池田町、内海町与土庄町。现池田町与内海町已合并为小豆岛町。——编者注

树叶，最好的地方便是森林。既然如此，那就选辆白色轻型卡车吧。为了运送野鹿或野猪，我原本就考虑哪天入手一辆。但自己一个人生活，手里两辆车未免奢侈了些，所以一直在犹豫。在岛上，没有比轻型卡车更为常见的车型了。因为，这里不仅细长狭窄的山道与小路特别多，唯有轻型卡车才能开得进去的地方也不少。况且，岛内的轻型卡车九成都是白色，剩下的一成则是黑、绿、深蓝、银灰等。再加上，生产贩售轻型卡车的制造商仅有三家（算上贴牌生产的代工厂总共是八家），和普通卡车比起来，轻型卡车的外形相似程度更高，凭车型推断车主的困难程度也更大。

我试着打电话给岛内的汽车店，说想找一辆合适的轻型卡车。对方回复道，恰好有一辆老旧却是白色的轻型卡车正在寄售，四驱的手动挡，售价二十五万日元。乡下的二手车市场里，轻型卡车很有人气，一挂牌销售马上就能卖掉。考虑到岛上未铺设的道路比较多，四轮驱动绝不可少。若有富余的时间和财力，我本想物色一辆四驱自动挡，但后者不仅价格高，在二手车市场里也极难见到。就算市面上有，价格估计也谈不下来吧。

检索来检索去，找到香川县还是冈山县某处有售自动挡车型，但是考虑到提车、办手续就要耗费一整天，还是在岛内买一辆比较轻松。我对卡车可谓一窍不通，就算把实物摆在面前，我也连还价都不知从何入手。虽然觉得离合器踏板磨损得有些厉害，价格会不会稍微高了些，但接下来还有一堆的事要忙，算了，就这么着吧。当即按对方要价买了下来。同一日，转身又把手上的厢式车以九万日元卖给了另一家汽车销售店。原价明明是六十七万，但车体由于剐蹭，有多处坑坑洼洼且划伤掉漆，而且因平时运载羊搞得臭烘烘的，我没有办法，只能贱卖。再者说，换辆白色轻型卡车虽不成问题，但驾驶呢？我怎么搞定？

2009年，为了采访养猪场，我在千叶县旭市待过半年。动身之前，曾在驾驶培训学校接受过一段时间的培训，属于手里有驾照却没车的"本本族"。当时，有人曾答应免费借我一辆手动挡轻型卡车供我使用。尽管如此，手动挡的驾驶，我仍旧搞不定。不管怎么努力，都学不会坡道起步。在千叶的时候，我也一直开的是自动挡面包车。小豆岛坡道遍布，不管走到哪儿，遇见个红色信号灯就必须坡道停车。最愁人的是，我目前住的这栋海景房，门前的小路是个特别急的陡坡。能有一辆轻型卡车，把家当全部装车带走，这固然不错，但靠手动挡驾驶，一会儿上坡一会儿下坡的，我感觉自己完全办不到。

提车的时候，汽车销售公司的总经理当场现教了我几下，告诉我一边踩着离合一边换挡，由一挡起步，而后慢慢提速换二三挡，等车速到了每小时四十公里，就可以升到五挡。不过，岛上极少有长长的直行道路，跑不了多远便会碰见红灯，在我习惯之前，挂着四挡一直跑也不要紧。

我一面频频熄火，一面驾着轻型卡车在临时住所和自己家之间往返了好几趟。或许岛内的高龄驾驶者比较多，大家对半路熄火或蹩脚的驾驶技术容忍度相对较高，通常遇上了也不会着急冒火。虽然我身心俱疲，但现在也不是停下来休息的时候，于是便拜托朋友们当我的驾驶教练，陪我分别在港口的停车场或近邻的坡道上练习了好几回，总算掌握了坡道起步技术。一旦学会了之后，就觉得简直手到擒来，根本不算事。为什么从前在驾驶培训学校的时候就是做不到呢？我真心感到费解。只能认为，对于"扳着手刹踩油门"这种有悖于习惯的操作，不是车身，而是我的内心感到抵触。但最根本的原因，或许还在于，我自身并没有真正想去掌握它的意图。莫非在迫切需要的时候，人的能力也会突飞猛进，得到飞跃式的提升？

有一次，当我在来往车辆较少的坂手港①较为靠近山脚附近的地方练车时，一只蓝孔雀突然由十米开外的绿荫丛中来到路中央，哗的一下绽开了蓝色的尾巴。好盛大的一场开屏典礼。我听传闻说，当地的孔雀园在2008年关闭之际，将孔雀都放归了山林，而野生化的孔雀们之后便一直在山林间自由栖息（还有一种说法是，孔雀园尚开放时，有些孔雀越过栅栏逃走了，后来便成了野孔雀）。但实际亲眼见到，对我而言还是第一次。而且，还是雄孔雀。这么一只华美的孔雀竟然在车道上旁若无人地悠哉踱步！紧接着，雌鸡也现身了。这座小岛上，不仅到处是野猫，还有大量的狐狸和狸猫。可这些鸟儿却从人类的庇护下逃了出来，在山中也未被天敌捕获，而是招摇过市般地展示其醒目的羽毛，堂而皇之地生存着。从外来物种影响生态的角度来看，这虽谈不上是件好事，但对此刻的我来说，它们的存在却宛如奇迹，在我眼中闪闪发光。要好好在岛上活下去。我要像它们一样，同

---

① 坂手港，日本小豆岛岛屿东南侧港口。——编者注

小羊们一起在岛上活下去。我驾着这辆轻型卡车。

我入手了轻型卡车，也学会了坡道起步技术。只是，要深夜驾车一直开到自家大门前，我还有点胆怯，自觉力有不逮。我家周围没有路灯，夜间总漆黑一片。要是在白天，我感觉似乎还行。但这样一来，邻居们见状恐怕会上前打听缘由，问我"出什么事了"。自从 A 跑到小豆岛大闹，到他被逮捕这段时间，警车一直停在我家门外，肯定也让左邻右舍疑窦丛生。

我既没有向邻里一一解释的勇气，也拿不出这份精力。A 装作是我的朋友，撒谎说"找内泽有点急事"，然后四处打听我人在哪里，这种可能性也不是没有。此地的居民，对待游客和有困难的陌生人，态度都很亲切。只要你装作遇到了一点小麻烦，大家马上就会给予帮助。除此以外，爱传闲话这一点也叫人头疼。很难想象谈到我时，他们会怎样添油加醋。

更何况，我对这个区域里每个人的工作单位或亲属关系又不了解。岛内的工作机会较少，有些人每日要往返高松上班，再加上孩子或亲戚移居高松或香川县其他城市的这类情况，认为小豆岛与本县其他地方之间有千丝万缕的联系也并不过分。万一本社区里某人的亲戚，和 A 住在同一个地方呢？

以我判断，还是闭紧嘴巴，赶快消失为妙。

我拜托朋友们一起在半夜来到家里，手脚麻利地打包好行李，连夜运到了新的住处。简直像在夜色掩护下摸黑"跑路"。将近十天不在家，门口信箱里塞满了各种信件和广告传单。

今后邮寄物该如何处理，也是个问题。邮递员和快递员也都友好且满怀善意，互相之间很喜欢共享岛民的新住址之类的个人信息。若是仅限在岛民之间传播，那倒还好办。但是，传到观光客耳朵里的可能性同样很高。如果叫一辆出租车，告诉司机"去××家"，仅凭如此也能一路找上门去。我家的住址，已被出租车司机们牢记在心的可能性可真不低。若是在平时，谁住在哪里之类的顾客信息，与提升服务质量息息相关，好好把握岛内居民的情况，对司机们来说，是工作勤勉的证明。可是，当中只要出现一人滥用顾客隐私的情况，便会导致极端危险的状况发生。这一点，估计大家想都不曾想过吧？

这么说来，搬到城市里居住，是否就更安全呢？其实未必。城市里的警察，会像小豆警署里的警察这样细致及时地为我采取行动吗？很难想象他们办得到。此外，搬进城市后，需跨警署完成案件交接，他们能妥善应对吗？我也表示怀疑。就算排除我喜欢小豆岛的生活而不愿搬走这一理由，继续留在岛上应当也是更为安全的选择。

快递的收取，可以利用附近的收取站点或便利店。如果这样也有困难，就跟B女士商量一下，先寄到她那儿。

我曾在邮局咨询能否开一个私人信箱，把邮寄物暂存在邮局里。工作人员看我的神情，仿佛我是什么可疑人物，让我马上打消了想法。要是有什么流言蜚语传出来，就麻烦了。总之，我先提交了一份"本人不在家，请暂缓配送"的申请表，把期限填写为最长的三十日。有没有什么办法，可以让邮递员不要靠近我的新住处呢？查来查去，研究了半天，结果是先把住民票①上的个人地址迁到 B 女士家。如此一来，纳税通知之类政府机构发出的联络信件也都不会寄到我的新住址去了。

在为给今后的隐居生活做好准备而东奔西跑的间隙里，我接到了来自高松地方检察厅的电话。"内泽女士，您是不是必须从小豆岛搭乘渡轮到高松本土来了呢？"办事人员态度礼貌地询问我什么时间比较方便。我原以为听到的会是口气生硬的命令——"请于某月某日某时前来报到"。检察厅，难道出乎意料，是个对待普通市民极为客气友好的机构？

好吧。检察厅通知我过去一趟，我该穿什么去比较得体呢？男性的话，穿西装自然错不了吧。这么一说，自从搬到小豆岛以来，我连丝袜都还一次也不曾穿过呢。我嘴里嘟嘟囔囔，跑到 7-11 便利店买了双丝袜，打开从家里随意带过来的衣箱，翻出一双 5 厘米粗后跟黑色浅口高跟鞋，搭配白衬衫和藏青色紧身西服裙。裙子是全蕾丝面料，还有点短。但这总比磨得破破烂烂的卡其布裤和牛仔工装裤要强吧。而粗后跟高跟鞋，是我与检察官这名未知的对手，势均力敌展开周旋时的"武装"，不，是盾牌一样的防御武器。

---

① 住民票，日本居民用于证明身份的材料。——编者注

7

检察官

高松地方检察厅设在高松法律事务联合办公大楼之内,位于下了小豆岛始发的渡轮以后步行不到一公里的地方。从高松筑港起航的客轮,不仅可抵达小豆岛各港,还连接着冈山县宇野港、直岛、丰岛、男木岛、女木岛,以及设有麻风病疗养院的大岛等。港内多个登船码头各自分开,相隔遥远,整个港口广阔到让人走着心烦的程度。

在这片占地广阔的、渡轮及高速艇码头的周边,紧邻的是JR高松站、有高松城遗址的玉藻公园,以及琴平电铁高松筑港站。从玉藻公园向南走两个街区,就到了高松法律事务联合办公大楼。平常我只会从门前经过,所以对它的印象只是"一座古旧的巨大建筑"。我按照办事人员交代的步骤,在一楼接待处报上了自己和本案检察官的姓名。保安在确认之后,给我发了一张通行证。出入境管理局莫非也设在这座办公楼内?貌似南亚人的一大家子在我之后走了进来,和保安大声交谈着。

我上到地方检察厅所在的三楼。电梯门刚一打开,就有位女性守在门边，接着把我带到了等候室内。从长椅、门与玻璃窗的外观来看，设施都像是 20 世纪 60 年代配置的。排在我前面的来客人数为零。办事者只有我一人。尽管我比在电话里和检察官约好的下午三点迟了三十分钟左右，但对方依然关切地问我赶上回程的渡轮会不会有问题。为了应对可能出现的任何状况，我把车停在了渡轮班次最多的土庄港。就算晚间九点回岛也不要紧。手机的通信运营商也刚从 au①换成了 Docomo②，我把各社交软件的登录信息挨个修改，以此来消磨时间。

等了三十多分钟，方才那位女性又来接待我了，她领着我穿过一条微微有些昏暗的走廊，来到检察官的办公室里。

"您好，让您久等了，非常抱歉。我是检察官 H，4 月刚刚到高松就任……"

诶？

我大为惊讶。

说到检察官，我早已做好心理准备，认为眼前出现的会是一位田中森一③般目光如炬、不怒自威的中年男性。以前看电视剧《律政英雄》的时候，我总觉得木村拓哉扮演的帅哥型检察官，必然只存在于

---

① au，日本移动电话网络品牌，由 KDDI 在日本本岛，冲绳移动电话在冲绳经营。——编者注
② Docomo，日本最大的移动运营商，提供一系列领先的移动多媒体业务。——编者注
③ 田中森一（1943—2014），日本泡沫经济时期著名的检察官、律师。从作为公务员为国家政府效力，查办贪腐案件，到辞职当律师，专门收黑钱为黑社会高层打官司，积累巨额财富，最终因敲诈勒索罪锒铛入狱。其人生可谓在正邪之间颠倒反转，当时号称是媒体曝光率最高的检察官、黑社会的守护神。——译者注

虚构世界之中。

谁知，隔着宽大写字台与我相向而立的检察官 H 是位青年才俊，英气逼人，如同斋藤工与樱井翔①的一个混合版；穿衣品位绝佳，淡蓝色条纹轻休闲款衬衫，搭配印有灰色细条纹的西装外套，可谓干净清爽、相得益彰；略显厚重的腕表，数字盘简洁素朴不触目，显得知性而聪颖；脸颊留有剃须后淡淡的痕迹，发型也修剪得帅气时髦；并且，身旁放着一只黑色商务拉杆箱，连轮子都干干净净，不染一点尘垢。

这年头的检察官，个个都是时尚达人吗？此人年龄在二十七八至三十二三之间，在眼前这座装修古旧、气氛凝重的建筑里，显得卓尔不凡，仿佛周身都闪闪发光。这也……太厉害了吧！如此英俊有型的帅哥，却是一名检察官？也就是说，不仅要通过国家司法考试，还得在司法实习中成绩名列前茅。这名优异到不像凡人的男子，不知会成为多少高规格、高配置的上流社会大小姐们你争我抢的对象。如此应有尽有的人生，该会多么麻烦、多么费神啊！

这名让我始料未及的美男子一登场，我当时的反应肯定是惊奇地瞪圆了双眼，完全一副"花痴"模样。坐在侧面办公桌旁随时待命的女性，投来了洞悉我一切心思的目光，察觉到她的视线，我方才恢复了理智。她就是刚刚领着我过来的那位女性，大约是个检察事务官吧。在正式进入调查询问之前，H 告知我 A 已经有了辩护律师。

---

① 斋藤工，日本演员，出演作品有《逆转裁判》《春琴抄》等。樱井翔，日本歌手、演员，日本 Johnny's 事务所旗下组合"岚"的成员。——编者注

是国家指派的辩护律师吗？

"不是，恐吓罪不在国家指派的范围之内。估计他个人委托了当日的值班律师吧？"

据说，作为刑事案件的嫌疑犯而被逮捕者，在被捕后的办案阶段，可正当行使为自身辩护的公民权利。为了实现这一目标，一立案就立即会有律师予以跟进。我用"因刑事案件被捕后该怎么办"做关键句在网上检索，跳出一大堆法律事务所的主页，纷纷劝告：逮捕后速度就是生命！请马上咨询专业律师！

当值辩护律师制度，是为了让没有财力支付律师费用的嫌疑人也能行使正当权利，由日本律师联合会在1992年推行实施的。首次咨询免费。

"所以，A的代理律师提出希望和内泽女士面谈一下。我可以把您的电话号码告诉他吗？"

哦……可以是可以。

"如果接下来您时间方便的话……一次次从小豆岛往高松跑，想必也很辛苦吧？不知您是否了解，律师事务所就在这条马路对面，想过去的话，几步就能走到。对方说期待尽早与您会面。"

哦……

从之前和小豆警署的各位刑警打交道时起，一干人等就如走马灯般换来换去。包括眼前这位检察官，还有A的代理律师，我又要从零开始把事件的来龙去脉交代一遍吗？不仅事实情节，还包括我个人如何不安与恐惧都要细致恳切地一一说明，哦不，或许应该说是一一申诉？好累。真的好累。同时内心又忐忑不安。

H检察官的询问，基本和供述书的询问步骤差不多，要求我将事件的前后经过，从与A开始交往的当初，到因分手话题发生龃龉、关系恶化、对方狂暴，依次进行详细的说明。

"真是受苦了啊。"

H检察官无心吐露的一句安慰之语，却让我听了一愣。就是这句话，这句"真是受苦了啊"，在我之前和警方打交道的过程中，恐怕一次也没有听到过。事实上，在接下来的日子里，就连我自己的律师都不曾讲过。这也就不去介怀了。总之，当时我第一次感到自己被真正当作一名受害者来对待，双膝一软，仿佛瞬间被抽去了力气。

"那么，在与A交往期间，他有对您施加过暴力吗？"

这倒没有。只是一起争执就绝不退让，把话说得异常难听，总叫人心里难受得要命。后来我也不愿开口讲话了，多数时候沉默以对。不过，实际上的肢体暴力从没发生过。啊，对了，他开车时的表现有点恐怖。

"恐怖具体是指什么？"

就是"路怒症"严重，总是一副心急火燎的模样，遇到行车礼仪不规范的司机，就对人家破口大骂。他本人的驾驶倒并不冒失急躁。

"原来如此。那么，内泽女士，您希望A被起诉并接受制裁吗？作为检方，我们仍在推进对本案的调查。但A的律师估计会提议庭外和解。"

嗯……我也不知道。若问是否期望 A 遭受惩罚，我并不期望，但求今后此人能别来打扰我，与我再无任何瓜葛，那就最好了。

"是啊。的确如此，与一个偏执到不可理喻的人扯上关系，招致他的纠缠、憎恨，总不如息事宁人，自己清清静静度日来得安心呢。"

正是。一想到可能被他怀恨在心，我就胃绞痛。况且我感觉，他在被逮捕的时间点上，恐怕就已对我恨之入骨了。一想到仇恨升级的可能性，继续要求起诉不知是否真的明智？若能在眼前这一步谈判和解，他会不会打消一点恨意呢？

"目前调查尚未结束，我会提出延长刑拘的申请。"

好的，一切拜托您了。暂且为了 A 延缓十天才能释放，小小地庆幸一下吧。

走出检察官办公室，我又回到等候室，在这里静待 A 的律师过来面谈。在联合办公大楼和法院所处的这条马路对面，从兵库町至磨屋町的大片区域内，林立着众多律师事务所。它们纷纷挤在一个不需自行车，仅靠步行几分钟便能抵达的范围之内。据说走进这一带的乌冬面馆，肯定会有一位别着律师胸章的律师，与你面对面，捧着碗吃面。律师事务所密集到这种程度。不一会儿工夫，A 的代理律师到了。

"鄙人姓 M。"来者身穿传统款西服，但面料相当考究。年龄尚轻，估计还不到四十岁。他递过来一张名片。看名片抬头，似乎是他个人名下的律师事务所。要不然，他就是该律师事务所的继承人？

"事不宜迟，今日我把 A 本人写的谢罪书和赔偿金一并带过来了。内泽女士，想必您也知道，A 是有犯罪前科的。据我向他本人确认的结果，目前距离上次服刑结束，还未超过五年。也就是说，假如再度被起诉，是不会享有缓刑待遇的。而且法律规定对待累犯将予以重判，刑期很可能还会加重。"

如同洪水决堤一般，M 律师滔滔不绝讲了起来。我的大脑飞速转动。不享有缓刑待遇？那也就是说……

"只要被起诉，必然是实刑。要去蹲监狱！"

呃……蹲监狱！判决实刑！又一次，在我没有心理准备的时候，一堆重要且有力度的字眼如同霹雳从天而降。净是些我此前的人生中无缘接触的词汇。怎么办？怎么办？原来针对前科还有附加处罚？今天我才知道……

可是……可是……这种以前科为理由向我施加压力的做法，好像也不够地道吧？起诉对象的犯罪前科，我有什么义务要替他考虑？我，好歹也是个受害者吧？不知为何，听 M 律师这口气，仿佛由于我的关系，导致 A 平白无故遭受了本不该遭受的牢狱之灾。我，做错什么事了吗？做错事的人，明明是 A 好吗？

此刻，我若是接受了 A 的谢罪书与赔偿金，那么往后，这件事会不会成为 A 和 M 律师的挡箭牌，迫使我在方方面面都按他们的意思被动任人宰割？甚至连我受害的事实也一笔勾销了？另一种意义上来说，这个趋向十分可怕。这位律师，究竟是何来意？

我对 A，虽说并不希望让他坐牢，但此时此刻，我脑子乱糟糟的，也不想接受谢罪书与赔偿金。我希望能有时间好好考虑。总之，希望今后 A 停止一切与我的接触。

"明白了。您的要求也合情合理。实在抱歉。"

另外……M 先生，哦不，对待律师应该尊称老师，对吧？失礼了。M 老师，我听说每个做律师的，都有自己专攻的领域。那么 M 老师，您的专业是在哪一块儿呢？在此之前，办理过跟踪骚扰方面的案子吗？我想拿您过去的案例做个参考，请问您的律所有开设官方主页吗？

"呃，我吗？……我的角色无关紧要，只是当值律师而已……"

……那么，今天，请容我就此告辞了。

以我的力量，根本无法和这位律师较量。别说法律知识了，就连刑事案件的处理流程，我也全无概念。在我茫然而没有一丝头绪的时候，若是被动遵从对方的安排，草草点头答应了他们的要求，因此被拿住把柄，处处压制，想到这我就怕得要命。至少这一点，我必须小心避免。再者，我恐怕也只能雇个律师来与对方打交道了？

不过话说回来，M 律师这副咄咄逼人的气势，到底算怎么回事？作为当值律师，只能拿到手最低限度的酬劳，不是吗？为何这么积极？当然，我很明白，A 作为嫌疑人也有他应享的人权。明白归明白，可 A 又不是无辜受到指控。他向我发送大量恐吓讯息，这绝非捏造，而是千真万确的事实。恐吓他人构成犯罪，是不被允许的行为，在刑法中被列为追究对象，要接受相应的刑罚。

我并未收到过 A 的杀人通牒，他发来的那些讯息，若问恐吓的情节是轻是重，恐怕也不到多么严重的程度。然而，它们给我带来了极为恐惧的感受，这是毋庸置疑的事实。

面对我承受的这些伤害，突然掏出谢罪书和赔偿金来，打算以此将事件做最小化处理，这种向受害者施压的做法，能算正义吗？从理性的角度来看，我也明白，站在加害者一方的辩护律师需要采取这些行动。作为最低限度的法律常识，我也清楚这一点。我并不认为，应当剥夺嫌疑人的权利。辩护制度有它存在的必要性。

然而，实际身为一名受害者，遭到对方律师如此逼迫，我的内心相当忐忑且不快。更何况，嫌疑人与律师的首次面谈是免费的，可以第一时间接受专业的法律建议。与此相反，我却在A被逮捕的同时，忽然毫无防备地卷入一起刑事案件中，等回过神来，才发现自己已沦为一名"刑事受害人"，接下来的每一步都被对方占尽先机，处于被动应对的局面之中。实际上，香川县从十几年前起，就开设了受害者援助中心。身为受害人，只要提出需求，向律师进行法律咨询也可以享受首次免费待遇。而我得知这一信息并开始利用这项制度，已是半年以后的事了。事实上，也是我自己先想到"有没有类似的法律团体"，而后自己上网检索，最终才总算找到这家机构的。

可早先的时候，A忽然就嘴脸大变，我也因为他的骚扰与摧残，而身心饱受摧残，忙着搬家、换车，处在为了东躲西藏而费尽心思的状况中，根本无暇他顾，去推测和搜寻是否会有一家受害者援助中心存在。

如今，小豆警署的入口处，一进正门的最醒目位置，便摆放着香川县受害者援助中心的介绍手册。

假如受害者收入太低，仅够维持基本的生活，该怎么办呢？不发一言，默默吞下所有屈辱，让自身承受的一切恐惧悉数被视为子虚乌有，无法提出任何申诉，就这样一点点被痛苦压垮的人何其之多。

找律师？就算手头还能筹出这笔费用，我也并非什么腰缠万贯的有钱人。再说了，凭什么我就该支付这笔费用呢？谁都清楚，律师费绝不是个小数目。况且，无论搬家还是换车，不得不花钱的地方多了去了。对受害者来说，简直岂有此理。

我回到小豆岛上临时的新家，换上工装服，开始给县公路边的路肩锄草。这是我为自己定下的新的每日活动，用锄下来的草来喂养"KAYO"和"TAME"。

从暂借的住处刚刚搬来此地的当天，我连行李都撇在一边顾不上整理，就抱着"KAYO"最爱吃的青草，到朋友家去看望小羊了。虽然这次寄养的时间比以往都长，但"KAYO"似乎坚信我一定会来接它，马上起身撒了泡尿，仿佛在说"这下终于可以回家啦"，要为动身上路做准备。我给它们喂饱了它们爱吃的青草，安抚地说道："'KAYO''TAME'，你们要在这里再待一阵子哦。以后每天我都会来看你们的。"然后，当我起身向外走的瞬间，"KAYO"察觉到不能跟我一起回家，忽然大声叫唤起来。

咩……咩……咩……

仿佛在质问，主人难道不带我回家吗？在"KAYO"身边的小羊"TAME"急得团团转。虽说它年龄还小，大约没有十分迫切要回家的心情。对不起，对不起啊，"KAYO"，我好想带你回家，但此刻已无家可归。"KAYO"，真的很抱歉，"KAYO"……

我在"KAYO"愤怒的叫声中走下坡道，一直走到县公路边，仍旧能听到它的哀嚎。当我因出差暂时将它寄养在朋友家时，它总会兴高采烈地跳上我的面包车，从半开的车窗探出头去，享受着一边眺望海岸线，一边兜风的惬意。当我半路拐去便利店讨要红豆包的面皮，在信号灯前停车时，它会凑过来轻轻咬我的耳垂儿。我出差归来，到朋友家去接它，不知它是不是能分辨出我汽车的引擎声，在我跳下面包车的瞬间，它就会咩咩地呼唤我，成了每一次的固定节目。如今，连那辆面包车也不在了。眼下这间房子的临时租期为三个月。在此期间，我必须寻找能和两只羊一同生活的新住所。假如能顺利找到，只能把它们装在轻型卡车上运过去。车后厢目前还是空荡荡的状态，我本想买个车篷装上去，但即便是二手的也要十好几万日元。啊啊，花钱的地方层出不穷，要应付的事也一桩接一桩。

我来到 B 女士家，跟她同步案子的进度，说下一阶段估计需要委托律师帮我谈判。B 建议道："总之，要找个能认真聆听你说法的律师才好。"

我的说法？连日来的磨耗，已使我身心交瘁。单是与 A 一轮轮发讯息沟通，就让我疲惫不堪。之后，又在警局把同样的事情翻来覆去一再交代。接着，在检察官面前又解释了一遍。每一回，都被对方用听隐私故事的眼神偷偷打量。现在，还要继续重来？把那些令人感到屈辱不堪的邮件再度交给他人查阅?

什么啊……

"这种情况,找找可靠的熟人,通过关系介绍一位律师,大概办事会更得力吧?"

帮我照看"KAYO"的朋友建议道。说得也是呢。熟人介绍的律师,大概会更负责一些吧。有没有哪位熟人认识律师?话说回来,小豆岛上有律师吗?

"这个嘛……在我所知道的范围内,没有。岛上恐怕也不会有吧?没听说谁是当律师的。"

我以"小豆岛、律师"做关键词上网检索,相关结果为无。

8
谈判和解

"找律师的话，××先生好像认识，要不然你问问他？"

不知是否对长期寄养心生不满，"KAYO"焦躁地挥舞着它的犄角。朋友一面熟练地制止着"KAYO"，一面继续说道。

哦哦，××先生吗……

说来，我在岛上结交的友人大多属于外来移居者，且几乎都是永久定居，以后不会再返回出生地。这种情况下，我与移居者间的交流也不可避免地变得越来越多。要说我们这群移居者的伙伴，在岛内的话，还算认识几个具有影响力的人物，但远到高松的名流阶层，就基本没什么关系了。不过，那些曾经移居外地，后来又返回岛上居住的，或是回乡定居的第三代居住者，以及在岛上有亲戚所以来投奔的人，确确实实在当地拥有一些人脉。××先生在我认识的人当中，就属于极少数来投奔亲戚的那类移居者。

据说，他结交了一些可靠的律师，而且是不爱在岛上乱传闲话的那种人。要是把选择范围扩大到东京的话，我好歹还能想出几个朋友或熟人，没准儿认识业务能力高强的律师。但把在东京执业的律师请到高松来，光算来回交通和住宿的费用，就是一笔不菲的开销。再者，考虑到 A 的羁押期限，肯定找不到能接我案子的律师吧？

虽说我真不情愿再把过去的经历向谁反复交代，但不交代的话连法律咨询都进行不了。犹豫来犹豫去，我求助于××先生，请他帮我介绍了一家在高松的律师事务所。这是间同时雇有多名律师的大型事务所。

约定好会面日期之后，我把从头至今整个事件的大致时间线，以及自己谈判时希望提出的条件，全部列了一下。因为讨厌啰啰唆唆、没完没了地陈述。毕竟怎么考虑，我都不算是擅长解释的那种人。更何况这一过程绝无乐趣可言。把自己最忌讳的经历，对初次见面的陌生人讲述一遍又一遍，早已让我筋疲力尽。

我对 A 的要求是，今后不许再接近我、骚扰我。不仅限于现实当中直接联系，还包括网上的联系，所有联系一律禁止。总之，必须严守本约定。其次，我想知道 A 确切真实的犯罪前科。为敦促其好好遵守谈判时立下的约定，还需另设一名保证人，由他的亲属或其他什么人担任。

此外还有一点。我不知道谈判是否会涉及这项议题，不过今后当我撰写回忆性散文或非虚构作品时，A 不可横加干涉。当然，我不会在创作中写出 A 的真名、住址与身份。我并不想给 A 的实际生活带来困扰。这，是我创作的大前提。

我是通过给报刊撰写非虚构作品或随笔来维持生计的。每部作品，都需要经过实际采访与真实经历方可动笔。现在，我正在杂志上的一个专栏连载作品，记录我个人从在东京谋生，再到移居小豆岛的前后经过。连载即将结束，很快将要结集成书。

我四处奔波，好不容易找到一栋可以眺望海景的大房子，而在其中的惬意生活，唉，全被毁坏殆尽了啊！从自己辛苦物色的家中连夜出逃啊！和最亲爱的小羊们硬生生地分离，在小豆岛的一隅隐姓埋名地度日啊！我还有什么脸面，去写"快乐的移居生活"啊！唉，一想到这些，我就按捺不住心头的怒火，连写下的文字都变得奇怪了起来。

不管幸与不幸，我从不是那种在文章里提倡精致生活方式的作者。倒不如说，我早把那套东西扔进了阴沟，随心所欲地想写什么就写什么。换句话说，刻意隐瞒自己如今的遭遇，装出一副"过着快乐的移居生活"的模样，对一个创作者来说，是莫大的损失。

就算我不打算围绕事件本身进行创作，可临时搬家也好，寄养小羊、中止狩猎活动也罢，若想完全绕开对事件背景的交代，而对这次极其不合情理的岛内迁居做出解释，压根是不可能的。如果每次提笔都要担心会不会遭到 A 的骚扰，那就什么也写不了。

可惜，对一位从未读过我写的书的地方律师，能真切传达出这层担忧吗？要是我告诉他，自己在写关于乡村移居生活的随笔，他会不会误解我是那种倡导乐活①理念的散文家呢？

---

① 乐活，由音译 LOHAS 而来，是英语 Lifestyles of Health and Sustainability 的缩写，意为以健康及可持续发展的形态过生活。——编者注

我委托的这家律所，和 A 的代表律师 M 的个人事务所一样，都位于磨屋町内。岂止，我看了一眼双方的地址，我委托的律所和 M 的律所几乎仅一路之隔。这岂不是说，不管午饭或消夜时间，双方人马三天两头会在小酒馆里"狭路相逢"？且不说本案这种低规格、低激烈程度的谈判，就算是关乎人命的重大刑事或民事案件，仅一路之隔的两家律所，恐怕也要分别站在加害人与受害人的立场展开交锋吧？假如我是一个家人遭到了杀害的遗族，那情况可就复杂了啊。话虽如此，香川县毕竟地界太小，在律师协会注册过的执业律师也不像东京那么多。就算律所并非门对门，大家彼此都是熟人的可能性也依然存在。这，就叫作地方特色。

I 律师和嫌疑人 A 的代表律师大约年龄相仿，穿一套非定制的修身款藏蓝色西服，据说专门接刑事案件。他一面浏览我简要整理的有关事件经过与谈判条件的文件，一面开口道："首先，关于此人的犯罪前科，只要询问主理本案的检察官，我想对方会告诉您的。偶尔也会遇上不愿告知的检察官。不过，嫌犯曾因前科被判过什么刑，我想应该可以设法了解到。如果由我出面打听，有的检察官是不介意透露的。本案的责任检察官是谁呢？"

"是 H 先生。"

"这位我不太认识。"

"据说刚到任没多久。人非常年轻。"

"就案情所见，A 存在因本案坐牢的可能性。打个比方，A 从前接受过有期徒刑两年、缓刑四年的判决，那么，假如自缓刑成立之日起，未满四年的期间内A又犯了罪，此时，原本暂缓执行的两年徒刑便会加算在本案的判决之上。假设本案刑期为一年，与前案合并，A总共就需要服刑三年。

"另一种情况，假如之前的缓刑已经期满，而后A再次犯罪，那么会不会被判刑，就比较难说了。尽管他曾有犯罪前科，从立场来说，处于不利地位。

"假如前案之中，他也对同一受害人有过跟踪骚扰行为，或是前后对象虽不同，但犯罪性质一致，那么这两种情况下，哪怕缓刑期限已满，本案获得实刑判决的可能性也非常高。法官会相当严格地予以审理。

"假如本案的犯罪行为属于跟踪骚扰，而前科属于其他类型的犯罪，比如说是盗窃罪，由于是累犯，所受刑罚虽会比从未触犯过法律的人更加严厉，但也比相同罪行的再犯的情况要宽松。据说本案嫌犯的前科是网络诈骗，诈骗罪的量刑通常很重，最高可判十年。"

虽说我并没指望案子往起诉的方向发展，但不管案情走向如何，以上信息都具有很大的相关性，不知I律师是否出于职业习惯，将前科与实际量刑之间的关系，对我做了巨细无遗的介绍。

虽说通过网络检索A的犯罪经历，得到的就是这一结果，但该信息是否确切，我也不太清楚。就算情况属实，它是不是A的全部前科，也很难说。只是，就我与他交往中听来的情况而言，他过往的人际关系与共犯者，与在报道中反映的若干点比较符合而已。

我听 A 的代理律师 M 提到过，他上次犯案没有缓刑。而 A 本人也表示，如果被起诉，他面临的后果会很严重。并且，M 律师刚刚给我来过电话，称 A 愿意坦白过去的前科，只要还有印象的，就言无不尽。另外，假如我蒙受了经济方面的损失，他也考虑向母亲借一笔钱，将赔偿金的数额再提高一些。

"您在本案中蒙受了什么经济损失吗？"

我搬了家，还换了车和手机。

"这是为什么呢？"

什么？假如 A 再闯到小豆岛来，看到我的车停在那里，岂不是马上就能找到我？在岛上，我日常的活动范围不外是几个地方。而这 A 都了如指掌。总之，我不隐藏自己的踪迹就无法安心生活。

"您换车花了多少钱？"

轻型卡车花了二十五万日元。

"搬家的费用呢？"

目前还不知道。临时过渡的住处和之前那栋房子，两处的房租我都在交，每月总共是七万日元。接下来，我还要继续物色新家。

"手机您也换掉了吗？"

警方提醒我，原来的手机有可能在交往期间被对方偷装了"地狱看门狗"[①]，所以我就买了个新的。

---

① "地狱看门狗"，一种实施恶意监控、信息窃取的木马软件。——原注

"您有购机发票吗?"

和首月话费算在一起,从银行账户自动扣款的……不过我想可以申请打印。

"有没有被偷装木马软件,您也不能确定,是吗?"

首先,我个人不具备这方面的技术知识。另外,警方告诉我,他们掌握的情况也并不涉及这一方面。万一 A 有帮手,就算在羁押期间,搞不好也能对我的手机实施远程操控。这样一来,与其找个懂行的人帮我检查木马,还不如利索地换个新机,问题解决得更快,不是吗?所以,我就买了个新手机,也没把之前的资料倒进来,只挨个装了一遍应用软件就用了起来。

"啊……原来如此。"

另外,说起经济损失,我是一名文字工作者,一直在写有关移居生活的随笔。原计划在之前居住的房子附近开办一家处理兽肉的加工作坊,临到跟前却遇上这种事,警车也在我家附近兜过圈子……

"法律承认的赔偿要求,仅限已成事实的损失。至于今后可能发生的损失,很难通过法律手段提前索赔。倒是可以在谈判阶段,把这一部分材料列举出来,表明自己希望将这类损失也计入其中。"

I 律师毫不客气地指出这点,一副公事公办的口吻。跟踪骚扰案中,没有人能保证犯人今后必然会改邪归正。就算犯人真有改过之心,作为受害者,也无法知道。家暴案大概也一样。从今往后,受害者将半永久性地对自身周遭加以防范和戒备,处处小心,以免被对方得知自己的住处,只能如此提心吊胆地生活下去。万一再度遭遇跟踪，此时若还住在从前的房子里且警戒不够充分的话，便会受到舆论的指责："受害人自己也有过错，不是吗？"

实际上案件结束后，我已从短期租借的房子，搬入了正式的新居所。包括警察在内，好几位本案的相关人士都对我流露出"那就放心啦"的欣慰表情。也就是说，搬家，对跟踪骚扰案的受害人来说，是理所应当采取的措施。尽管如此，正如本案中我个人的处境，即便在谈判阶段暂居在临时住所，之后又确确实实搬进了正式的新居所，也不能向对方索赔这方面的费用。道理，我都是明白的，但身为受害人，却很难表示理解。

老实说，我既不想起诉A，也不想让检方起诉A。仅仅希望对方能够明白，我究竟蒙受了多大的痛苦与损失。

"所谓对方，是指法官，还是加害人呢？"

嗯……是谁呢？应该是指后者吧。我希望对我施加伤害的人，能够切切实实了解到我所承受的一切。至于第三方嘛……我不知道。

总之，今后我不想再跟此人有任何接触，希望他保证再也不靠近我。

"再不进行任何接触的保证，并不像口头说来那么简单。他一旦有了行动自由，就可以做到从物理层面接触您。所以，尽管您可以让他签下誓约书，有种种方式让他做出保证，但我不是吓唬您，一个人想来找您的话，他总归会来的。"

所以说，我才要搬家。此外，作为一个从事写作的自由职业者，也需要利用社交平台，将之作为宣传的工作。我是不可能停用社交账号的。再者，由于我饲养了两头羊，单凭"家里有羊"这条信息，我的住址遭到暴露的可能性就非常高。好多岛民对外来游客特别友好，很可能会向陌生人提起"岛上有个这样的移居女性"。所以，我一直试图寻找尽量远离居住群落的房子。也正因如此，在人际交往方面，我也无法再像从前那样自由自在。毫不含糊地说，目前支付的赔偿金额，根本不足以反映出我遭受的实际损害。

"所言确实啊。"

另外，我目前连载中的记录移民生活体验的随笔，也不可能对本次事件绝口不提。虽说还没决定怎么动笔，但我不得不搬出费尽千辛万苦才找到的海边大屋，对此不向读者交代一二，是不合情理的。当然，我不打算在文章里公布A的本名与居住地。我会留意，不透露能够追溯到A本人的一切信息。假如我如此小心保留，A看了我写的内容后，依旧抱怨"文章里的人分明是我啊"，那我会非常为难。除了要求他今后别再靠近我以外，给我适度的创作自由，是我最为迫切的愿望。眼前的I律师似乎想插嘴说句什么，我立刻打断他，自己继续说下去。

这，充其量不过是我个人的一点期望。从法律角度，在谈判中具体能交涉到哪一步，或者说坚持到哪一步，我也难以判定。毕竟我不太懂法律方面的事情。I律师，您若是能研究一下，教我具体该怎么操作，那就感激不尽了。另外，包括本次面谈在内，您的酬金是多少，可以告诉我一下吗？

"……目前还未能确认 A 具有什么样的犯罪前科，我暂且先以此为前提给您一个答复：关于今后双方不再接触这一点，假如 A 本次不会获判实刑，那么，我将在谈判阶段向对方提出禁止接触的条款。这样一来，自然需要设定一个禁止 A 踏入的具体范围，否则将没有任何意义。请问他住在哪里？"

在香川县下属某地。但不在小豆岛上。

"那么，设为禁止踏入小豆岛，如何？"

范围可以扩大到小豆郡吗？因为我有可能会搬到土庄町去。

"可以是可以，但一定要考虑现实不现实。首先，从 A 的角度来说，他有没有非得去小豆岛的需要？比如说，工作所迫。"

没有。他本人说，高中时代曾偶尔到岛上来玩，之后，直到和我开始交往，都再也没有来过。

"这样的话，我想可以把禁止踏入小豆郡作为谈判条件。也就意味着，条款里还可以写明：假如 A 破坏约定，则必须支付相应的违约金。"

这样的条款，具不具备有效期限呢？

"设定的话就会有。不设定的话，就等同于永久有效。假如 A 万不得已，实在有踏入小豆岛的需要，可以联络代理律师，双方进行协商，在彼此都认可的情况下，变更之前立下的条款。不过，这种例子我还从未听说过。您可以默认，谈判时定下的期限基本上是不再变更的。"

"在违约金的赔付方面,设定一名保证人是完全可能的。假如保证人具有充裕的资金偿付能力,那么就算不是 A 的亲属也没问题。如果在谈判中,将设置保证人作为和解条件的话,我想对方会去寻找合适的人选吧。只是,A 此时正处于羁押当中,具不具备这个活动能力,就比较难说了。"

关于 A 的人际交往,有几点让我比较担心。假设检索到的那篇报道所反映的果真是 A 的犯罪事实,那么则说明,他还有共犯者。从之前我与 A 的来往信息看,除去他本人以外,背后似乎还隐隐存在另一名相关者。而这个人物,如果单纯是 A 编造出来吓唬我的,那倒还好,但万一是 A 从前的老搭档,从本案的犯罪内容来看,此人极有可能是个精通网络与电脑技术的角色。一想到他们二人是不是现在仍有联系,正谋划对我干点什么,我便惴惴不安。

那么,此类案件有没有通过谈判收场的可能呢?

"有啊。检察官会根据谈判的结果,来决定对犯人是否实行处罚,或实行怎样的处罚。至于本次案件,虽然看起来略微复杂,但时间方面还是比较充裕的。"

不不,我说的收场,不是这个意思,而是指通过谈判,加害人是否真的会停止骚扰,放下愤怒、憎恨等情绪。

9
Ⅰ律师

对于逮捕这个决定,我重新站在 A 的立场上思考了一下。

首先,是 A 不接受我的分手要求,向我大量发送骚扰信息的时期。由于被我称为"跟踪狂",他怒不可遏,为了宣泄胸中的愤恨,便威胁我,声称要破坏我的人际关系,向警察诬告我,把我朋友的隐私爆料给周刊杂志。在当时那个节点上,A 自以为掌握着整件事的主导权,不仅没有料到我会对信息的内容感到恐惧而求助于警方,同时似乎也坚信,只有对我本人进行尾随、纠缠,或直接上门骚扰才算"跟踪狂行为",根本没有"大量发送恐吓信息也属于犯罪"的这种意识。假定这一时期 A 的愤怒值是十。

接着,A 一心认定我与某男性友人"有私情",到处寻找这位"偷情对象"的家,谁知错把一个同名同姓的陌生人当作我这位朋友,他企图趁其不备闯上门去大闹一场,结果被警察拘捕。在警署里,我不清楚他接受了怎样的教育和开导,总之,A 对我的怒意不仅丝毫未减,在得知我报警以后,反而更飙升了一层。未与他本人实际接触，仅在耳闻范围之内大致推测，估计愤怒值在十五左右吧。翌日，在A的要求下，我的朋友B女士与他进行了面谈。假定此时他的情绪已稍稍得以缓和，但是，怒意仍未百分百消除，或许恢复到了十的水平吧。

次日，A逐渐有了些许反省之意，给B女士打电话，承认自己做错了，提出想给我道歉。在这一时间节点上，愤怒值说不定已降至二或三。

可惜，当时我刚与警方达成约定，保证绝不撤回报案书。考虑到最好把A的悔过之意反映给警方，我特意拜托B，让她叮嘱A找警方谈谈。谁知，接下来A马上就被逮捕了。此时此刻，也不知他的愤怒值在哪个刻度。是暴涨了呢，还是……

或许A认为，只要向警方表达悔过之意，这个案子就能完结。或许他想都没想过，在自己提出道歉之后，竟然会被逮捕。

我与警方沟通的来龙去脉，A是无从知晓的。警方先是向我出示了A的犯人照，提示我此人有犯罪前科；随后又告诉我，A与我交往期间用的是化名，并以递交正式报案书为条件，终于向我透露了A的本名。我委托朋友对A的真名展开检索，发现了他当年可能曾犯下的案子。

其后，我担心A的打击报复，权衡再三，试图撤回报案书，却被警方告知，如此一来警方将彻底从本案抽手，无法再给予任何保护。无奈之下……不，倒也并非迫于无奈，最终是我在自由意志之下做出的选择。虽说谈不上阴差阳错，不过，假如能有半日的时间差，估计我已撤回了报案书。

话说回来，假如 A 不曾对我隐瞒真实姓名，过去也没有被捕经历，我还会提交报案书吗？假如本案中 A 被起诉，结合其犯罪前科，极有可能无法享受缓刑待遇，最终将会获判实刑。关于这一点，作为当时的我来说，亦无从知晓。各种超乎我经验与想象的状况接二连三向我逼来，惊恐、错愕、忐忑……在各种体验的夹击之下，我对现状做出冷静分析与判断的能力，连平时的一半都不及。那些复杂艰深的法律条文，也丝毫无法进入我的脑子里。这种情形之下，警方若撒手不管，任我凭一己之力去应付因为愤怒而情绪失控的 A，无论如何我也办不到。

对我这边的各种情况，A 知情并理解吗？我并非在给自己找借口开脱，只是希望有人能把我面临的诸多困难，好好向 A 转达并做个解释。

如今的 A，想到自己或许将被实行判决，惊慌失措的同时也可能会怪罪："这女人为了陷我于绝境，竟然提交了报案书。"因此对我的怒气值恐怕早已飙升到二十上下了吧？这让我忐忑得要命。提交报案书，或撤回报案书，不管选择哪一种做法，我内心的不安都不会稍减分毫，反而一个劲儿地暴涨。事态怎会发展到这般进退皆不见出路的地步呢？

A 通过代理律师 M 所说的那番话，只向我传达出一种迫切的心情：假如任由这个女人继续起诉，我肯定会坐牢的，希望能尽一切办法阻止她！或许，A 一心一意只想免除牢狱之苦，也有假装在反省的可能性？到头来，对羁押当中的 A，不管谁去询问什么，恐怕他都不会吐露真实的心意。

A 承受了意料之外的打击（虽说是自作自受），所以，比起对我纠缠不休的那个时期，怒气与愤恨反而变本加厉的可能性极高。这样考虑之后，我将从与 A 相识到 A 被逮捕的前因后果，按照时间线详细进行了梳理，把文件交给了 I 律师。然而，眼前的 I 律师似乎只是一味关注，在被告有前科的情况下，如若发起诉讼，会对审判产生怎样的影响。作为律师，最为留意的总是这类信息……吧？而我想到的却是，现在 A 对我的仇恨程度到底有多深，假如他真对我怀恨在心，那么我的哪种行为、哪种应对方式会激化他的怒意。不了解这些的话，岂非无法展开谈判？

在这种状态下，硬起头皮勉强回应对方的和谈请求，即便案件以不起诉告终，A 对我卷起的狂怒与憎恨，果真也能一道"收场"吗？我真正关心的，不如说更倾向于这一点。

"关于这一点，我就没法判断了。至少以我的个人经验，从没听说过和解之后，对方又再次犯案的……在我过去受理的跟踪骚扰案当中，代表受害人立场的，仅有一例。在那件案子里，受害人原本是决定起诉的，但因被告有享受缓刑的可能，所以谈判的重点在于，被告事后对待受害人的态度，能否切实遵守当初立下的约定。好歹那个被告是有配偶的，也就是说，由他的妻子出面充当违约金保证人，双方达成了和解。如今,也没听说那人有过再犯。那个被告的行为可比 A 更恶劣,还干过偷拍等勾当。"

这个嘛……假如我从事的职业能少一点抛头露面,我猜 A 也会更容易把我忘在脑后。虽说我也没出名到尽人皆知的程度,但每逢新书出版,就会上电台节目什么的,作为一种宣传,我不得不配合出席各类活动。就算 A 打算忘掉我,会不会被这些消息提醒,再次想起这些事情而跑来找茬寻衅呢?我特别担心这一点。

I 律师没有直接回答我担忧的问题,继续说了下去。

"另外,关于您希望围绕本次事件进行创作这一点,谈判中无法要求对方立下保证,不管您写什么都绝不提出异议。内泽女士,您的创作活动具有损害他人名誉的可能性。让对方对有机会发生的违法行为事先做出许可,这样的契约,本身有极大可能被判定无效。"

话到此处,看样子 I 律师又要针对名誉损害罪来一番喋喋不休的说明了,还是可免则免吧。确实,我对名誉损害罪的详情不甚了解,但我至少知道,在创作中千万不要去写涉嫌伤害他人名誉的内容。

在交给 I 律师的文档里,我表达得十分清楚:凡能够推定到 A 本人的信息,我一概不会在文章中涉及。鉴于我作品本身的性质,必须对搬家的前因后果加以交代,这势必需要提及本次事件。我只是不希望 A 因此而大惊小怪。

"假如从内容不能推定到 A 本人,就不会构成名誉损害。也就是说,您若能保证即使围绕事件进行创作,也让 A 提不出任何异议,那么以此为前提,来设定谈判的条件,倒是可行的。"

那就麻烦您这么办吧。

"顺便一提,刚才我讲的这些,都是以和解为前提采取的应对措施。我想,一开始的时候也跟您提过,对本案的处理可以有几种方向。除和解之外,内泽女士,其实还有一种彻底让 A 得以重判的做法。本次事件中,A 犯下的仅仅是恐吓罪吗?有没有触犯《反跟踪骚扰法》的行为呢?"

面无表情的 I 律师,脸色忽然微微一亮,冷静的口吻中暗藏一丝兴奋。我不禁猜测,他所期望的,其实是发起诉讼。这到底算怎么回事呢?就因为他是专门打刑事官司的律师吗?案子上法庭的话,他能得到更多律师费?还是说在他看来,单是把 A 送进牢房,A 就无法再对我构成危害了?有点猜不透。他是不是原本就认为,假如能把 A 关入牢房,等 A 出狱后,便不会再执着于纠缠我、骚扰我呢?

本次事件中,我与 A 一直使用社交软件的聊天功能进行交流。因此,不属于《反跟踪骚扰法》的适用范畴。尽管我与 A 发送的内容和使用邮件并无任何两样,但仅仅形式不同,便无法适用该项法律,对此我真心不能理解,也觉得荒谬透顶。

此外,不知 I 律师能否调阅我提交的报案书和供述书,那当中还附有 A 向我发送的每条信息的照片。检察官翻阅文档的时候,被我瞧见了。

"我无法调阅。报案书这东西，不属于法律规定中的涉案文件。"

话到此处，I 又向我解释了一番，报案书究竟是什么文书，以及为何在现阶段律师无法对某些文件进行调阅。律师先生们的谈话全都是这个风格吗？我单纯只想让他过目一下 A 发送的那些信息，所以才问的。可谈话却迟迟不见进展。于是我提出，索性把聊天记录通过邮件发给他如何？也被他一口回绝了。对我的受害情况不作了解，真的没问题吗？当然，作为我来说，并不想主动把这套东西拿给他人阅览，只是希望 I 能对事件经过稍作了解，这才向他提议的。

涉嫌恐吓的信息，在数量庞大的聊天记录当中，仅有八条。

"这八条，是已被认定过的吗？"

是的。警方判定，确确实实属于恐吓的信息，共有八条。

"能只把这八条记录发送给我吗？"

好的。对恐吓罪的具体认定，我没什么了解，不过，涉嫌恐吓的八条信息中并不存在"杀人通牒"，我觉得 A 不会因此被判得太重。但，谁知道结果会如何呢。

"恐吓罪最高可判两年徒刑。在刑事判例当中，不属于特别严重的罪名。"

两年以下的话，我感觉真是一晃眼就刑满释放了呢。

在我看来，一旦我迫切想让对方获得重判的心思被对方察觉，继而导致对方仇恨升级，盘算着出狱之后向我发起报复，这种情况远比和解可怕得多。要是有什么对策能防止复仇的发生，那另当别论。

"嗯……防止复仇行为的发生，是处理本案的首要原则。其次，您希望把着力点放在受害之后如何使生活回复正轨。是这么回事吧？"

没错。希望如此。

现实令我难以接受。虽难以接受，但正如 H 检察官所言，对方不是什么正常人。不论是之前以极端方式发泄愤怒，还是对过去经历的刻意隐瞒，从哪方面来看，A 都不是一个通情达理、能够正常沟通的对象。我宁可相信，与其与这样的人牵扯不清，被他跟踪、纠缠，还不如找个合适的安身之处，平静度日。

沉默了大约一分钟，一直面对电脑的 I 律师，抬起头道：

"我查了一下，如今在法庭上，是否能申请设置受害人陈述意见的环节，结果，恐吓罪并不适用该项制度。就算想发言也没有机会。所以怎么说呢，我想，还是把焦点放在今后生活的修复上更有建设性。"

所以如此啊！在法庭上陈述意见？那就必须走起诉这条途径。我有点吃惊，I 律师怎么还在起诉这个方向上打转。此人到底有没有理解我所怀抱的不安与恐惧啊？律师事务所的广告上，不是总写着"分担您的苦恼，解决您的麻烦"？若想解决麻烦，精通各项细致且繁琐的法律条文，是必不可少的。

可话虽如此，对我面临的麻烦无意认真聆听，只不停在犯罪前科是否对实行判决构成影响、何谓名誉损害罪等问题上，长篇大论地引述法律条文，他难道认为，这样便能解决我的麻烦？至于加害方究竟是个怎样的人，发送过怎样的恐吓信息，有过怎样的侵害行为……有关这方面的情况，他一概没有好好询问过。我很怀疑，这位律师真的能理解此时我内心有多不安吗？

如今，静下心来的我回头再想：假如 I 律师当真推荐走诉讼途径，那么提议一种足以消除我恐惧与不安的起诉方案，也可以啊。当时，他若能冷静地向我提醒其中的利弊：通过起诉这一方式，可切实保证令对方认真反省，而即使放弃起诉，也并不会改变最终被对方再次骚扰的概率，那么，我想必也会更加积极地考虑这一选项吧。

另外，我事后得知而大感震惊的一点是，通过谈判和解的方式选择不起诉，与中途撤回报案书一样，也可能会伤害警方的积极性。今后假如 A 再跑来岛上骚扰，我还得仰赖警方给予援助啊！而专门办理刑事案件的 I 律师，对此会一无所知吗？假如他能考虑到我的胆怯情绪，给出哪怕一两句建议，没准儿我会选择起诉也说不定。可惜，时至今日回头再看，当初真应该克服心中的忐忑与惧意，大胆走起诉这条路。而在当时，我却拿不出这份决心。总而言之，我畏惧着 A 可能会发起的复仇，为此瑟缩不已。为何 I 律师一再婉转规劝走诉讼方式，我完全理解不了话中之意，只是备感困惑。

我并非不愿面向法官控诉 A 的罪行。但是，尽管属于我的主观推测，在庭上进行意见陈述，内容应该仅限于可见的受害行为吧？例如：因为 A 的狂暴态度，导致我如何迫于恐惧，不得不搬家到新的住处等。然而，我实际遭受的损害，可绝非仅此而已。它涉及更多，范围更广。三言两语，无论如何讲不清楚。

警署或检察厅，也包括律师事务所，在我遭遇骚扰并报案之后，都有怎样繁琐的流程与谈话轮候着我；我如何扼杀内心的感受，将羞耻的经历暴露于人前，一遍又一遍向对方解释、证明自己受害的事实；以及日常活动长期受到限制，连正常工作都不能如愿……这一切的一切，都是以该事件为节点，突然降临在我头上的。

当然，在法庭上面向有限的听众控诉自己遭遇的侵害，也是重要的手段之一，肯定会作为一份正式记录，留存在地方检察厅的案卷当中。只是，允许调阅这份资料的，到底能有几人呢？大概仅限于相关司法人士或新闻报道人员吧？从我个人职业的角度来说，在十分清楚书籍出版时的传播力的前提下，若问我是否会对法庭的意见陈述环节感到更大兴趣，答案是：其实很难。当然，若真能借助出版进行造势，我自是乐意。然而，单单告诉我可以安排意见陈述，便问我是否期望起诉，那绝对不可能。

首先，在我与 A 的交往过程中，并不存在身体暴力行为。围绕这一点，我也反复接受过警方与检方的询问。暴力，以及暗示将采取暴力的言行，除了 A 有一次曾提到，假如遭到宠物羊"KAYO"的反抗，他会忍不住动手打死"KAYO"，所以尽量不接近它为好，此外再没有任何涉嫌暴力之处。只不过，每当我俩发生口角，他的态度会变得极端狂躁。确实，我也是一副不善退让的脾气。但 A 有种无论多么鸡毛蒜皮的小事，自己不占上风就决不善罢甘休的偏执劲儿，可谓到了变态的地步。总之，一旦他火气上来，就从不给对方留半分余地，以至于在我印象里，和别人说话感受如此糟糕的，在他这里也算独一份，简直无可救药。于是我才心想，索性分手算了。直到现在，我都能轻易想象出 A 那副怒火中烧的模样。考虑到万一发起诉讼，导致事态更加恶化，我依然会心惊胆战。

"明白了。这样好了，假设您决定委托我做代理人，那么我会在与您，以及对方律师全部进行过沟通，并得到双方同意的基础上，将谈判的条款起草出来。这是我作为律师肩负的任务。您看怎么样？打算签约吗？"

哦……那就拜托了。

反正能够细致了解身为受害者的我的想法，或愿意了解我的想法的人，压根就不存在。我告诉自己：剩下的时日也不多了，一遍遍针对事件进行陈述，也让我耗尽了气力。眼前这位律师，姑且能按照我希望的方向去展开行动，那就够了。我渴望早点从这场灾祸与麻烦中解脱出来。找个律师代理一切，自己才好钻进被窝，什么也不想地蒙头大睡。当时我的心境，便是如此。

10
条款交涉

"明白了。起草谈判条款，以及负责与对方交涉，最低程度的代理费用为十万日元。不过，考虑到条款内容通常都会增添，请以十五万日元作为起算标准。另外，考虑到出差之类的可能性，还需先行支付一万日元的押金。"

原来如此。本次谈判的"关键因素"，看来还在于如何将以下诉求，用约定条款的形式表达出来，即"我打算围绕本次事件展开创作，过程中承诺不透露任何可推及加害者本人的具体信息，请对方勿对此表示干涉"。在这个问题上，我一点头绪也没有。要不要在谈判中插入这一项，也始终拿不定主意。总之，仅仅把最希望达成的愿望，尝试性地提了出来。

如果谈判中能够对此达成共识，那么涨五万日元律师费，倒也……还算妥当。起草一段充其量不到百字的条款，就要收取五万日元费用，可真不便宜。但话说回来，这是我最渴望到手的权利，恨不得能从嗓子眼里伸出手来紧紧抓住它。以我此刻掌握的那点法律知识，使出吃奶的劲儿我也编不出来。就算编得出来，对方也极有可能不予接受。作为契约，我希望它能真正生效，具有法律约束力。

"那么，假如能按照您所期望的条件顺利达成和解，我将收取一笔酬金。鉴于本案花费的时间并不算太久，当谈判成功之后，酬金的数目大约与起步费在同等程度。另外，万一您提出需要两名保证人，但最终只物色到一名，或对方给出的赔偿金达不到您的期望等，但凡谈判的结果不及您的预期，就只收您十万日元左右。请您做好预算。"

今日的咨询费呢？

"如果您委托我做本案代理人，今日的面谈不收费。"

明白了。那么，万一对方破坏约定，明明有支付违约金的义务，却拒绝履行，该怎么办呢？

"假若双方签署的是普通协议，可以拿来作为文字证据，将违约方告上法庭。假若您手头保留的是正规公证书，可以不提起诉讼，直接经由银行从对方账户强行将款项扣除。虽说想查出对方的账户会比较麻烦。"

谈判时提前做好相应的准备，是不是比较稳妥呢……

"不过，制作公证书需要对方提供正式登记过的个人印章，目前他尚在羁押当中，这种状态下会比较难办。"

原来是这样啊……

"另外，关于赔偿金，您理想中的金额大约在多少呢？"

"啊……多少合适呢？不赔偿未来可能发生的损失，仅针对已形成的损害，对吧？"

钱的数额，并不是随便怎样都好。但我心里也没有一个"非如此不可"的期望值。本来我这个人，就极度不擅长高估自己的价值。

"搬家、换车，加上购买新手机，这么大致一算，我想差不多该在一百万左右吧？"

搬家我是拜托朋友帮忙，一点一点把行李弄过去的。目的是尽量不成为岛民的谈资。要是不加小心，请了搬家公司过来，在这种乡下地方，很有可能会泄露自己的隐私。我非常担心这一点。最后就没请工人，也没产生搬家费用。只是相应地，占用了我个人大量的工作时间。但从金额来讲，就算加上换车和手机的费用，总共花费也不到一百万日元。

另外，我计划三个月后正式搬一次家，新居也会位于岛内。届时假如A又上门骚扰，最终，我恐怕将不得不带着两头羊离开小豆岛。最糟糕的情况下，估计还要丢下羊，逃往海外……真那样的话，我不如死掉算了。活着还有什么意义可言？将来会不会逃亡海外姑且先放一边，包括寻找住处在内，考虑到我要委托专业公司大张旗鼓地搬运家当，事先就必须存好一笔备用金。

最关键的是，搬家也好，面谈也罢，这些活动本身吞噬了我大量的时间。这才是最为惨重的损失。我的精神状态也安定不下来，手头明明有稿子要写，却无法赶在截止期前交稿，已经拖欠了某杂志部分稿件。

同时，我也难以集中心神投入新书的校阅工作，迟迟拖延着进度。不安、恐惧、自我厌恶……这些情绪干扰着我，让我读不进去自己的书稿。对了，尽管工作时间被消耗不能算作"花费"，但我却因此减少了收入，这岂不是巨大的损失？这么算的话，唉，早就不止百万了。反正谈判的时候，不管开价多少，大概率都会被对方杀价。民事诉讼中，赔偿金一类的数目，最终大抵都会降到受害人希望金额的一半以下。每次看到法制新闻里赔偿金的交涉与判决，我都会觉得，"简直像在跟摩洛哥或土耳其的地毯商人讨价还价"。将损害的金额尽量多算一些，是不是更明智呢？

假设我如愿获得了百万元的赔偿，我所遭受的伤害，也并不会因此而减少。

最终，包含支付给律师的起步费、酬金及其他花销，我把赔偿金定在了一百二十万，假如对方破坏承诺，则需支付违约金三百万日元。以此为条件，我让律师制定了谈判的初步框架。至于 A 的代理律师 M，及检察官 H，次日我再联络他们，向二人传达谈判的基本方向。接着，向检察官确认完 A 是否有缓刑可能以后，我再具体考虑，在谈判中的强硬该坚持到哪一步。

和 I 律师的面谈，已经过去了四天。我一直在焦灼地等待着他的联络，但始终不见他发来邮件。他明明说，只要掌握到什么情况，就马上写邮件通知我。

当日，高松地方检察厅再次传唤了我。我只能去向 H 检察官探听一下有关 A 前科的真实情况。

"A 写的谢罪书，不知您看过没有？信中所述十分详细，大致都与调查到的情况相吻合。"

不，我并没收下这封信。上次和 M 律师见面时，是不是应该收下它才好？H 检察官似乎无论如何不愿亲口透露 A 的前科。我这人其实不擅长玩讨价还价的心理游戏，但这种时候，也只能壮着胆子把话题继续下去。我先讲了讲，自己如何从警方告知的真名着手进行检索，而根据所查到的案件内容，以及逮捕日期和罪名来判断，我感觉当年的刑期似乎很长。接着我又表示，一想到除此之外 A 会不会还有其他前科，我就对查到的结果很难放心，感觉怕得要命。果然，在我紧咬不舍之下，H 检察官道：

"有组织的犯罪，通常判刑是会很重。"

嗯，那也就是说……我犹豫了一瞬，但想到机不可失，豁出去追问了一句："您是指 A 属于某个暴力犯罪团伙吗？"

"不，这倒没有。"

我微微舒了口气。同时也意识到：从我与检察官这段对话可知，我用 A 的本名检索到的那起网络诈骗案，主犯果然是 A 本人无疑。H 其实也暗暗承认了，当年 A 并未获得缓刑，而是接受了实刑判决。估计 H 不会愿意把话讲得更明白了吧。既然如此，我只能以"A 因该案获判实刑"为前提，把谈话继续下去了。

我凭与 A 交往时的感觉推断，他本身在电脑或网络方面所知较少，仅属于一般水准。网络犯罪需要高度掌握编程或黑客技术，制作载有病毒的邮件到处散播，我不认为 A 能办到。不过，假如他与当年诈骗案中那名"精通网络技术的共犯"，至今仍保有联系的话，通过网络对我发起报复的可能性也未必没有。想到这点，我就惴惴不安，连打开电脑都害怕得不得了。

"不会的。不存在这种可能。作为第一共犯来帮他干这种事，又有什么好处呢？"

H 检察官不以为然地答道。

难道说，没有利益或仇恨什么的，人就不可能犯罪吗？出于友情，或纯粹本着兴趣及当时的心情，就不会为他人的犯罪搭上一把手吗？我始终觉得，网上那些恶意骚扰最开始的动机，大多未必出自犯罪意识，而单纯只是兴之所至，为了好玩或消遣而已。而成为攻击目标的一方，却苦不堪言。

"如果您没有其他疑惑的话，我会将面谈内容写成调查书，有出入的部分，还请您指出来。"

话音刚落，H 检察官便站起身来，单手扶着书桌，双目微闭，脸向虚空中扬起。这行为是什么意思？我还来不及惊愕，他已眉头微蹙，开始口述起调查书的内容，"本人内泽句子……"云云。那姿态，宛如一尊空也上人①像。旁边的女事务官啪嗒啪嗒敲击着键盘。

---

① 空也上人，日本平安时代中期的高僧，将"南无阿弥陀佛"的六字念诵在民间传播普及开来。作为京都真言宗智山派六波罗蜜寺的祖师，其雕像藏于该寺宝物馆内，姿态为手执鹿角杖站立，左脚迈向前，面部微扬。——译者注

哇……难道要把全文如此一一口述出来？我头一回知道还有这种做法。检察官这种生物，脑子可真好使……真想让小豆警署生活安全科的 O 警员瞧瞧这一幕。更为神奇的是，口述到一半，H 忽然交代事务官："啊，请在'当时'前面，插入我接下来这段话。"竟然还能在脑内倒带、插播和删节文字?!

这也太厉害了吧……他的脑袋里到底是何许构造啊？要是有窍门或训练方法啥的，我真想偷学两招。

三十分钟不到，调查书便宣告完成。好快！精英人士的脑子果然跟我们普通人的不一样。头一遍起草的稿子，几乎找不出需要我更正的地方。我二话不说便签好字，盖了章。

"但愿谈判能圆满收尾啊。如若发起诉讼，庭审结束后，您也有可能需要调阅相关记录。考虑到本案对您今后生活及著书工作的影响，嗯，怎么说好呢……总之，一旦有什么情况，您随时可以起诉，我已做好了相应的准备。"

H 检察官露出爽朗的一笑。

回到家里，我给 I 律师写了封邮件，告诉他自己已经办好订金的汇款手续，在地方检察厅配合下完成了调查书，并询问了上次面谈之后案情有无新的进展。

I 律师立刻发来了回信。对我方提出的谈判条款，M 律师的意见是，希望能够减少赔偿金。理由是，目前的金额里包含了以后搬家的费用，然而，如若以 A 今后再不踏入小豆岛为条件缔结了和解协议，这部分费用自然便不成立了。至于精神方面的损害，对方愿给予三十万日元的补偿。而承诺今后再也不踏入小豆岛，再也不与我发生接触的誓约书，A 本人已经拟好了。

此外，对"禁止接触条款"之下再附设一项"违约金条款"，对方没有表示异议，可以考虑由 A 的母亲充当保证人。但由于需将 A 的逮捕经历向第三方透露，因此另设一名保证人的要求，会十分勉强。并且 A 针对案情记录（内泽的描述）存有异议。以及，假如双方能约定保守秘密，不向外透露本案信息，A 便同意签署和解协议。

对方这种态度，让我感觉"实实在在被冒犯了"。尽管过程想来会很麻烦，但遭受如此程度的侵害，不搬家是绝对不行的。不光我本人，包括我的朋友，以及负责本案的警察，大家都不会答应。一想到夜晚我要独自待在事发之前的同一所房子里，朋友就担心不已，叮嘱我"千万要搬家啊"！跟踪骚扰案中的受害方，本来就该如此。另外，不愿把自己的被捕经历告诉第三方？这种想法，我理解是理解，可从感情上来说，却十分不痛快。凡是能保障我安全与利益的条款，一项接一项被删去。好吧好吧，人权嘛，人权。我嘴上嘟哝着，内心却对自己倍觉无语：都到这份儿上了，您还坚持认为，"所谓人权，就应当保障每个人都能够享有"呢？

I 律师随后又发来了第二套方案：赔偿金减至五十万，从法庭以往的判例来看，用这个数目来拿下谈判会比较保险；取消了第三方的保证人，仅保留 A 的母亲；至于我的创作权，如果从文章内容无法具体推及 A 本人，那就不算违法，用不着特意设置一项条款，让对方承诺不对创作加以干涉；倒不如改添一项协议：禁止A浏览我的博客或社交账号，以及在评论栏里留言。

既然不需要针对创作权增设协商条款，那么当初以此为由额外收取的五万元费用，到底算怎么回事呢？真是荒谬透顶。况且，一下子也让步太多了吧？可尽管如此，我却还是觉得：行吧，要是真能圆满收场，就这样算了。赔偿金这东西，难道真像地毯商的讨价还价，必须找一个双方都能妥协的折中点？不过话说回来，"双方必须保守秘密，不得向外人提及本案信息"这一条，恕我无法接受。

我又给I律师写了一封长长的邮件：搬家也好，创作也罢，我都希望，对方能在理解我所承受的恐惧如何深重，我对今后的生活多么不安的基础上展开商讨。尤其是围绕事件进行创作的权利，为了增设这一条款，我自愿付出了五万元费用，绝对要放进谈判内容当中。

然而，I律师的答复，却并未回应我的期待。按照他的说法：个人有言论表达的自由，只要不对他人的权益构成非法侵害，创作是不受干预和限制的。至于禁止A浏览我的博客或社交账号这一条，本来其实也不必有，但为了降低对方以评论的方式进行骚扰，或双方由此产生冲突的可能性，他才提议添加的。

言论自由什么的，谁都知道好吗！既然如此，为何首次面谈时不明说，我希望增添的条款是没有意义也无法办到的呢？仅仅为了查明能否设置这一条款，就得五万元？I律师所属的事务所，在规约中明确写道，"订金一概不予退还"。尽管我内心翻涌着种种不满，但已经被延长过的羁押期限只剩一周便要结束了，除了继续委托他，我毫无办法。

翌日，I 律师发来了重新斟酌修改过的谈判条款。与此同时，他告诉我说：A 对自身前科进行坦白的那封信，目前暂时保管在其代理律师 M 手上，由于信中内容涉及嫌犯的高度隐私，对方希望等谈判结束、双方达成和解之后，再交给我。另外，如果我愿意接受三十万精神损失费的提议，那么对方愿意立即拍板签字，那封信也会即刻交给我看。

理性来看，我可以理解。然而，每当 A 的人权或隐私被警方、检方，以及代理律师等一大群人保护得严严实实，我的恐惧与不安便会直线上升。我又该如何才好呢？他用污言秽语对我大肆谩骂，威胁要将我的生活搞得一塌糊涂……一个骚扰犯刻意隐瞒的黑暗历史，却被守护得密不透风。这种状况，超乎想象地令人痛苦。

更别提负责从中传话的 I 律师。本身我虽说也没期待过什么，但他却连一句"想必您会十分不安"之类的安慰话，都没说过。岂止如此。当初本是他提议将赔偿金减到五十万的，可不知何时，却对对方提出的三十万改口赞同起来。

明明一开始占据有利形势的一场谈判，却搞得我心里七上八下、不得安宁。不知为何，我有一种不祥的预感。首先，为了今后的创作表达（包括社交账号的发文），我需要判断 I 律师起草的条款是否可行。我向三个月后即将推出我作品的单行本的出版社进行咨询，征求法务部门的意见，得到的答复是："关于本次事件，您可以用顾虑到对方隐私的方式进行书写。对方若对内容存有异议，可采取法律手段，经由代理律师与您沟通。谈判的时候，您就向对方这样提议，可好？"哦哦哦，不愧是出版社！对此类问题司空见惯。我给 I 律师回信，提出将谈判条款的措辞按照法务部给的建议进行修改，至于赔偿金的减额，若是保底四十万的话，我可以接受。

小豆警署发来了久违的联络。是生活安全科的 T 组长。A 在被逮捕之时曾提出，希望我归还他放在我家里的私人物品。T 组长问我，在 A 结束羁押之前，能否到我家来代取。啊？

"就是，那个……"T 组长支支吾吾。

"他说有吉他的功放、节拍器，还有那个……振动器。关于 A 的私人物品，没有什么出入吧？"

啊？确实，这些东西是 A 拿到我家来的。可我才不想管他。太讨厌了。这是不是一种对我的骚扰啊？

"被您一说，倒也……可这些东西毕竟属于 A 的私人物品，是定然要归还的啊。至于留下的衣物，他希望您帮忙处理掉。"

这一堆操作……说到底还是对我的骚扰嘛！我有什么义务要归还这些玩意？难道从我这里要回去，他好再拿去给别人用吗？恶心。欺人太甚！我要和代理律师商量一下！

"啊，那倒也好。总之，我把他的意思传达到了……"

我慌忙给 I 律师打了个电话，用急切到上气不接下气的语气把事情讲了一遍。

"你在搞什么啊！二话别说，赶快把对方的私人物品还回去。随便毁坏或丢弃他人的物品,是会搞出麻烦来的!"

I律师怒气冲天,冲我大吼大叫。我瞬间说不出话来。连眼泪都流不出一滴。这算什么?到底是怎么回事?如今回想起这次经历并将其记录下来,我仍会感到脉搏急促、呼吸困难,直至今日也无法找到恰当的形容。为何就连应当保护我的人,也总是频频向我施加伤害,而我却不得不承受呢?

11
释放

　　A带着强烈的恶意，给警方留下了这样的口讯，其实只是为了羞辱我。居心卑鄙至极。然而，却无一人对此有所察觉。A内心阴暗的戾气，比我想象的更为深重。绝非当初的两倍、三倍可以形容。而是倍数的平方。不，是更多更多……今后，我果真能安心度日吗？忧虑瞬间笼罩了我。

　　从警方口中得知A的口讯的那日傍晚，I律师又发来一封邮件。通过M律师转达的A对谈判条款的答复是：不满意"禁止踏入小豆岛"这个表述，须在前面添加一个限定语，"以接触受害者为目的"。另外，关于我的创作权问题，I律师的建议是：说来说去，不管下笔如何谨慎，阅读文章的第三方总有机会从内容推断出我笔下的对象即是A。不如索性撤回我的要求，不期待对方保证什么，仅在条款中写明"关于此案，本人绝不以任何形式泄露A的信息"，以迫使对方接受。

　　据说A的态度相当执拗。明明他自己曾向我发出威胁，要向周刊杂志爆料我的隐私,却咬死不愿给我针对事件正当创作的权利。按照I律师的说法:与其在这一点上来回争执,使矛盾激化,不如在创作时改变一下对事实的描述,以避免暴露A的身份。至于"今后不得踏入小豆岛"这一条,可以修改一下重新提出,比如"对方若出于不得已必须来岛,可提前一周向代理律师联络"。

嗯,律师的意思我清楚。清楚归清楚,但我也真的感到疲惫。距羁押结束仅剩三天了。废话不说,总之我希望确保对方不会来岛。尽管满心不情愿,我还是接受了I律师的提议。

孰料,之后我左等右等,不见任何回复。出什么事了?我给I律师打了个电话,他声音激动地大吼道:"有事请发邮件!!"

延长羁押期的最后一日,过了傍晚六点,我才收到I律师的消息。A已在检方保留起诉权的情况下获得释放,同时开始对签订和解协议表示出犹豫拖延的态度。我眼前一黑。这算什么?是否对A提起诉讼还未最终敲定,检察官应该也对谈判的结果持不乐观态度,况且不是一再敦促,让A尽快达成和解吗?

据邮件里讲,下周一,M律师将会带领A到I律师的事务所去,由二人一同劝说他达成和解。那等于说,A从监狱里放出来,在外面随意晃荡三天半,不受任何管束……万一保留起诉期间,他跑到小豆岛来呢?用I律师的话说,"我估计不要紧吧,这样干的话,他就离真进监狱不远了"。啥?听这口气,简直就是事不关己嘛!一旦把A放回家,他岂不是会再三拖延,和解不和解的,根本再也无所谓了吗？

不过话说回来，此刻我藏身的地方，只有极少数的几个朋友知道。对之前所在社区的居民，甚至平时关系不错的岛内友人，我都不曾透露过自己现在何处。不管怎么想，在不掌握我任何情况的状态下，哪怕跑到小豆岛来，A也没办法找到我吧？关于这一点，就算是恐惧之下脑子极不冷静的我，其实也十分清楚。

A释放之前的那一晚，我在朋友的陪伴下回到海边的大屋，把最后一批东西搬了出来。说是"最后一批"，其实不过是我当下生活的一些必需品。基本上多数家当还留在原来的房子里。尤其是书，数量庞大，压根搬不走。明明在东京的时候，已经处理掉了一多半，但由于我的工作是撰写书评，书的数量又可怕地大量增加，不断泛滥。一想到又要把它们搬来搬去，我心里便郁闷起来。明明好不容易才搬进一座海景大屋里，到手了一份安稳的生活，不必再为书籍的存放而操心费神。

当时藏身的住处里面既有我新购买的东西，也有冰箱之类从朋友那里暂借的家具电器。此后这些物品会造成多大的混乱，在搬家的那一刻，我根本无暇去考虑。而走笔的此刻，我居住的新家里，同时摆放着两台冰箱，以及整理不完的大堆行李。杂七杂八，全部是三个月的避难生活之后，迁入新居时，从原先的海边大屋和临时住处分别搬运过来的。重复的物品不断膨胀、堆积，对极度不善整理收纳的我来说，简直就是一连串的苦刑，直到现在我还没拾掇出眉目，混乱仍在继续。而这种混乱恐怕会一直乱糟糟地持续下去，等到下一次搬家再带过去。

至于小豆警署通知我需要归还的 A 的物品，当晚我也顺便挑了出来，装进纸箱，纸条、留言之类的一概未附，便封了箱。翌日，我将纸箱搬到快递站，填写寄件单时，却不由得停了笔。寄件人的姓名与住址是必填项。这该如何是好呢？谁也没告诉过我，这种情况应怎样处理。如今想来，既然 I 是我的代理律师，那么不打招呼借用一下他所属的事务所的名称与地址，应该完全不成问题。可头两天刚被他在电话里怒吼过，我连向他正常咨询都感到厌烦。其实，只需填上 A 自己的姓名住址寄出去就行了，但当时我脑子愚钝到连这点都没想到，最终还是写了自己的原住址与手机号码。我以为手机设置了来电屏蔽，应该没什么问题。

第二天一早，我照料完两只羊回来，刚把轻型卡车驶入停车场，手机就响了起来。我看了眼显示屏，不禁寒毛直竖。是 A 打来的。我想起来了，换新手机的时候，我忘记把相关设定一并转过来了，必须重新进行屏蔽设置。

啊啊……笨！笨死了！为什么我早没意识到这一点？来电铃声丝毫没有罢休的意思，没完没了地响个不停。光是听着我的胃便揪成一团，喘不过气来。我把手机丢在车里，锁上车门，自己回了屋。进门后好一阵，都瘫坐在那里动弹不得。然而，铃音依旧残留在耳中，仿佛充斥在整个房间里。我打开电视，大约过了一个小时，才战战兢兢回到车内。电话总算是挂了。我三下五除二地快速设置了来电屏蔽。

两位律师与 A 的谈判经过，以邮件形式通知了我。到头来，赔偿金被砍到了二十万元。据说对方一直说拿不出更多了。A 在 M 律师的陪同下，一起去政府窗口申请了生活救济金，假如申请通过，赔偿金还有调整的可能。关于"禁止踏入小豆岛"这一条，A 软磨硬泡，声称自己明明没有踏足小豆岛的企图，却被罚以三百万元违约金，实在太不合理。两位律师劝说道，既然不存在违反协议的企图，就没必要担心产生违约金，好歹才让他理解，并接受了下来。至于"不得经由社交软件发生接触"，A 面露难色，表示"总有一不小心搞错了而访问对方账号的可能"。另外，连带保证人的设置方面，其父拒绝了他的请求，其母也不愿点头，似乎是误以为必须代为支付三百万日元。

且不知为何，谈判的结果竟变成：不管是否达成和解，以先行汇款二十万的方式，暂且表达一下歉意，万一谈判不成功，我再把钱退还给他。

……通过这封邮件，我确定了一件事。那就是，A 对自己的恐吓行为，丝毫、完全没有一丁点反省。更没有道歉的意愿。这实在叫人忍无可忍。难道说，此人理解法律流程的能力格外低下？当然，正确理解法律条文是件相当有难度的事。我自己也有一堆不懂的东西。但至少，我能明白这些流程与繁琐的条款为何而存在。法律条文为了公平解决冲突与纠纷，在方方面面、每一步骤都追根究底，巨细无遗地加以约束，就只能变得如此繁琐（确切讲，就不可能不依赖法律）。不过，如果 A 真能正确理解民法刑法存在的意义，大概从一开始也就不会犯罪了吧。

A 对犯下的罪行，既无自觉，亦不感悔意，别说承认自己加害的事实了，甚至反而有种类似受害者的情绪。恐怕，A 把和解的条件也当作是我对他的打击与刁难了吧？

这份愤恨的出发点，我猜是他明明给 B 女士打了电话，表示希望向我道歉，还联络了警方，坦白有谢罪之意，却竟然遭到了逮捕吧？

在 A 被警方初步控制、进行讯问的时候，我从生活安全科的警员口中几次得知，他对事件毫无反省之意。因此，我才通过 B 女士给他建议，提醒他最好向警方表达一下悔过的态度。讽刺的是，这份好心，或许反而成为了促使他愤怒升级的原因。说来说去，当初大概还是该把这个阴差阳错的过程，向他解释一二才好吧？而且，不提交报案书，警方就不对我公布他的真实姓名，以及交往过程中他一直使用化名的事实，让我怀疑他过去是否具有重大的犯罪前科，这种种原因，一起把我逼到了濒临崩溃的边缘。我心中的恐惧，岂只是倍增，根本已到了无限膨胀的地步。关于这些，A 都并不知情。

话说，A 的父母对这个儿子到底作何感想呢？从我的立场来说，是希望他们能为 A 可能存在的再次犯错踩下刹车的。然而，做父亲的拒绝充当保证人，做母亲的虽未明确说不，却脖子一缩，逃避表态。我不太清楚这家人从过去起是怎样一种关系，但 A 竟被自己的父母拒绝作保，这与被抛弃几乎无异。我甚至有点可怜起他来。但话说回来，A 又不是尚未成年，也不能认定他的父母有连带责任。这种情形下，A 的心情越发恶劣，变得越发自暴自弃，陷入了一个恶性循环。我越想索要守护自身安全的一个保障，就越是成倍激化 A 的怒气及对我的恨意，以至于 A 极可能脑子一热便干出点什么。

A被释放已经有一周，I律师一直不联系我。H检察官显然担心案情的进展，打电话来询问谈判目前进展到哪一步了。我讲了讲近来双方沟通的情况，H追问道："那笔钱你已经收下了？"那倒没有。据说和解不成，这笔钱是要归还给对方的……可如此说来，所谓的赔偿金，到底还有什么意义呢？为什么和解之前，要先收下这笔钱呢？莫名其妙。莫非……如今回头想，我猜对方是要使我陷入一种难以改口再提要起诉的境地。然而，当时检察官尽管也曾问到我，我的脑子却一点没往这方面想。总之，我希望对方收起真真假假、不着边际的鬼话，拿出一个切实的态度来。仅此而已。

　　这种情势下，尽管我心里怕得要命，但依然考虑在有第三方在场的条件下，直接和A见面谈一次会不会更好？误解是愤怒的源头，不设法化解的话，A大概会一直唠唠叨叨、牢骚满腹，不肯配合好好谈判。出于这样的想法，我向I律师提议，能否安排一次四人的会谈。却遭到了他的否决，理由是担心A情绪过于激动，会变得难以控制，至于保证人的问题，I的意见是：尽管不符合我的期望，但万一A母表示拒绝的话，可以另外设置一项替代性条款，使其成为阻止A再次犯罪的抑制力量。我追问，这样的替代性条款是什么？I却辩解道，原本也只是个尝试性的想法，A对三百万的违约金本身似乎已感到压力颇大，光是这一点，其实已足够对其产生相当的抑制力了。另外，关于禁止接触条款，对方的意思是，假如能将期限改为五年以内，就愿意接受。A的意思变来变去，三天一个新花样，听说搞得M律师也十分头疼。"蹲监狱就蹲监狱，我无所谓"貌似成了他新的口头禅。I

律师提议，好歹对方已经同意了违约金的条款，不如趁现在尽快把谈判搞定。

我冷静地拐回头，将往来邮件重新读了一遍，发现两位律师都对和 A 沟通感到相当厌倦。在我提议直接和 A 当面交流而被否决的那个时候，假如我自身足够冷静，能把逮捕前的种种情况写成书信转交给 A，也许事态的走向会不一样。两边都靠律师从中传话，这种方式容易导致意思的变形或失真。假如能放弃这一做法，仔细诚恳地写封信交到 A 的手上，又会给事态带来什么改变呢？

两位律师和我，三人当中（恐怕）唯有我能理解 A 愤怒的原因。当然，A 是否真能借由文字冷静下来并恢复理性，我不得而知。况且，忘了是警方告诉我的，还是从前在网上读到的，"跟踪骚扰案中，受害人直接与加害人进行联系是为大忌"，这个戒律一直沉沉地盘桓在我的潜意识里。写信这种行为，尽管不算直接接触，但也属于和 A 进行对话。我不太清楚根据是什么，但把这种方式列为禁忌，或许总有它相应的理由吧。

虽说有必要对具体手段多加斟酌，但为了使谈判向着良性方向发展，对 A 堪称病态的怨恨心理努力进行化解，这也许依然是不可或缺的尝试。我没感觉到两位律师在这方面付出过什么努力。如果说，圆满应对并设法缓和跟踪骚扰案中加害者一方的愤怒情绪，不属于律师分内的工作，那我自然不会多言。

实际上，我正陷入深深的心理恐慌之中。赔偿金从原本的一百二十万被杀到区区二十万，禁入小豆岛的时限也被修改为五年？难以置信。岂有此理。本案的所有相关人士似乎都已忘却了一个事实：我，才是受害者。五年，眨眼就会过去。最低限度也该保证十年，对此我绝不会再做让步。A 自己明明说过，他已经二十多年未踏入过小豆岛，为何还对期限如此在意，非要改为五年不可？住在高松市，却一次没去过小豆岛的，也大有人在。对香川县本土的住民来说，小豆岛这种边远之地，去不去都行。我恨不得 A 一辈子都别再来。总之三个字：怕，怕，怕。明明还有两位律师斡旋在我与他之间，可直至此刻，我仍有一种被他不停胁迫的感觉。

I 律师发来邮件，称他与 M 律师经过认真磋商，敲定了和解协议的内容。禁止进入小豆岛的时限设为十年，任何例外情况皆不构成不遵守限令的理由。邮件除正文之外，还另附一个文档。整个谈判期间，I 律师每次让步之后，都会将变更内容在邮件正文中一一写明，在此基础上，还会将修改好的和解协议以附件形式发送过来。我每次都会仔细过目。然而，这一过程也逐渐变得越来越痛苦，阅读这些令我一再联想起事件细节的文书，已将我逼至精神崩溃的临界点。要是有个同居的生活伙伴，或许还能代替我检查一下吧。我以为，如同邮件正文所示，附件中的和解协议书也一并做出了相应的修改，于是就没有打开附件，未对协议书的全文做最终确认，便回了一封邮件，表示接受了条款。

总之，哪怕早一分钟也好，再不对 A 做出禁止接触的限制，我整个人就要垮掉了。距离 A 保留起诉获得释放，已经过去了一个月之久。我暂且藏身的临时住处，租约也仅剩一个多月。接下来要住的房子，还未找到。我希望一切都能尽早尘埃落定。

经过协商，与对方敲定了和解协议的签署日期之后，我来到了 I 律师的事务所。为了签字盖章，我将协议书整体浏览了一遍，不禁为眼前所见而感到十分惊讶。不知何时，内容中增添了一项条款，我与 A 都不得对外透露任何与本案有关的信息。据说是到了最后的最后，拗不过 M 律师的意思，硬给加进去的。岂有此理……从一开始我就声明过，绝不接受这样的条件，所以压根未在谈判中对其进行过讨论。连我自己都能感觉到，我的脸上顿时失去了血色。我握笔的手剧烈颤抖。我痛恨自己的失误，为何检查都不检查，就发邮件表示同意。然而，话说回来，I 律师一定是故意未在邮件正文中对这一变更点做出交代，只为让协议尽早达成。

怎么办？这下该如何是好？难道走到这一步，再去掀桌怒喊，"岂有此理！我不干了！"这样一来，谈判恐怕真的会泡汤。

A 有犯罪前科，享受不到缓刑，这话是谁跟我说的？当初那么占据优势，眼看前景一路向好的谈判，却走到这般凄惨的境地，而眼前的 I 律师，竟还笑眯眯的，连一句"抱歉，未能满足您的期待"都没有？也许所有做律师的，都不允许向委托人道歉。但他连对我的不满，似乎都没有一丝察觉。难道他看不出，由于无比震惊，我整个人早已处于"死机"状态？

不就本次事件进行任何书写，是绝无可能的。但毕竟我也对 A 再度跑到岛上骚扰，或是去我的社交账号大闹，感到彻骨的惊恐。不得已之下，尽管违背自己的本意，我仍在协议书上签了字。一败涂地。

"那么，双方到此已达成和解，现在将保管在 M 律师手上的 A 写的道歉信交给您。"

I 律师把一枚收件人写着 M 的褐色信封放在我面前。我缓缓伸手取过，看也不看一眼，将它胡乱塞进了文件夹内。

"内容，您不读一下吗？"

I 律师笑眯眯地问。我在怒火之下原本已苍白的面色，此时更是被抽去了最后一丝血气。我猜自己的整张脸，犹如一副惨无人色的面具。大概是察觉到了我肃杀的神色，I 律师也收起了脸上的笑意。

这种玩意，如今再去读它还有什么意义？一切的一切，都已荒谬不堪。我拼命忍住把信撕得粉碎撒满屋内的冲动，离开了事务所。我再也不想看见与本案有关的任何一人。

第二部

12
隐身

毫无防备被强行灌满口中的砂砾，经过一轮又一轮谈判而越发膨胀，化成重重的铅块。但没办法，不管多艰难，也只能尽力忘却。对不公的愤懑与怨怼，几乎要将我的心撕碎，但若一味沉溺其中，生活的一切将停滞不前，难以为继。唯有忘却。忘掉它。忘掉它。好，忘掉了。我在大脑中反复进行着观想训练，把对 A 与事件的所有委屈、抑郁悉数打包、封箱、搬起，塞进了储物间。

不管痛苦袭来时有多难熬，我都会按时按点去高松的瑜伽教室打卡，一次不落。因为只有在瑜伽房里，让意念专注于当下的一呼一吸，我才能切切实实把 A 抛在脑后。我发自内心地庆幸，有瑜伽的陪伴真好。而回到岛上，万幸也有对宠物羊的喂养照料，有手头工作（截稿日）的催促，还有不得不着手寻找的新居。绝不是任由自己腐烂沉沦的时候。必须脚步不停地向前走。承蒙朋友的好意，两只羊一直寄养在朋友家里。"KAYO"似乎对此不满至极，尽管我每天割两次青草带过去喂它，它仍旧一见我就不开心地嘶叫。

小豆岛内共有两个街区。而现在,单是小豆岛街区就有逾千栋空宅。若是再算上土庄街区的话,估计肯定不止两千栋了吧?我打算在这些闲置的空屋里,物色一下今后的新居。岛内的房源大致分为两种:一种是独立的别墅,一种是居住群落内的旧民宅。高层公寓虽少,但也不是没有。只是我从一开始便不乐意住公寓房,所以没将其计入在内。

两个街区都引入了政府的"空房银行"制度,可以从地区自治机构的官方网页上查找用于租赁买卖的闲置房。我之前那栋海边大屋,就是利用这套系统找到的,促使我下定了移居小豆岛的决心。咦?等一下。那也就是说,没办法再利用第二次了吧?毕竟,它属于政府的"移民促进公益事业"。就算我能在"空房银行"上再找到一处新家,它和我手头租借中的旧家合并在一起,该怎么向政府人员解释呢?

况且,介绍页面上虽不会写明房子的详细地址,但它毕竟是个任何人都可以自由浏览的网站,还会登载房子的外观照片,这点令我十分纠结。如果可能的话,我希望尽量不让任何人知道自己的新家是什么样子的。

在我临时住所的附近,有个略显豪华的别墅村。别墅村在岛内到处可见。通常会依山造田,开辟道路,由数栋别墅聚成一村,连同土地一起分割出售。由于需要接通电路,铺设上下水管道,多栋别墅集合在一处,估计施工的价格成本会更低。这类别墅,大多建造在可眺望美丽海景的地段,或山顶上视野最佳的高地。有的别墅村的物业管理公司已经倒闭，这一点须多加留意。

别墅村的房源，在"空房银行"也有登记，不过仅占极少一部分。且不知为何，其中大多数都由在大阪等岛外的不动产公司管理，周围的空地上立着出售土地、房屋的广告牌。大概是把都会生活者设为销售的目标人群了吧。我住所附近的别墅村也一样，看看出售地产的广告牌，上面标注的联系地址全部是岛外的。包含闲置的空地在内，该别墅村内大约有百多块空地，上面稀稀落落分布着一些房子，其中有一半皆属于待售的空屋。

问题是，整个别墅村内布满了尽头不见出口的死路。由于是传统型住宅区，基本上不存在能够直通主干道的大路。可以说，这里已彻底成为一座封闭化社区。然而，出人意料的是，大门处的安保却形同于无。门旁好歹也算有间管理员小屋，但我几次去看，里面都空无一人，栅栏门也始终是敞开状态。嗯……我想象了一下自己在冷清无人的小区里被四处追杀、仓皇逃窜的画面。简直像恐怖电影。

出入口只有一个。若是被堵在那里，就再也插翅难逃。除非自己有渔船，可以逃往海上。再者，小区内夜间几乎没有照明，常有人居住的宅院总共不过两三家。想逃都走投无路。好一座出色的鬼城啊！嗯……要是换作从前的我，恐怕还会觉得这地方怪好玩的，可对一个跟踪骚扰案的受害者来说，这绝不是什么好住处。我想跟了解情况的朋友商量一下，却被劝道："太危险了，千万不要！"

那好……谁能告诉我，怎么才能找到房子啊?！想利用岛内友人的社交圈子口头打听一下，保密协议也不允许我向外透露任何情况。

还有比这更荒谬的事吗?! 让他见鬼去吧! 临时住处的租约只有三个月, 距离搬家期限仅剩一个月不到。再这样下去, 难道要我搬进朋友家的仓库, 和"KAYO"一起寄人篱下? 再不然, 去住廉租公寓?

"我借口要物色工作室, 找熟人打听了一下, 看谁知道合适的房源, 结果说是有个地方不错。"

正当我急得束手无策时, 朋友发来消息, 我在介绍下去看了房子——一座完全如字面之意的、破破烂烂的空屋。并不是古民居那种格调素朴风雅的旧意。面积仅有以前房子的一半。一个人住的话, 大小还能将就, 可我是为了住得尽量宽敞些, 才移民小豆岛的啊。不客气地说, 地方太憋屈了。我想要那种东西随意乱放, 也不会感觉闹心的大房子。这里不仅看不到海景, 而且因为常年处于空置状态, 墙外爬满了疯长的常春藤与野草, 根本不是人会乐意居住的模样。

不过, 话说回来, 它坐落在从公路完全望不到的偏僻地段。我以前那栋海边大屋, 可以用谷歌地图的高清街景功能在网上浏览全貌, 唯有这一点让我担心。由于该地位于干道旁, 时常会有形形色色的路人从我门前经过, 特意停下车来朝我搭话。宠物羊总会吸引眼球, 也是没法子的事。况且大部分搭讪, 都属于无聊琐碎却发自善意的日常闲话。偶尔也有过度友好、话多到遭人厌烦的男性。

我这个人, 脾气一点谈不上可爱。可不知何故, 有时却总吸引神经大条、喜欢主动凑上前来的男话痨。以前在东京的时候, 公寓管理员隔三岔五会窥探我公共缴费的邮寄账单, 行为相当逾越底线。如今，我可没那份多余的心力去大胆地应付这类男性。不，甚至有超出以往五倍的畏怯与不快。岂止如此。别管对方是否出于好意，是否为女性或熟人，我都不想被人搭话。也不想搭理任何人。反正我又不能跟谁谈起有关跟踪狂的事。

而眼前这栋老屋，首先照片不会某天被晒在谷歌街景上，也不会有过路人停下车来往屋内张望。由于外观破旧，即使从外面打量，大概看起来也不像住了人的模样。

谁知意外的是，介绍人领我步入屋内，却发现内部状态良好，也没有漏雨的迹象。榻榻米并未霉变。地板虽有个别地方踩上去脚感比较虚浮，但这种情况在许多老屋也算常见。此外，房间虽小，却不知道为何，有个宽敞且带棚顶的晾衣场，面积约四叠半①左右。把"KAYO"它们接来安置在这里，估计也差不多够用。比起以前让"KAYO"睡的屋檐下，地方甚至还算宽裕。

至于报价方面，会按政府公示的固定资产税起算基准来加算各种税费。而作为补偿，房间及储藏室内的一应用具，都原封不动留给我。据屋主说，许多家具物品都还可以正常使用。怕什么来什么。与空屋配套的，是大量旧物，及前任主人居住过的全部痕迹。如果我一文不名，赤条条无牵无挂，那另当别论。可活在世间，基本上人人都拖带着数不清的行李，与它们相伴共生。只在临时住处待了短短三个月，我就多出了一大堆东西。有些还能用却用不上、也不需要的物

---

① 叠，日本计量房屋面积大小的单位，1叠约为1.62平方米。——编者注

品，确确实实会变出双份来。有时甚至会一下冒出三个。如果心疼东西，不舍得扔掉，能容身的空间真的会日渐逼仄。

前任屋主撇下的东西，看来只能全部丢掉了。这位屋主长年定居关西，如今在小豆岛上，好像几乎不认识什么人了，不太可能到处吹嘘，把老屋卖给了一个东京搬来的作家，或引人好奇地追问，作家干吗要从海边的社区搬到这种偏僻地方？诸如此类的传闻，估计一概不会发生。这也是令我感到庆幸的地方。

此外，再也找不到其他值得关注的房源，也是理由之一。我当机立断，买下了这座老屋。以后未必会一直定居在这里，不过买下来的话，就可以把东西搁在里面，不必再搬来搬去。我希望一旦把书架安置妥善，就不再挪动它们。今后会发生什么，我无法预知，但和九个大书架一起搬到东搬到西，我办不到。哪怕与从前相比，藏书量已经减到了半数以下，来回搬动也依然是个很累人的做法。把所有书架摆进这座老屋，就不必再操心房租的问题，万一有什么事发生，只要把书丢下，逃就行了。凭着这点单纯的动机，我买了这座老屋。

待办的事堆积如山。打通两个四叠半房间的改造工程，处理大件垃圾，砍去庭院里的杂木，拆掉旧空调换上新机，将浴室与洗手间重新装修，以及从之前的房子把家当搬过来……我要么聘请专业工匠，要么拜托朋友帮忙，自己也拼了命地死干。花钱固然让我心疼，但更重要的是，希望把出入我家的人数，控制在最低限度。所以，铺地板、刷墙、贴瓷砖之类的装修活计，我都请教了擅长此道的朋友，一边看着相应的教学网站或视频，一边自己跟着干。

与此同时，描写我移民生活的随笔集也即将出版。内容是关于我如何起念从都市搬至乡间生活，以及如何住进了小豆岛的海景大屋，虽说此刻我已离开了那座房子。我思来想去，最终决定在后记里，简单汇报一下我在岛内迫不得已搬家的事实。我写道：有那么片刻，我曾考虑是否要搬出小豆岛，但几乎在同时，也切实感受到自己早已深深爱上了岛内的生活。出版社的法务部看过稿子后发来回复，这种程度的记录，应该不算违反保密协议。责编也放下悬着的心，为我高兴。

随着新书出版，必定要举办几场宣传活动。我和熟知本次事件来龙去脉的 B 女士商议了一下，做了如下决定：岛内自不必说，岛外凡是临近香川县的地方也一概不开展活动。嘉宾对谈或新书发布会之类的活动，仅在东京与福冈两个城市举办。

话虽如此，我依然提心吊胆，更提不起一点在公开场合当众发言的兴致。但新书宣传终归属于工作的一环，我只好恳请出版社把活动办得尽量低调。与事件相关的话题，一概须克制自己不去谈论，这已足够令我恼火，由于不能对受害的经历做出解释，一旦我提出休息，也会承受工作懈怠的指责。每件事都令我气恼，而我只能咬牙忍耐着生活下去。

福冈的那场发布会，我付日薪请了一位男性朋友全程陪伴。地方城市举办的演讲或座谈，结束后读者会纷纷上前索要签名，或与我站着聊聊感想与心得。回程时，多数情况下我要独自走到车站去。假如是东京的话，朋友多，地方熟，基本不成问题，但在地方城市，我无论如何拿不出这个自信，并感到很恐惧。一想到 A 若是找上门来，我便心慌得无可救药。最终，一切都是我杞人忧天，活动未出任何意外，圆满结束。

新书的销量还算不错。一部分评论文章提到了我那篇后记，称我大概已离开小豆岛。要怪只怪我自己，采用了含糊其词的写法，人家做出这样的推测，也很难说是误读。总之，书出版后的第一个月里，平安无事。我也接受了杂志的采访，A 并未因此跑来大放厥词。我暗自庆幸。

实际上，报刊等媒体上发表的访谈文章，究竟有多少人在读，我没有一点概念。假使在东京，周围的朋友哪怕不属于出版从业者，也大多热衷于阅读。我的社交账号平时也是这群爱书之人在关注并互动，因此报道一出，大抵都会有些水花。可话说回来，只要向外迈出这个圈子一步，就会发现，世间大多数人从来不买也不读书籍、报纸或杂志，更有甚者，不看电视的人也与日俱增。

A 恰好属于后者。书倒是也读，但仅限兴趣内的个别品类。只要不特意用我的名字主动检索，他也没那么容易掌握我的动态。也就是说，这意味着，现在 A 上网搜我名字的可能性也许比较低。

按照目前这个节奏，全力向前看，在新居里一点一点重建新生活，或许便能把旧日的痛苦悉数忘却吧。A 估计也将注意力投向了自己的生活吧。我尽管依旧保持着警惕，也依旧不想与任何人交谈，但长期盘桓在内心的强烈恐惧感，却也一点一滴地日渐柔软且松动起来。

平静无波的日子里,某天,我忽然收到一封 I 律师的邮件。

是 A 发来了联络,原话为:麻烦您转告内泽,我有事想和她联系。根据规定,直接给她本人发消息,原则上是禁止的。她似乎希望我能预先打个招呼。请您问问她的意思,是否同意与我联系,麻烦告知我结果。

什么?我大感费解,把这段话来回读了好几遍。原则上是禁止的?根据规定如何如何?她希望预先打个招呼?问号在我头脑里无限裂变繁殖。这算什么?字里行间满满一股"不关我事"的不负责任的感觉。

为何亲手起草禁止接触条款,并完成了谈判的代理律师,竟充当起 A 的中间人,转达这种显然属于接触行为的消息?在缔结和解协议的那一刻,您的工作不是已告完结?协议中应该不存在"原则以外的特殊情况,可进行联系"的补充条款,我也没听对方备注过有哪些"特殊情况"。原则也好,乱七八糟的理由也罢,一概不许接触不是吗?正因为这辈子不想再见到这个人,正因为十分怕他,所以才谈判和解的不是吗?

感觉像是,我拼上性命建起了一座防洪大坝,却被施工从业者自己给刨了个窟窿。更何况,I 并不是对方的代理人,而是我为了确保自身安全而花钱聘来的律师。洪水从洞穿的窟窿里喷涌而入,让大坝顷刻龟裂,崩开了无数缝隙。

为何 I 律师在接到 A 的消息时，不当场回绝呢？为何他就是不明白，我是一名跟踪骚扰案的受害者呢？难道在他看来，我和 A 的矛盾，本质上和普通情侣之间的打情骂俏、吵架拌嘴没有区别？就连刑警和检察官先生，都比 I 律师更能清楚地意识到我受害者的身份，并用正确的方式对待我。

但说一千道一万，最不可理喻的，还是始作俑者 A 本人。在做出不起诉决定之后区区四个半月，便堂而皇之提出要联系我。此人的脑子究竟是什么构造？到底明不明白谈判条款是什么意思？

我心里一直觉得，A 对自己犯下的罪错全无反省。而现在看来，此人果真是不见一丝一毫反省的迹象。莫非，他只是不情不愿、勉勉强强接受了和解的条件？

那么，I 律师是怎么告诉 A 的呢？从这封邮件的口吻和措辞来看，至少他并未表示制止，并提醒 A 千万别这么做，这属于违反协议的行为，是需要支付违约金的。如此一来，A 也许以为迫于某些特殊事由，就算联系我也没问题。I 律师对 A 迈出这禁忌的一步，岂不是起到了助推作用？此外，我是否该设想一下 A 跑到小豆岛来的可能性呢？不安瞬间灌满了心头。

好容易才找回一点点平静。I 律师心不在焉的做法，令我不禁怒气上涌。与此同时，将和解协议视如空气，满不在乎地打算联络我的 A，也让我满心恐惧。我拼命克制，以免自己尖叫出声来，绞尽脑汁写了封彻头彻尾表示拒绝的回信，发给了 I 律师。同时也补充道，假如 A 遭到拒绝后，仍坚持有事找我，就让他通过律师，以书面形式与我沟通,除此以外,我一概不予回应。之后,我再未收到 I 律师的回信。

大约过了十来天,没有什么动静。孰料,A 最终却在即时通讯软件 Line 上冲我下了手。平时我几乎不怎么用 Line,一瞬间还有点纳闷,想不到谁会发消息给我。我早忘了以前和 A 交换过 Line 账号,甚至连他的账号名都记不起来了。

以前被他疯狂骚扰的,是我的 Messenger 账号。我不仅早已把他拉入黑名单,听说他也当着警察的面,从联系人列表中删掉了我。手机上,我对他的号码也设置了来电屏蔽。饶是如此小心翼翼,竟然还漏掉了 Line!啊啊啊,让他钻了空子。太失策了!

A 在 Line 上发送的消息如下:

> 头一天叫我打电话谢罪,转天就把我逮捕?太有病了吧?我好歹也是吃低保的人,你去告我试试?我会上 2ch 论坛①曝光你,要么找老妹收拾你。竟然还狮子大开口管我要搬家费、换车钱、买新手机的钱,临到了,连律师费都要算我头上?告诉你,我很不爽。我会让杂志和老妹联系你(原文抄录)。抠门的女人。

---

① 2ch 论坛,1999 年由西村博之初创,现为日本最大的论坛之一。——编者注

13
Line 消息

大概是在等我回复吧。隔了十四分钟后，A 又发来信息。

  雅虎伴侣，好好干哟！

又隔了十五分钟。

  （笑）（笑）（笑）

再隔七分钟后。

  我已火速联络。（笑）

到这一条，当日的骚扰信息就结束了。
我不打算给他任何回应。我很清楚，但凡搭理他半句，没完没了且令人不悦的 Line 攻击便又要拉开帷幕了。绝不能让他挑衅得逞。我反复做着深呼吸。

果然，A 到现在仍对我怀恨在心。而自己干的那些见不得人的事，却全部高高挂起。我深感绝望的同时，在内心当中，也对这个结果并不感到意外。他始终对谢罪后被逮捕耿耿于怀。因此，谈判时通过双方律师向 A 解释一下逮捕的前因后果，或许才是正确选择。当时我曾提议过，可惜。A 向我表达过道歉的想法，这是事实。而接下来，却遭到了逮捕。可之所以会如此，我是有迫不得已的理由啊。

律师认为，直接见面会导致 A 情绪激动、状态混乱。于是，最终没能创造一个双方面对面沟通的机会。执笔的此刻回头再想，就算当时我亲口向 A 解释了逮捕背后的缘由，恐怕他也绝不会认可吧。哪怕谈判当时他奇迹般地接受了，到头来，我猜他还是会找到借口，随便找个茬来纠缠我。A 就是这种油盐不进的人。用正常语言好好沟通，对他是无效的。而当年我却糊涂地以为：不管怎么说，为了避免让 A 仇恨升级，好好找他谈一次，应该能得到他的谅解。

话虽如此，自己的行为违反了禁止条款，他似乎是清楚的。在明知有错的情况下，反而向我挑衅：他是靠低保生活的，去告他，也拿他没辙。

我上网查了一下，领取国家救济金的人，通常没有个人财产，就算谁将其告上法庭并取得胜诉，也很难对其执行罚款。意思就是，哪怕A拒不支付违约金，我因此而起诉他，也难以通过强制征收的方式拿到赔款。这么说来，我以前好像确实在哪儿读到过类似的说明，可惜事到如今才反应过来。当初得知这一点时，我只当它是条与自己无关的冷知识。又何曾料到，自己有天竟成了当事人。

这么一想，谈判时A已获释，是可以办理印章证明的，要是我提议一下，把协议书走个公证程序就好了。提前留一手，设定成不通过诉讼也能由银行直接扣款，虽说对领取生活救济的A来说，执行起来有一定难度，但多少总比现在强一点吧？我啊，在每个环节上，都过于天真手软。

话说回来，有关A申领生活救济这件事，我之前似乎听谁提起过。是在哪儿听谁说的呢？想不起来了。假如是I律师讲的，那意味着打一开始他就知道，违约金的条款极有可能成为一纸空文。果真如此的话，我认为他应当再次提醒将协议书进行必要的公证（首次当面谈话时他提过一次），这才符合情理。然而，为了尽早达成和解，好从这个案子抽身，他或许也不愿对我多费口舌、老话重提吧？不不，律师肯定不会有这种想法。也许我是从H检察官那里听说的。

冷静下来细细一琢磨，总会有各种遗憾，心想当时那样办就好了，使出这一招就行了……然而，我却切身体会到，恐惧这东西，能让大脑的机能钝化到何种程度。人在恐惧的逼迫之下，会丧失正常的思考与判断能力。当时的我，既没有爆发惊恐症，又能好好工作，维持日常生活，搬家也处理得有条不紊，但实际上，判断力却降到了正常水准的一半以下，根本拿不出气力自己动手检索谈判的有效技巧。

心里虽觉得 I 律师不堪信任，却撒手把一切委托给他，尽量不去思考与案件相关的问题。好傻。再没有比我更傻的人了。

需要一提的是，A 这句"我好歹也是吃低保的人，你去告我试试"。可以说，比起接踵而来对我展开的巨大侮辱，以及卑劣至极的谩骂，它更完美地点燃了我的怒火。

虽说他锲而不舍、滔滔不绝，到处散播我的谣言，确实给我造成了极大麻烦，妨害了我的工作，损毁了我的名誉，但这些终究不过是因为分手在闹脾气。当初未曾花时间安抚他的情绪，省去了说服的步骤，我一直隐隐觉得，自身也有应当反省的地方。

正因如此，我才不希望提起诉讼并回应了对方的谈判要求。不过，话虽如此，有一点我得声明在前：身为受害者，我从未有一刻认为自己对本案负有责任或存在过错。这是毋庸置疑的。加害者，是 A。向我发送大量包含恐吓信息的肮脏语句，该为这种骚扰行为负起全责的，是 A。我要说的一切，全部建立在这一前提之下。

以往的人生中，我也许不曾交往过什么靠谱的男性。但至少，有意识地贬低、辱骂他人的坏男人，我也从没经历过。出于无心而伤害到别人，这种情况大抵谁都会有。无限接近灰色地带的道德擦边球，也会有。但故意欺凌弱者，口吐侮辱性言辞，这样的人，我不接受。无论如何绝不原谅。管他是亲友或家人，我都会强行与他断交。我也知道，说出这种恶毒话的人，内心深处大多抱有一种自卑情结。A 或许也为自身的境遇感到羞耻，心中藏有一份自卑感。但如果他因此便认为，可以肆意轻视或侮蔑他人，那我只能说，作为一个人，他已经烂到根了。

拿自己领救济金这事作要挟，翻脸不认账，这种行为更是无耻。这样的发言，会使领救济金的受益人群集体蒙受偏见与歧视。绝不因为他是申领人之一，就有权把这种话随意挂在嘴边。毫无底线的人渣。正因为世上有这种渣滓，大众对救济金申领者的偏见才难以消除！

若是对遭到逮捕一事无论如何难以释怀，他可以通过书面形式，经由律师向我表达内心的不满。合理而妥当的处理方式，应该要多少有多少。可惜，他偏偏选择最为卑鄙的做法，口吐最肮脏、恶劣的言辞。我只能认为，和这种人扯上瓜葛，实属我一生最大的失误。

心烦意乱，我决定上山割草。当镰刀喀嚓喀嚓依次划过芒草、青藤与细竹，比起对 A 的恐惧、愤怒、憎恶与轻蔑一点点占据了上风。我向着面前的杂草大骂起来，将所有无法写进书里的语句，悉数宣泄而出。管你靠的是救济金还是其他，没关系。对你我已仁至义尽，再无半分手软的余地。我要与你一战到底。

尽管怒火中烧，但与此同时，就连作为当事人的我，也留意到了一些可疑之处：A 在 Line 上发来的那些短消息，意思显得含糊不清。我不禁猜测，他的精神状态会不会有什么问题？尽管只是一些短消息，但发的人应该考虑到，我与他已经数月未见，对这样粗略的文字是很难理解的。这难道不是基本的人际常识吗？又或者，是从事文字工作的我，对语句逻辑太过挑剔？情况都很难说。

在 A 的头脑里，时间莫非还停留在遭逮捕与谈判的那段日子？如今，他的精神状态足以支持正常的思考判断吗？如果他真的患有抑郁症，并因此拿到了生活救济，那么，抑郁症会使人丧失正确的判断力吗？我不具备这方面的专业知识，但是看过一些节目或报道，读过浅显的入门读物，也听配偶患有抑郁症的朋友聊过这方面的话题，我的感受是：所谓抑郁，是一种意志力瘫痪，导致日常行为能力丧失的疾病。而 A 让我一直比较困惑的地方在于：无论发送恐吓短信，还是在论坛造谣漫骂，这些活动都需要一定程度的意志力与行动力。A 果真是抑郁症吗？回想交往过程中他的状态，会忽然与我切断联系，一个多月不见任何消息，有天又冷不丁冒出来，提出打算主办一场音乐节这种异想天开的想法。在我看来，这更接近于双相情感障碍，即躁郁症的表现。不过，还有点拿不太准。

没法子，我只好翻出文件夹，取出一封信。牛皮信封上的收件人，是代理律师 M。内容是 A 在羁押期间写给我的。在违背我初衷地签署完和解协议后，为了尽最大可能迅速将过往一切抛诸脑后，我从 I 律师手中接过这封并未写有我名字的信，回到家，却从没有打开过它。假如 A 能遵守协议，彻底断绝与我的联系，那么此人到底有怎样的前科，都再与我无关。随他去好了，我没心情看他都写了些什么。

内文是用圆珠笔手写的，一起头便突兀地来了句，"跟你说说我的前科"。有关他过去的经历，大概交代了一百三十来字。从内容来看，A 与社会隔绝的时间，比我想象的久得多。据说，由于不具备支付高额罚金的能力，A进入劳改场服役，依据每日劳动所得，来换算劳改的具体期限①。

一段结束后，空了一行，A继续写道："接下来是我的真名。"鉴于新闻报道披露了他的真名，而名字长期在网络检索中跳出来，会给家人造成困扰，A与家事法庭②协商，今后除正式公文以外，生活中都使用自己另取的通名。据说，若干年后，该通名有极高可能被认可，成为正式的法定用名。A也向法庭人员咨询了今后交女友时该如何处理，得到的建议是，最好使用通名。

又空了一行。A写道："实在非常抱歉。"

这也就是说，A在为向我隐瞒真名而道歉吧？我是以写作为生的，阅读文章时，不可避免会严格地抠字眼。这封信也许是A极其费心写出来的。但文中那句抱歉，究竟是为何而发呢？没有清晰的上下文关系，让我十分困惑。至少该先写明道歉的理由，再说对不起吧？

算了，管他呢。接着读下一页。

是"关于医院"。信里A道出了自己之前就诊时的医院名。大概因为遭到逮捕前，他大量向我发送骚扰信息的那段日子，我曾在回复

---

① 此处原文为劳役场留置，即日本刑罚方式之一。若犯人无力支付刑事罚金，则需在劳役场进行强制劳动。具体服刑期限，按照每日劳动收入和罚金总额进行换算。例如：罚金为1000万日元，每日劳动所得2万日元，则服刑时长为500天。——译者注

② 家事法庭，日本政府于1949年成立的审判机构，旨在个别地、妥善地处理家事事件与少年案件。——编者注

中追问过几次他在哪家医院看病,以及处方里开了什么药。医生的姓名和处方里的药名,他说一概不清楚,并自称手抖得停不下来,药费贵得要命,工作也干不了,不再有心情弹奏自己喜欢的乐器,甚至只能靠救济金度日。

作用于脑神经的药物,也不上网查查,就一直在吃。羁押期间据说还停了药。这样真的没问题吗?明明应当拜托律师,羁押当中也持续服药啊。行吧,反正不关我的事。

那我可就不理解了。您说工作干不了,喜欢的乐器也懒得碰,只能在床上从早躺到晚……既然如此,倒有力气一堆堆地发消息骚扰我?真那么精神抖擞,干脆受雇于某党派,去当右翼的"枪手"好了,整天泡在 Twitter 上,一条接一条发国粹言论,还能赚几个零花钱啊!

下一页上,是有关爱与离别的告白。"走笔到最后,谢谢你曾经喜欢这样的我。""我是真心爱过你。请多保重身体。再见。A。"

到底在说些什么啊,这家伙。干了那么多可怕的事,写了一堆又一堆低级恶劣的话,如今又……脑回路令人不能理解。为什么单单在这封信里,写这么声情并茂的小作文呢?

另外,最后一页上还附有一句,"本人 A(本名)郑重承诺,今后将与内泽××(我的本名)断绝一切往来,再不进行任何接触。平成二十八年(2016)某月某日。A。"

……就这些？信写完了？搞什么啊？真的假的？

我彻底蒙了，脑子差点没转过来。A发送了那么多恐吓信息给我，对此竟一句道歉也没有？莫非他以为，在电话里间接道过一次歉，事情就算了结了？明知这封信是要交给我本人的，接下来双方还要针对他的恐吓行为进行谈判，以求和解，却连道歉都不说一句？信里有声情并茂的爱与离别的告白，而声情并茂的谢罪文呢？没有。且从篇首到末尾，都不见一句对我的称呼。作为书信来说，完全不成体统。我感觉脊背隐隐发寒。

错愕。震惊。谈判之前我若是读到这封信，恐怕不会答应和解吧？肯定会第一时间拜托检察官，"请对A提起诉讼！"太过纠结于他有何前科，是我的失策。其实不管他有怎样的经历，哪怕将关于他个人信息的部分全部涂黑，只要我坚决要求读这封信，以了解他对本次罪行是否怀有歉意，就好了啊。唉……我真的好傻。好不甘心。

两日后，A又在Line上发来了消息。

> 我在2ch论坛发帖了。有关本案，你也去说两句呗。

我立刻给身在东京且熟悉网络的朋友R打了个电话。过去发生的一切，我都从无隐瞒地对他讲过。我请R帮我看看A在2ch论坛都写了些什么。要独自一人关在房间里，在巨大的论坛中四处搜索，我怕会控制不住自己的情绪。本来我就不喜欢在网上搜自己的名字。若是被人骂了什么难听话，免不了会心情低落，变得自闭不爱见人，只愿意闷在被窝里，工作也没心思做。

"果然如你所说，2ch 论坛网站里有个用内泽句子这名字建立的贴吧。"

啊……然后呢，他写了什么？不好意思，能念给我听听吗？

"嗯，这个……'关于内泽句子，本人有不吐不快的话。此女自视甚高，自以为是天姿绝色。可不管怎么高估……（此处折叠若干句）实在是自作多情。'最早一篇帖子发于凌晨三点左右，与接下来那条相隔约十小时。下面只有一条跟帖。不晓得是不是 A 自己写的，就一句话，'脑残女人'。"

这一套套的……一上来又搞这种无聊至极的人身攻击啊，真是混蛋！我简直气到虚脱。这帖子估计是他找人写的吧？他在 Line 里提过，说要让他妹妹收拾我。妹妹什么的，他应该没有吧？然后呢，就这些吗？

"不是，最初发帖的十一个小时后，又有一条。'我有个朋友，被内泽以恐吓之名报警逮捕了。逮捕的头天晚上，她告诉我朋友，只要向她本人及警方道歉，就能获得原谅。我朋友道歉了。谁知第二天他们还是把人抓走了。我朋友被耍后，听说气得要命……'要全部读一遍吗？"

抱歉，只读和谈判有关的部分好了，拜托你。让我自己一个人看帖，我会气到咬舌自尽的。

"那好，我读了？'作为和解金，内泽张口要了我朋友一百二十万。甚至包括从小豆岛搬家的费用，明明她没有离岛的打算，却撒谎向我朋友索要换车的费用，以及买新手机的钱。太过分了吧！我觉得这女人简直抠门得要命。搬家费听说最后也赔给她了。我朋友和她是在某虎伴侣上认识，然后开始交往的。这女人如今大概还在上面钓男人吧？'雅虎伴侣的雅字被特意替换掉了。帖子就写到了这里。"

搬出小豆岛什么的，我可一句都没对律师讲过。赔偿金也因为 A 没有支付能力，最后降到了二十万。凡是对自己不利的地方，他全部按下不表，要说这份卑鄙的居心……

算了，由他去。总之我明白了。他是看了我新书的后记，得知我仍住在岛上，就想发泄一下不满，让我知道他"超级不爽"。无聊透顶。而他犯下的过错，到底给我带来过多少惊恐与不安啊！对他人感受的想象力，在他身上缺失到了可怕的地步。所以他才写得一手卑鄙的恐吓信。

话说回来，论坛的帖子他是找谁写的呢？要是他新交的女朋友，那这位女友为人也真够烂的，再说就不觉得他太可疑吗？

"我看不像。这种东西，虽说我也不十分清楚，但从发帖的时间和数量来看，应该是他本人的手笔吧？" R 分析道，"我是听你讲过事情的来龙去脉，才能看懂帖子在说些什么。换成完全不知情的人，就算读了也会感到不明所以。证据就是，跟帖的人明明就很少嘛。"

原来这样啊？我平时不看 2ch 论坛，对其中的一些门道不是很清楚。感觉……似乎也没什么设置，可以看到帖子的阅览人次呢。不过终归挺讨厌的。能不能想个办法制止他呢？

"大概,是请求站方删帖吧。有个'重要删除'的项目……我也不是很了解。我去找熟悉这种大型论坛的熟人,若无其事地打听一下,能稍给我一点时间吗?"

那就多谢了,拜托你!麻烦你去办这么奇怪的事,真不好意思。

"哪里,比起这些,你多留意一下身边的环境。要确保新家的居住安全哟。"

14
违反协议

挂断电话,一股怒火猛然涌上心头。我开始坐立不安。不行。不管怎样,我已忍无可忍。我在 Line 上给 A 回了一条消息。

> A 君,论坛里的帖子,其实是你本人写的吧?

用从警方那里得知的 A 的本名来称呼他,对我来说还是头一回。当然,我的语气里带着嘲讽。

四分钟后,他的回复来了。

> 是又怎样?

我没有立即回复。我希望得到足以确认是 A 本人在 2ch 论坛发帖的证据,于是心里默默祷念着,等待他说漏嘴,透露些什么。

八分钟后。

别搞这种话说一半的把戏啊。

七分钟后。

你到底想干啥？

又等了四十分钟后，A 拨叫了 Line 的语音聊天。我当然不可能应答。片刻后，他挂掉了。

别再跟我说话了。我抑郁症会恶化。

什么？？？您有什么脸说这种话？是您破坏约定，故技重演，把旧话翻腾出来纠缠不清的吧？我再次丧失理智，给 A 发了条消息。

我绝不，原谅你。

回复马上就到了。

道了歉还被逮捕。
我也绝不饶过你。

再继续你一言我一语，也不会有任何结果。我给 R 发了封邮件，请他把 2ch 论坛里疑似属于 A 执笔的部分截屏给我，随后又写了封邮件向 I 律师报告：A 竟然无视和解协议又开始通过 Line 联系我了，且还在 2ch 论坛大放厥词。接着，随信附上截屏的图片，点下了发送键。邮件发出后，I 律师一直没有回复。

次日早间，我立刻带上手机和论坛帖子的打印件，赶到了小豆警署生活安全科。与我面谈的 G 警员，在之前办理持枪证期间，曾接待过我好几次。他认真倾听了我的反馈，也仔细过目了 Line 信息与 A 在 2ch 论坛上的帖子。

"嗯……单凭这些内容，警方是否能立即采取行动，目前还不好说……但我们可以研究一下，看能不能先发个口头警告。您的和解协议，姑且也让我们看一下，可以吗？"

G 警员拿着全套资料走出了问讯室。大概是去找上级请示意见了吧？数分钟后，回到问讯室的 G 警员表情一变，面色僵硬。

"关于这个案子，已被划进'民事不介入'范畴。在目前阶段，警方没有什么可以干预的。"

啊……怎么会……这样？

用 G 的话说，"内容里并不包含称得上是恐吓的措辞。尽管和解协议规定双方不可对外透露案件的相关情节，但帖子里也只提到了一些 A 对此案的个人见解，既不属于违法行为，更谈不上名誉损害。目前阶段，尚不属于警方管制的范围。抱歉，让您失望了。"

明白了。那么关于手机 Line，我早前忘记删去 A 的账号，不小心打开了对话框，但这一切并非出于本意，而是失误造成。我想把自己的账号彻底注销，不知是否妥当？反正我列表里那些联系人，即使注销账号，也多数知道我其他的联系方式，不会有什么大碍。我不想再接收 A 发来的任何消息。倘若警方不能给予帮助，那今后恐怕只能对他听之任之了。凡是他写来的东西，我一个字不想再看到，今后也不愿和此人再有一丝瓜葛。

"哎呀，这个嘛……请您稍等。对方说不定会发消息，威胁您要到小豆岛来。最好发挥 Line 账号的作用，暂时不要拉黑他，以便把握对方的动态，您说呢？"

啊？啊？？

啊……

难道还要让这些东西继续折磨我吗？虽说称不上违法行为，但再没有比这更令人痛苦的骚扰了。况且，这些内容如果是通过邮件发送的，或许才属于《反跟踪骚扰法》的制裁范围吧？社交软件的话，就算收到了大量骚扰信息，连实施逮捕都够不上（当时如此，现在《反跟踪骚扰法》已修正完毕，该情况亦可适用）。难道要我不加拒绝，在日常生活中无休无止地接受这些信息吗？

当然，对警方的说法，我也表示理解。处于法律灰色地带的行为，警方无法出手干预。在对方未有明确违反规定，或触犯法令的行为之前，警方的态度是，"请您自行对其加以监督"。这……我可以理解。理解归理解，但明明精神已备受折磨，我却不删掉 Line 账号，这种做法会让加害者产生怎样的误解呢？再者说，这期间我遭受的心理伤害，又该怎么算呢？在法律上，统统不属于"受害"吗？

我也并非什么坚不可摧之人。按理说，绝对不给任何回应，是对待跟踪狂的一项行为准则。但我已克制不住心中的憎恶，对 A 在 Line 上的挑衅给予了回击。若问我面对 A 随心所欲发起的挑衅与攻击，能否讪讪忍耐不予理会，当然，应该采取的措施我会彻底执行，但如果对方仍不知适可而止呢？我又该怎么办？要保持理性到何种地步？

不，此刻不是考虑这些的时候。我必须找到一个能够阻止 A 的行为，或至少能对 A 提出告诫的人。

I 律师发来了邮件。是经手机发送的。说是出差在外，耽误了收信。

"关于上周您来信提到的事项，在和谈后又收到对方的骚扰信息，这种情况可考虑联系高松地检的 H 检察官，要求对 A 启动'再起诉'。

"所谓'再起诉'，是针对保留起诉权的案件，当其再发时，采取的一种诉讼手段。

"只有极个别的案例会应用该项措施，但只要仍在时效期内，且检察官判断性质匹配，就可以对保留起诉权的案件再度启动诉讼程序。

"并非当事人提出申请便一定会得到批准，因此我无法保证起诉成功，只是告知您这个选项，供您参考。"

是否该针对 A 违反协议的行为，要求其支付违约金呢？关于这一问题的商讨、提示或建议，信中一概没有。就这么寥寥几句话。"生活救济金"这个词，莫非真有种让所有人为之噤声的魔法力量？可说到底，就连 A 是否真的在领救济金，其实也没人清楚。

　　至少 I 律师应当告诉我，他是否曾对 A 做出提醒，与我接触的行为属于违反协议。"您对 A 说过什么，以及是怎样转达我的意见的，能麻烦您尽量详细地告知我吗？"我给 I 律师打了封回信，刚刚合上电脑，手机便响了起来。

　　"A 又发帖了，怎么办？"是 R 发来的消息。我马上拨通了 R 的电话，请他把帖子的内容读给我听。

　　"今日，本人在书店内（站着）拜读了此女新书的后记。就其中的内容，我向熟人打听了一下，发现了若干疑点。首先作为和解的条件，此女要求我五年之内不得踏入小豆岛。可是，她明明没有离开此岛的打算，为何向我索要搬家至岛外的费用？据说，律师也认为这项条件太过离谱。看样子，她从一开始就没有离开小豆岛的念头。书中写，她是为了人身安全而搬家的。但实际上，听说从很早以前起，她就已经有想要进行的计划，考虑过在岛内搬家了。"他一口气写了好多。不过，今天也没有什么跟帖。

　　嗯……看样子，A 对我没有搬离小豆岛耿耿于怀。我原本就是因为不打算离开本岛，才会在协议中加入"禁止登岛"这项条款的。难道他搞不懂其中的逻辑吗？不知两位律师是如何对其进行说服工作的，但就算给出了详尽的解释，他也不具备理解的能力。又或者谈判的当时是理解了，但随后在书中读到我仍在岛上，貌似生活得十分幸福（假如把状况描写得过于悲惨不幸，恐怕将暗示出事件的存在，于是我特意斟酌了措辞），为使说辞对自己有利，他擅自将记忆进行了篡改。谈判的当时我并不在场，两种可能性同时存在。这让我想到就觉得恐惧。

A对自身违反协议的行为，虽然显得嚣张且把握十足，但从Line里的信息与2ch论坛上的发言来推断，估计他实际上在一开始是比较心虚的。如果I律师的回应稍稍真挚一些，那么A后来的态度大概会略有不同吧。假如I律师能认真聆听A的诉求，提醒他他的行为已逾越协议约定的范围，同时建议他如果确实有需要问清楚的事由，可采取书面形式与我沟通，那么A或许也不会踏出这卑劣的一步吧？

不过，若问这些做法是否属于律师应尽的职责，以及是否包含在服务合同当中，我也答不上来。另外，假如A是个具备社会意识的正常人，应该也不会轻易涉足违反契约或触犯法条的行为范畴。人会出于本能地意识到，事态将因自身的不当举动而发生恶化。然而，A从根本上欠缺一些常识。他无力抑制愤怒情绪，随随便便就会做出逾矩行为。

律师这种职业，与守法意识低下的人打交道的频率，要比普通人高出多倍。我认为，他们应当掌握了这方面的沟通技巧，或拥有独到的经验。

然而，I 律师给出的答复，却着实有些一言难尽的意思。

"收到您的邮件之后，是次日的周六，还是次周的周一，此刻我记不清了，但当时我曾通过本律所的座机，给 A 回过一个电话。

"由于电话未能接通，之后 A 也没再打回来，所以我未能把您的意思直接口头转述给他。

"原本 A 也只是希望我代为转达联络您的意向。我只告诉他，'如果仅仅是从中传话，那没有问题。但我认为，内泽女士是不会回应的。假如她同意回应，我再通知你具体的沟通方法。'我当初未曾设想，在您不同意给予回应的情形下，还要对 A 做出进一步的说明。"

哈……最低限度，为何不告知 A 一声，他的行为破坏了和解协议呢？说一句会折寿吗？我觉得，身为我的代理人，至少该帮我提醒一句吧？事已至此，说什么都晚了。I 律师的这套说辞，恕我难以理解。继续由他担任代理人，也实属勉强。尽管我心中的牢骚堆得比小山还高，但说给他听，想必他也不会明白吧？我不打算无谓地消耗能量了，因为必须优先应付 A 的骚扰。以后我不会再联系这位律师了。原本与他的服务合约，也就只到签署和解协议为止。我筋疲力尽地合上了电脑。

首先，不管 I 律师的提议是否有效，我决定先给高松地检的 H 检察官打个电话试试。"我找 H 检察官。"当我对负责接线的人报出姓名后,电话毫无周折地转到了 H 本人手里。我先是讲了讲和解协议签署后的一系列情况,尽管 H 对我的处境表示了同情,但我刚一提到"听说这案子还有再度起诉的余地",他马上果断接口道:

"不,这几乎是不可能的。检方没办法在经过重重调查,做出不起诉的决定后,再轻易去推翻它。"

看吧。果不其然。我早知道。啊!

那我怎么办才好呢?

"若是对方再度做出违法行为,您对其提出诉讼的情况下,可以和本案合并起诉。"

到那时候,我再给检察官您打电话,可以吗?

"不,如果情况出现什么变化,请您首先向警方报案。"

明白了。

原来如此。当初您明明轻声细语向我承诺(确切地说是"告知我"),有任何状况都可随时联络,而现在就连您,也对我见死不救了吗?啊啊啊啊,可惜再怎么鬼哭狼嚎、大呼小叫也无济于事。那都是做出不起诉决定之前的承诺。一旦案子有了结论,就与他无关了。唉,此时此刻,只需利落地将案卷合起,丢进地下的档案库里便好了吧?

到头来,我还是得去求助警方。只有警方,才能够站在保护我的最前线,与加害者对峙。但必须是在 A 涉嫌违法的前提下。像这次的情况,由于之前实施逮捕后,我却没有发起诉讼,就只能将所有程序从零开始重走一遍。对此,我之前全无概念。真的一无所知。曾经暂时握在自己手中的优先得分权,是多么有效的打击手段啊!真希望谁能让我坐上时间机器,穿越到半年前的自己身边。我会把一切解释给她听。

所有的门都关闭了。我和一簇刚刚燃起的微弱火种,一同被丢在了黑暗之中。

犯罪案件中,由于受害者的请求而最终不起诉的案例,报道中占比不少。最大的理由,或许便是对复仇的恐惧吧。再者,不愿把事情闹大,估计也是动机之一。在恐惧的支配下,受害者首先想到的是冲进警局寻求帮助,假如当场被泼冷水,"这点小事至于吗?"估计也就打退堂鼓,不会再有下一步行动了。但在报警的那个当下,受害者脑子里是来不及有其他念头的,总之就是一个字:怕,希望警方能给自己一点帮助,跑去找警察拿主意。

然而,一旦加害者被警方传唤或拘捕,片刻的安心之后紧随而来的,便是对复仇可能性的强烈恐慌。同时,还有对社会舆论的担忧。受害者不仅要一趟又一趟往警局跑,还得配合检方的调查。接下去,更需面对刑事诉讼的流程,尽管不是每桩案子都会走到公审那一步。向公司或单位告假,变得越来越困难。受害者恨不能早一日恢复以往的生活。此外,还会感受到来自世人的不可言说之压力,"有那么严重吗?至于搞得一圈人不得安宁吗?"

我虽没工夫去感受世间的压力,但要说这方面的干扰是否为零,却也不然。社会上，把因为一点微小的琐事便去麻烦警察的行为，视作"浪费纳税人金钱"，且不知为何，总会对受害者发起诘难。为了不背上受害者的标签，一心只想撤回报案书，或恳求检方不提起诉讼，这样的人想必很多很多。

我并不想建议所有的犯罪受害者，在警方对嫌犯实施逮捕后，都应当委托检方提起诉讼。但针对跟踪骚扰案，尽管当事人有种种苦衷，笼统来讲，我依然推荐大家以起诉为目标，去行动和发言。在逮捕的那个当下，加害者已被激怒，畏惧于对方的报复而撤回报案书，并不能让对方的怒意冷却分毫。除非对方能诚恳谢罪，那另当别论。反正不管对方态度如何，至少应该冷静下头脑，对接下来的每一步认真考虑之后，再做决定。政府机构并不是每时每刻都能对自己提供保护的。残余的火种尽管微茫，也是一份切实的热量，逼迫赤手空拳的我去只身迎敌。

15

M 律师

在这个案子里，我应该不厌其烦地多确认几次，对方是否有谢罪之意。另外，在 A 的代理律师 M 的施压下，我当时一下乱了方寸，但实际上，即便 A 由于前科的关系，最终以恐吓罪入狱服刑，那能算是我的责任吗？我干吗要为这一点反复掂量？如今冷静下来一思考，自己既没有责任，也没有必要去想这个问题。我还是做人太过善良。而且，对方一提出或许无法享受缓刑，我便立即答应和解，谁知案子刚以不起诉收场，对方下一秒便不惜撕毁协议，再次跑来骚扰，不知感恩也该有个限度！至少，在 A 拖着赖着不肯签署协议的时候，我就该改变主意，委托检方对其发起诉讼。要是那样的话，如今也不至于有这番困扰。

不，话说回来，此案原本就不属于刑事自诉的范畴，如果说受害人的意志将左右判决的结果，未免与事实不符。更何况，受害人的意愿倘若被加害方得知，岂非将进一步激发对方的复仇之心？

今后，我不打算再通过 I 律师与对方进行谈判。真要谈判的话，有个人我非得当面质问一下不可。那便是 M 律师。假如 A 申领生活救济金时，是 M 陪他去的，那么关于违约金的偿付问题，难说 M 会不给 A 出主意，告诉他法庭下达的资产扣押判决，将因此而无效吧？

"这个东西……不是谁都能轻易看到的吧？"

读着我打印出来的、大型论坛 2ch 上的帖子，M 律师嘟哝道。不管怎么看，年龄都比我小上一轮的 M，貌似却从未浏览过 2ch。

打开搜索引擎，在我的名字后面空上一格，接着输入 2ch，单击检索键，马上便会跳出相应的内容。不管是谁，但凡想了解哪位名人或自己感兴趣的某人的资讯与传言，都可以轻松如愿不是？况且发帖的人还是匿名。好吧，鉴于帖子里写的都是些唯有 A 才了解的内情，我只能认为，这是出自 A 或他的熟人的手笔。

2ch 上开始出现针对我的发帖，是在 2016 年 11 月。在瞬息万变的互联网世界里，应用工具与平台的迭代也可谓日新月异。原本在 2014 年，2ch 论坛仅有一个主站，但到了 2016 年，便拆分为 2ch.net 与 2ch.sc 两个论坛。关于这一点，我也是在自己受到言论骚扰后方才得知的。对我来说，打开 2ch 的频率，一年充其量不过一回。只有在偶尔听到某个同行的丑闻时，才会出于确认真伪的目的，而打开论坛瞧上几眼。感觉犹如阅读早已废刊的八卦杂志《流言的真相》①。我从未在该论坛里发过帖。且基本上阅读帖子的过程中，总会被某个

---

① 《流言的真相》，由冈留安则于 1979 年 3 月创刊。刊载内容多以反政治权力与反权威为主。——编者注

匿名发言者扭曲的恶意给恶心到，默默点击右上关闭键，退出网页了事。饶是如此，我也未能完全戒除对八卦论坛的浏览。俗话说，人之不幸，乃己之甘露。然而，当自身沦为流言恶语的靶心时，感觉却分外难挨，我已彻底不再瞧它一眼。

如今，大型论坛已不像早年那么赚取流量。原因在于 Twitter 的乱象。我不知听多少人抱怨过，"Twitter 早就 2ch 化了"。在 Twitter 上，好事者可以在用户本人的账号下直接留言，和不特意打开相关主题的帖子便无法查看恶评的论坛相比，Twitter 能够确保将喷子的恶意发言，直接送到他想攻击的人眼皮底下。哪怕再污秽的叫板、谩骂，都会由受害者本人亲自收启（当然也可以做到不被受害者察觉）。而进行恶意攻击的人，却往往可以选择匿名，将自身设置为私密账户，或仅限部分用户可见，如此不仅不会暴露身份，平时他有什么动态或发言，旁人也无从查看。此外，从一条恶评的转发与点赞数，更可以轻易知晓有多少人赞同或附和这种攻击，流言的扩散往往仅在一瞬之间（当然自不必说，如果发布炸弹或谋杀预告等违法内容，警方也能迅速追溯到源头，查出始作俑者的身份）。

2016 年的当时，Twitter 上已是一派乱象，充斥着各种流言、攻击与谩骂。而大型论坛却不再如全盛期那般，每日吸引大量好事者的眼球。但尽管如此，任何人依旧可以轻易地通过检索，读到他关心的八卦内容，这一点是不变的。

"和解达成之后,眼看快半年了,真没想到 A 竟然又故态复萌。"M 律师开了口。

和解成立的条件,是今后 A 绝不再直接联系我,以及双方都不得向外透露关于本案的任何情节。而他在 2ch 论坛和 Line 上的发言,可以说同时触犯了两项禁止条款,没错吧?

"没错。确实涉及违反规定。"

同时他还声称,自己反正是靠领救济金度日的,用不着支付违约金,对此您怎么看?

"不必支付违约金?这种情况恐怕不存在吧。当然,是从法律常识的角度而言。想必您也知道,我现在与 A 不存在代理关系,当然我也未再同他有过联系,所以呢,似乎也没什么立场替他向您致歉,只能从法律常识的角度,来谈些看法。"

当然,我也并非抱着这种期待来找您的。当时建议 A 办理生活救济申领手续的人,是 M 先生您吧?

"并不是!这一点,我敢对着谈话录音当场保证,我从未提供过这样的建议。"

我记得您告诉过我,要陪 A 去办理申请手续。

"绝对没这回事。内泽女士,在您与我面谈的当时,A 已经取得申领资格了。"

A 领取生活救济一事,看来不是直接从 M 律师口中得知的。既然如此,我到底是听谁说的呢?莫非是 H 检察官?当时的我,在愤怒、惊恐、焦虑的折磨下，哪怕自以为状态还算正常，实际上思考和记忆都已出了问题。在最后关头的决策上，也过于掉以轻心。I 律师发来的邮件，我有心全部通读，却因心力交瘁，而难以办到。后来为了撰写书稿，我把和 I 律师的往来邮件逐字逐句重读了一遍，终于明白，I 律师其实才是这一信息的真正源头。而在谈判的当时，我若能仔细确认这一点，和 M 律师当面沟通清楚，案子的结果又将如何呢？

就算 I 律师在邮件中是这样写的，也不等于事实上 M 律师真的陪 A 办理过救济金的申领。若问陪 A 办手续是否属于违法，我想，倒也并不至于。但话说回来，在 A 违反协议的情况下，只因他是救济金的申领者，就使违约金的偿付无法获得强制执行，从结果来说，无异于对 A 从未有过任何惩罚。这是我千辛万苦熬着日子，一步又一步退让，吞下无数苦涩，才最终缔结的协议。我当然十分不爽。

不，莫非……I 律师是出于好意，才将 A 申请救济的事透露于我的？若果真如此的话，我认为他同时也应说清楚，如果 A 申领成功，会使民事裁判中的强制执行最终无效，导致违约金的偿付不只困难重重，甚至在事实上完全不可能实现。难道说，这也是我的过错？都怪我个人没查清楚？那既然如此，索性一开始就不要向我透露半个字好了啊。反正，我怎么都想不通这一点。

"我必须非常郑重地告诉您，我从未对 A 说过，任意破坏和解协议也没有关系。我绝不可能这样教唆。您可以去香川县内随便哪个生活救济金的申领窗口问问看，我敢断言，肯定找不到我陪 A 办理手续的记录。"

真的吗？

"当然是真的。我从未建议过 A，只要拿到救济金的申领资格，就能逃避支付违约金。"

我之所以找到 M，只是想把这一点确认清楚，从一个受害者的立场。

我相信 M 律师所言非虚。明明对我而言他没什么法律义务，却能爽快答应与我面谈，像今日这样四目相对，听取我的质问，老实说，从首次见面之日起，我就觉得 M 比 I 诚实多了，是位值得信赖的好律师。M 与他人共情的能力也特别强，专业过硬。A 算是走了狗屎运，抽到一支上上签。

而我在事件中的应对，却失误连连。疲于追根究底，畏惧 A 的报复，心里明明觉得不对劲，还撒手放任一切，委托给 I 律师全权代理。当初若能更加清晰地表达不满就好了。此刻我已追悔莫及。

明白了。我相信您。另外，还有一点，我希望确认清楚。当初，我虽然说过打算搬家，但离开小豆岛这种话，却一句也没提过。从 A 发的信息和帖子推断，他是读了我新书的后记，得知我并未离开岛内，依旧选择在此地生活，从而大为光火。哦，这是我刚出版的新作。能请您过目一下书中的后记吗？

"啊，好的……读完了。原来如此。所以 A 才会抱怨，您明明没有搬去岛外的打算，却如何如何……"

M 先生，是您告诉 A，我要搬离小豆岛的吗？在劝说、调停的过程中，您还记得是谁说过这话吗？

"关于您是否搬出小豆岛，以及我是否听谁说过这话，我已经记不得了。或许由于我个人理解的偏差，导致会话的走向发生了偏离，我无法否认具有这种可能性。因此，我认为自己的工作也是存在漏洞的。一般来说呢，跟踪骚扰案的受害人继续留在原地，本身是十分危险的。所以当时我也猜测过，您估计会搬出小豆岛吧。只是，在对 A 进行说明的阶段，岛外搬家的费用肯定会比岛内高许多，在这一点上，我有可能劝说过 A，必须给出足够您搬去岛外的赔偿金额。"

起初索价一百二十万的赔偿金，来回交涉的结果，最终 A 仅须支付二十万。这一点，难道他已经忘记了吗？唯独被索赔一百二十万这件事，由于不爽，而留在了他的脑子里。另外，大家都认为，跟踪骚扰案的受害人通常应搬家到远离旧居的地方。但也只是居住在都市中，才适用这条原则吧？

小豆警署能如此迅速有力地对我的求救做出回应，要我搬离他们管辖的范围，更会加剧我的不安。况且，我曾读到过警署间合作失误，导致受害者再度受袭的案例。发生紧急状况时，能够向我提供援助的友人，也都居住在岛内。东京虽说也有一大群朋友，但都不是可以频繁上门叨扰或借住的那种关系，再加上彼此的住处相隔太远，想要守望互助也十分困难。

话说回来，凭什么受害者就非得瞧着加害者的脸色，东躲西藏，搬来搬去？一方面是，"总之太可怕了，逃命要紧"的恐惧；另一方面是，"加害者肆无忌惮企图毁掉我的生活，我却必须顺着他的心意行事，让他目的得逞吗"的愤怒，这两种心情，是彼此抵牾的。但不管哪一种，都怎么也得不到周围人们的理解，这着实令我有苦难言。

此外，我总忍不住一遍一遍琢磨，会不会 A 得知我还留在岛内，于是去读了我新书的后记，这才再度燃起了怒火，导致他跑到论坛大放厥词？同时我又考虑，莫非是被逮捕这件事使他记恨在心，所以才随便找个借口跑来骚扰？尽管明知问题在 A，我却像患有强迫症似的不停自省，如果当初没有那个"推他一把"的由头，一切还会是今天这副局面吗？

身为受害者，我不愿再次遭受相同的痛苦，因此总希望尽量不触怒加害者。由于不想给对方一丁点刺激，所以哪怕是为了劝说 A 支付赔偿金，我也不希望自己从未许诺过的事，例如搬出小豆岛之类的话，从别人口中说出来。毕竟，就算仅作为一种可能性，表达得多少夸张了一点，过后也会造成信息的错误传播，让 A 以为"这个卑鄙的女人，竟敢对我撒谎"，从而激发他的过度反应，鼓舞他所谓的"正义感"，以致要"给她点教训尝尝"。

仇恨这种情绪，会使人有一种病态的敏感。通常情况下那些只让人心头微微不悦，过上个把星期便会忘在脑后的发言，若是来自跟踪狂的话，就要小心加以规避。以往，我向 A 送出了大量引爆他怒火的地雷式发言，通过这一过程，可以说我对如何应付跟踪狂，有了切身的体悟。

因此，我想说的是：和跟踪狂直接打交道的人，尤其是受害者的代理人，与之面对面交谈时，更有必要处处细心，留意自身的发言。假如说，要求律师做到如此细腻入微的程度，已超出了他们的业务范围，那么，我不免再次意识到，让熟悉这套应对方式的心理咨询师同时列席，是唯一的选择。

M 律师下次值班时再碰到这种案子，想必还会认认真真地担任嫌犯的代理人吧？进入谈判时，即便是站在加害者一方，为了守护委托人的权利，想必也会全力以赴吧？我没有一丝一毫责备他的意思。只是，这样一来，也惟其如此，他更应该对加害方的心理有深刻的把握。

具体到本案，当初为何偏要在协议中加入"不得对外泄露案情"的条款呢？

"唉，这个嘛，毕竟在这方面，A 的精神……"

连我也要对案子闭口不提。这又是为什么呢？这项条款到底是谁设置的呢？

"我想是我。"

我连自己的受害经历都不能对人启齿，生活中感到极度不便，也对我在各种场合与人建立信赖关系，造成了负面的影响。

"之所以添加该条款，禁止双方泄露案情，至少有一个目的，就是保护 A 的前科隐私。假如 A 从前的经历到处被传播……"

A 的前科，和本案有关系吗？

"不管是跟踪骚扰，还是因恐吓被逮捕，都属于他的前科不是吗？假如把他过去的犯罪经历，口无遮拦地逢人便说，这种行为本身，就可能构成名誉损害罪。所以针对 A 过往的经历，希望您做到闭口不提。这，是我添加条款的初衷。"

日常生活当中，比如说，事先公布了地点场所的演讲活动，就算我收到主办方的邀请，往往也无法参加，内心充满了恐惧不安。可是这种时候，就因为有条款的约束，我连自己遭遇了跟踪狂，害怕公开露面的理由，都无法向对方坦白。关于这一点，您又怎么看呢？

"恕我很难发表意见。"

难道我遭遇骚扰的事实，也包含在"本案情节"之中吗？

"怎么说呢，要看谈话中是否具体地提到了 A 的名字吧。恐怕要依据您的表达方式来判断。"

那我可以对外公布自己遭遇了骚扰吗？

"您的意思是，告诉他人自己有遭遇骚扰的危险，这种做法是否被允许吗？"

不是"有遭遇骚扰的危险"，而是已经遭遇骚扰的事实。换作是您，您会怎么表达？

"有遭遇骚扰的危险。"

单凭有危险，就要拒绝演讲的邀请，到处搬家吗？

"只是拒绝演讲或搬了次家，就会破坏您与他人的信赖关系吗？这我不太能理解。为什么呢？"

我连自己如今住在哪里都不敢跟任何人讲，因为害怕。

"假如，情况相反，允许您对外透露案情，您可以把遭遇骚扰的事向大众公开，这会改善您的处境吗？"

我想，至少在岛内的生活会切实得到改善。工作方面，也能让被拒绝的一方理解我这些不得已的理由。

"向大家公布您遭遇了跟踪狂，就可以告诉别人您目前的住址了吗？"

住址不可能跟人讲。但至少可以解释清楚，自己目前为何要隐居，以及不能告诉对方自己住在哪里的缘由。这样一来，就能获得周围人们的理解。

"啊……比如说，只告诉人家有一些不便启齿的隐情，不行吗？"

光说有一些隐情，究竟谁会理解啊？不可能会有人理解吧？

16

孤独的战斗

M律师似乎完全不能理解地缘人际的重要性,这让我感到很惊讶。我之所以如此用心地维护地缘人际关系,跟自己从东京移居到这样一个人口老龄化、已近乎"高龄部落"① 的偏远之地,且时间未过太久有很大的关系。定居此地的住民们,祖祖辈辈对彼此的脾气秉性、个人情况全都了如指掌(不过,这也仅是我个人的猜想,至于成员间相互了解到何种程度,我也说不准)。在成员关系如此紧密、黏着的社区里,我作为一个移民挤入其中,就算大家待我颇为友善,我仍时常感到拘谨而客气,心里揣着沉甸甸的包袱:万一自己哪天捅了娄子,导致大家态度骤变,对我指指点点,把我排斥在外该怎么办?

在岛内搬家以后,也曾有一些风言风语传进我耳朵里,说我在之前的社区惹了纠纷,待不下去了。当然,即便我能告诉邻居自己遭遇

---

① 高龄部落,又称"限界集落",指人口数量不断减少,已达到维持正常社会机能所必需的最小限度,且65岁以上成员占据人口总数50%以上的社区或地域群体。——译者注

了跟踪狂，可以想象对方也会追问，骚扰你的家伙是谁？是咱小豆岛的人吗？所以，到底该对大家透露到什么程度，其中的分寸恐怕极难把握。

　　话虽如此，约定就是约定。除了在达成和解之前为我提供藏身之所，帮我照顾宠物羊，以及为我出谋划策的几位朋友以外，在岛内，不管是一直以来的工作伙伴还是谁，我从未向任何人透露过自己遭遇骚扰的经历。实在苦不堪言。我好想把真相一吐为快。尤其是对附近的四邻五舍。可惜抱歉，出于不得已的理由，我只能把苦水往肚里咽。只因难以界定到底透露到哪一步，算是对A隐私的侵犯。万一被对方抓住把柄，说我违反协议，又开始没完没了的骚扰呢？反正，我是怕得要命。

　　A破坏协议，开始在2ch论坛发帖之后，我才向紧邻新居的一家人报备了情况。首先，对方提出的第一个问题便是："那人是小豆岛的吗？"可见，岛民们对这一点尤其关注。

　　直到事件过去许久以后，我才在一本名为《遭遇跟踪狂怎么办？》的宣传册上看到一句话，"对自己的邻居坦言相告，让他们成为自己的后盾"。当时不禁苦笑。我后悔地想，当初谈判时真该早早给自己确立一条原则：千万别答应对方"案情禁止外泄"的要求。

　　对M律师，我还有一事相求。希望他能针对A违反协议的行为，给予提醒和训诫。I律师并未对A做出恰当的回应并建议我去找检察官申请再起诉；检察官告诉我，如果对方再次触犯法律，应首先向警方求助；警方以"本案属于民事不介入范畴"为由，拒绝了我。了解所有内情,且与 A 打过交道的人,只剩下 M 律师了。

"这个恕我无能为力。如今我不能给他任何告诫。假如我给 A 打电话,与他发生交谈,就意味着我必须在无偿的条件下,为他提供法律庇护。"

啊……这算怎么回事?A 如此随心所欲地撕毁协议,却没有任何人对他提出警告,就这么由他去了?哪怕一句话也好啊。就找不出一个能对 A 进行训诫的人吗?

假如对他放任不理,他会认为破坏协议做什么都行。不只在 2ch 发帖,说不定还会闯入小豆岛。一想到这些,我就怕到坐立不安。所谓和解,到头来不是毫无意义吗?我愤愤不平地嘟哝道。

"我虽是 A 的代理人,但身为律师,您的心情我也理解。许多案子到头来都是被害的一方受尽痛苦,而加害方却总能随随便便破坏协定。这种情况并不少见,绝不单单发生在您一人身上。若问这类案子该如何跟进和善后,那也是个长期存在并无法立刻得到解决的难题。所谓受害者援助制度,真是前前后后讨论了几十年,可到现在也没彻底建立起来。"

那么,也就是说,今后我要凭一己之力与 A 周旋下去了。

2ch 论坛的帖子,还在以每日两到三篇的速度增加下去。

"她诬告我恐吓,其实我只是在吵架拌嘴时撂过几句狠话,从一开始这案子就被定性为非起诉类案件。"

……A 按照对自己有利的方式故意歪曲事实,而这套说辞却在社会上流传开去。我忍无可忍，气得天旋地转，真想去发帖反驳，把自己蒙受过怎样卑劣的恐吓，那些没完没了的骚扰短信，有多么龌龊、下作、居心险恶，多么令人战栗，统统曝光出来。索性把手机里保存的信息全部复制粘贴出来好了！

"不要！千万别这么干！"

了解网络生态的朋友 R 厉声制止道。

"我找熟悉 2ch 的人打听了一下。首先，之前我可能也跟你讲过，这个贴吧下面的帖子目前还没什么热度。当中或许也夹杂有其他人的发言，但传播度都还有限。这个 A 讲的那些话，在群众看来都不大摸得着头脑，想参与这个话题也有难度。

"之所以说传播度有限，是因为贴吧的关注者尚且很少。就算你假扮成不相干的人跑来发帖，也只能写一些唯有当事人才会清楚的内情，这样一来，反而增添了话题的可信度，激起看客的好奇，'咦？原来这个传闻确有其事？'于是凑热闹的人越来越多，信口开河、拍手叫好的跟风帖也只增不减，搞得贴吧内容不断膨胀，最终作为关注度最高的话题，一步步登上热搜榜。"

热搜？

"就是话题排行榜之类的东西。目前关于你的帖子还处在某个分类标签下面，等到内容越来越多，就会进入综合列表，跳出专属的主题页面，被后台编辑当作网络热闻给放到首页，最后雪球越滚越大，一发不可收拾。你放着不理它，一般来说就不会吸引人眼球，最后极可能被其他新建的贴吧慢慢埋到下面去。不过话说回来，他这个一天两三篇的发帖速度……"

是不是说,只要他不停更新,帖子就很难被埋掉?而只要话题不登上综合列表,这个贴吧就只有特意输入我的名字进行检索的人才会看到?

"总之不要轻举妄动,搞得话题热度上升。万一那种专业水军插手进来就不妙了,他们一个人能分饰五角,故意装作被激怒的样子,或者故意去惹怒别人,把贴吧上下炒得热火朝天,这样反倒会引来更多吃瓜群众和参战者。就目前的动静来看,A根本还没习惯搞这套东西,你不去搭理他最好。"

呃,一人分饰五角?就是说,为了炒热气氛自导自演,以引战的姿态故意发一些充满戾气、来意不善的帖子,然后几个账号之间一唱一和,互相打配合?呃呃呃呃,我算开了眼了。什么行为啊!搞这种伎俩很开心吗?

"世上就有这号人啊。把话题炒作成网络热闻,编辑成专属的主题页面,某些人就是靠这套做法吃饭的。"

匪夷所思。这么说,一旦被这帮家伙瞄上,原本不成规模的小火灾,会瞬间演变成一场熊熊燃烧的山林大火?真是叫人不寒而栗啊……

话虽如此,难道就没有什么办法,能给得意洋洋、大放厥词的A一点反击吗?我想写一点不会招来其他好事之徒的内容。实际上,除了贴出从前的骚扰记录,我还想了一堆惹A不痛快的点子。比如说,把他的原名给出其不意地贴到网上。或者，放上关于他犯罪前科的新闻链接也可以。凡是与我有关联性的东西一概不写，在他人看来根本不明所以的内容，却能对 A 一人造成精准打击，但凡动动脑子，这样的素材要多少有多少。

然而，从道义的角度来看，又如何呢？因为自己孤立无援，就可以理所当然地去搞这种出于报复的人身攻击战吗？不可以。毕竟我从未做过任何恶事。把自己降格到与 A 同一水准，与他低下的智力水平拉平，只能发生在最后的最后，用所有正当合法的手段交锋再交锋，较量再较量，却依然无果的时候。

再者，写一些足以戳中 A 痛点的东西，很难说 A 一旦被激怒，会不会干出什么不计后果的事，这点也让我心里没底。总之，万幸自己在征求 R 的意见之前，没有兴冲冲去论坛里写点什么。万一惹来一群恶意搅局的人，事态将变得难以控制，到时候自己更要背负无数本不该有的痛苦。发帖这事，还是算了。

不过，眼睁睁看着 A 一篇又一篇发个不停，真是很难压得住火。怒气上头，我几乎要抓狂了。假如他一直不肯罢手，我想自己至少也该亮明态度，让他适可而止。怎么办好呢？在没有任何人给予保护的状态下，我该如何去打这场仗？

在愤愤不平的同时，我也在网上搜索着对策，然后看到一个说法：跟踪狂通常特别讨厌被纠缠。还有一篇"尝试对跟踪狂死缠烂打，成功将其击退"的体验谈。内容是真是假不好判断，但不知为何有种奇异的说服力。在我和 A 交往的当时，A 也说过特烦那种紧迫盯人的女人，还说以前有个女友，死活不肯分手，甚至跑到家里来胡闹什么的。

我如果知道 A 住在哪里，也想上门请他的家人管管他这种胡搅蛮缠的行为。但仔细一想，又觉得压根办不到。只要想象着自己踏入 A 居住的地域，就吓得两腿发软。让我去到一个极可能与此人狭路相逢的地方，绝对不行。就连在 Line 上互发几条消息，我都紧张到险些吐出来。智能手机与社交软件的即时聊天功能，就是为了让收到消息的人第一时间做出回应而设置的，不管再怎么克制情绪，一来一往之间，很容易便会使矛盾白热化。你一言我一语，紧接着对方的话题说话，根本无法冷静而有深度地沟通。

这么说的话，寄明信片如何呢？虽说无法确定 A 现今是否还住在我知道的那个地址，但通过邮局的话，纵使他已经搬家，办理过邮件转寄手续的可能性也相当高。明信片成功送达他手上的概率想必不低吧。假如他目前与家人同住，明信片上的文字被他父母读到的机会肯定不会少。别看二老并未答应充当 A 的连带责任保证人，可一旦发现他有再犯行为，至少也会劝阻一句"别再胡闹了"吧？

就算 A 搬家换了住址，邮递员总会看到明信片吧？我在收信人栏里把他的通名本名一并都填上，怎么样？正文部分也用软笔把字号写得大大的，尽量醒目易读就好。给他点小小的颜色瞧瞧。单从字面意思来看，不过是要求他停止向我发送恶意信息而已，应该不会被判定为骚扰。相比他骂我的那些东西，只能算是一点小意思。光是想一想，我就心头一爽。

好！既然拿定了主意，就抓紧时间买明信片吧！只要 A 不罢手，我就一直寄。我来到邮局，买了一百枚邮政发行的可打印空白明信片，用电脑排版好 A 的姓名住址，又在本名旁加了一副圆括号，填进了 A 一直对我使用的假名。我还考虑，要不要在假名旁特意标注"化名"二字，想想还是算了。

正文部分我是用笔手写的。该怎样通过笔迹，表达出内心痛苦的波澜呢？我好生斟酌了半天。不过我原本字就写得潦草，只需正常发挥，看起来就足够不安了。

"A ○○○（○○）先生：

您在 2ch 论坛开设了关于我的主题贴吧，持续发表一些侮辱中伤我的文字，这种行为已严重妨碍到我的生活并令我精神饱受折磨，请立即住手，停止此类骚扰行为！内泽旬子。"

我拿红色铅笔，将寄件人姓名圈了起来。把这个部分扫描下来，下回寄明信片时还可以重复利用。每次更换正文的语句即可。我不敢把它投进小豆岛的邮筒，于是去高松办事时，顺便往渡轮码头前的邮筒里试投了一枚。等 A 发帖子或发消息显示这张已经寄达，我就再给他来上一张。

心里稍微松快了一些，我办完事，正打算迈入连锁咖啡店 Doutor，手机忽然响了。是依田先生。

"好久不见！这会儿我刚从曼谷抵达成田机场，才看到你的邮件。

回复迟了,不好意思。你说有事找我商量,是什么呢?现在聊还来得及不?"

自从和 M 律师面谈以后,我一直希望找个合适的人寻求一些指点,谈谈今后该如何应战。我翻了翻通讯录,想看看所有的熟人里,有没有听到此类纠纷既不会吃惊也不感害怕,并且对社会弱势群体(包括犯罪群体)相当了解的人,我打算听听他们的意见。最终选出的两位,便是依田与福泽先生。

啊啊……太好啦!能联系到您。嗯……您现在方便不?简略地说就是……我开始向依田描述事情的来龙去脉。不出所料,依田一副见怪不怪的态度,哈哈笑道:"哎呀呀,果真,你在挑男人方面确实没什么眼光嘛!"

所以呢,我刚刚给对方发了一封这样的明信片……

"呃,你在做什么!不要啊千万不要!只发一封倒也罢了,再发下去,就算是骚扰行为了!"

呃……明明是我被对方发帖攻击啊?

"寄好多封的话就不行!我真服了……你到底在做什么啊?回头要是打起官司,会对你构成不利的!绝不可以再寄了,懂了吗?"

懂了。今天能和依田先生通上电话,实在太好了。我正打算明天再寄一封呢。另外,我还想问问您,像目前这种情况,我给对方写封信解释解释会不会好一点呢? A 给警方打电话谢罪之后,却遭到了逮捕,对此他一直怀恨在心。一怪他运气不好,二也怪我,要是不多嘴劝他,就没这么多事了。当时,我已经向警方承诺不会撤回报案书。

原以为 A 如果向警方表明悔改的态度，结果起码会好一点。可这些幕后的情况，始终没有人跟 A 沟通过，然后他就被捕了，案子最终以不起诉收场。接下来，他又开始了新一轮的骚扰。我还是希望向他好好解释一下。会不会不太合适呢？

"不，你应该写。就算要吵架干仗，也得先尽到礼数，我一向跟来问意见的人这么讲。否则今后对方会长年累月为这件事记恨你。写封信把该说的说清楚，做到仁至义尽，随后再开战，跟他斗到底就行了。"

这样啊……谢谢您。

实际上，另一位给我提供指点的军师福泽先生，却果断表示："对脑子有问题的家伙，你写什么都没有用。"依田先生长期从事各种社会活动，致力于为弱势群体创造能够相伴共生的空间；福泽先生则是我的一位媒体同行，对社会底层的弱者们，尤其是反社会群体十分了解。他二人在我的知交当中，属于社会经验首屈一指的"大哥大"。而这样的两人，意见竟截然相左。

被依田先生一通数落，我这才意识到：原来我只是希望有谁来赞同自己的想法，告诉我："给 A 写封信吧！"而且就像警方，或散布在网上的那些应付跟踪狂对策所科普的一样，受害者主动接触加害者是禁忌中的禁忌，但在如今的状况下，对 A 不理不睬，继续听之任之，也绝对别指望他能适可而止。倒不如说，越是放任不管，事态会越发恶化。尤其以目前的状态，没有任何人能为我提供保护，我也不知道该向何种机构求助，所以就按自己的想法去采取行动，不也挺好吗?

福泽先生的意见是,总之该找个能够成为我后盾的律师。这属于超级正统的做法。据他说,就算A是吃低保的,也可以找个律师想想办法,迫使A以每月哪怕一万元的方式分期支付违约金。世上真有这样的律师吗?对此我一点自信也没有,但恐怕还是得找找看吧。东京的话,估计能物色到。可这里是香川。我头一次感受到居住在地方上的不安与不便。真是愁死人了。

给A写信相当费时间。关于他被逮捕的前因后果,要详细按照时间线逐一列出,且必须细心留意语句中不得出现虚假或矛盾信息,若非如此,A恐怕是不肯相信的。再说,我也不愿用多余的废话去激怒他。此外,趁着写这封信,我还希望把过去在Messenger上没能表达清楚的、我之所以提出分手的理由等,总之就是A一切怨恨的导火索,悉数向他做个解释。我内心究竟有多少恐惧,以及遭受了多少不快与不公的对待,也希望全部让A知道。没错,之前与他的对话,都发生在Messenger或Line上面,只能反射性地给一些冲动的回应,而我真正想对他说的话,还都满满地堆在心里。

17
2ch 论坛

　　我正在动手给 A 写一封信，内容包括我想要中止交往的理由，他被逮捕的来龙去脉等。所有打算对 A 做出解释的事项，不管怎么估算，不写满二十页纸恐怕收不住。假如利用工作间隙来写，估计得花不少日子。这期间，A 若是不满足于在论坛发发帖子，脑子一热跑到小豆岛上来，我该怎么办？

　　我目前居住的这栋房子，假使雇用私家侦探来查，我猜不太容易被立刻发现（当时我是这么以为的，实际上，后来听说侦探可以非常简单地找到我的住址。比如说，只要在电力部门安排有内应，我新签约的住址就会被泄露。真心希望法律能对那些向跟踪狂提供信息的侦探实施惩罚）。喂养宠物羊的地方，相对来说更容易被找到。来到岛上，只需装作游客的模样，向岛民打听一下，"哪里有养羊的人家啊？"不是相当轻松就能摸上门来吗？我在离家稍远的地方租用了一间羊舍，做不到随时把握那边的情况，总在担心"KAYO"和"TAME"会不会出什么状况，却也无计可施。

另外，岛内一位租用过大型羊舍的朋友，后来由于病倒，无力再照看手里的两头已节育而未阉割的公羊（正男和茶太郎），迫于情面，我也不得不接手了下来，喂养的羊只因此便增加到了四头。就算A提前告知会找到岛上来，一时之间我也做不到带上四头羊麻利地逃走。好吧，话说回来，从加害者的角度来看，四头羊也不是轻轻松松就可以杀害的。这四头羊里，有三头都长着锋利的犄角，一旦被激怒，都具备一定的伤敌能力。况且，它们都没有拴绳，可以在宽敞的羊舍里自由奔跑。

我很清楚，万一A潜入羊舍，伤害到羊只，而我为此对A采取了攻击，那么一定会因伤害罪被逮捕。据说所谓的正当防卫，在实际判例中是相当难以争取的。可惜，要我在羊只被伤害的情况下把A放走，对我来说，这个选项是不存在的。尤其"KAYO"，曾经把A从我身边逼走，于我有恩可言。这种时候，如果事先学点格斗防身术，会不会挺有用呢？

说来，我的精神状态虽不到抑郁症的程度，但二十年间，心底隐隐的求死之念从未彻底消除过，一直伴随我活到如今。十几年前，当我查出患上了早发性乳癌时，甚至曾庆幸过，"终于能看到人生的终点了啊"。为了不被求死的欲念所吞噬，我尽最大的努力，将各种有趣的事物作为自己生活里最优先的核心。然而，艰难走到今天，性命却可能毁在A的手中。我不得不认为，在个人生命中，这是比患上癌症的概率更小的重大事态。

事件发生后，我的心事实上已形同被杀害。A在论坛的发帖，貌似不再满足于写写谈判或案子的情况，开始散布所谓的"下半身猛料"。这些东西，假如我在一个人时读到，心情必然会跌落至谷底，浑身虚弱到失去行动的能力。假如 A 抱着给我制造精神痛苦的目的，故意大肆书写，老实说，是真的让我产生了自杀的想法。但死的主导权，终究应当掌握在我自己或老天的手里。唯有被 A 杀死这种方式，我绝不接受！死也不接受！不单是心，连身体也要丧生在 A 的手下，真是是可忍孰不可忍。想尽一切手段，我也要报这一箭之仇。

我上网检索了香川县律师协会的注册律师名录，以及武术教室的信息，列出一张清单。前者，以熟知网络生态的律师为优先考虑的对象；后者则首选地点方便前往的教室。在给 A 的信写好之前，我打算一家家地挨个考察过去。

恰好在这一时期，一向通过邮件与我联络的朋友 R 却忽然打来了电话。

"论坛有篇帖子的内容，让我有点不放心。"

诶？哪一篇？正如前述，A 的发帖内容，先是围绕自己被逮捕的前因后果，或对谈判的种种不满而展开，之后，又开始充斥对我的人身诽谤，什么有口臭啊，下身如何如何啊，净是些有关身体羞辱的话题，可以说下流至极。读来心理会受到伤害自不必说，A 这个人低劣的品性也令我作呕，因此查阅论坛的事情，我一直都麻烦 R 代劳，自己从没好好看过一眼。

"嗯……帖子里写的'yayoi'，是指什么呢？"

啊！那是我在雅虎伴侣上的用户名！忘记注销了，一直闲置在那里。哇，我怎会这么粗心！怎会这么愚蠢！而且，登录密码也早就想不起来了。完蛋了。我该怎么办好呢……

"首先，去雅虎论坛查一查，看看忘记密码该怎么办。"

嗯嗯。其次，R你有雅虎账号吗？

"有是有，怎么了？"

那好，能麻烦你加入一下雅虎伴侣吗？我想先确认一下，自己的账号目前是不是还在。

"没问题。这种交友网站我从没接触过，貌似挺好玩的……还要填年收入呢。啊？兴趣爱好，填阅读和看电影就行啦……嗯，查找范围，设为香川县内居住的四十岁左右女性可以吧。"

R转眼的工夫就完成了雅虎伴侣的注册，开始了检索。

"哇……有了有了。'yayoi'，找到了！噗哈哈哈，什么啊这是？喜欢做菜？让你做菜，除了野猪啥也吃不到吧？什么嘛，这些，笑死了。"

我欲哭无泪，羞得恨不能咬舌自尽。

"哦对，还有一点。好像每次你在Twitter上说了什么，或在Ins[①]上发了照片，对方马上也会跟着发帖。不是对你的动态特别了解的人，光看帖子的话，会觉得一点也摸不着头脑。"

浏览我在社交账号上发布的内容，明明也属于违反协议。但不管

[①] Ins，Instagram的简称，为Facebook公司旗下的社交应用软件。——编者注

怎样，我让 R 把历来的帖子，以及雅虎伴侣的账号信息，先截屏发了过来。这样兜来转去，似乎稍嫌麻烦，但没办法，这么做总比我直接去查阅它们受到的心理冲击要和缓一点。我对 R 的感激，实在表达不尽。

Twitter 和 Ins 上，我也一向是以笔名发文的，对自己遭受骚扰的经历只字未提，仅仅若无其事地记录一些平淡的日常动态，发几张宠物羊的可爱照片。所以谁又会知道，深夜里我时常发出凄厉的叫骂："去死吧！禽兽！"大概，也没人想要知道吧。

本来嘛，此类社交平台上不知有多少用户，大家之所以选择该款应用，其实不是为了发表意见或抒发感想，无非只想记录一下个人真实的日常。称之为"平淡而安详的生活"，并不算虚言。毕竟人活着，只要不是病得卧床不起，谁也不会一天二十四小时被冲突与纠纷所环绕。

但对 A 来说，我看似安然无事地过着平稳的生活，这本身恐怕就令他极度不爽。谈判时提出不可对外泄露案情的人，明明是 A。但他行事放肆，不择手段，可谓是无所不用其极。

我打开 R 发来的一大堆邮件附件。从图片所见，雅虎伴侣的应用界面设计比起我从前看到的样子可谓焕然一新，似乎也拓展了不少当时没有的功能，哪个版块具体是干什么的，我一点概念也没有。不过，自己的账户名下方，确实显示有我亲手编辑的个人简介，内容令人汗颜。啊，这算不算是我的黑暗历史呢？真希望把它们一笔勾销。

原本属于男性用户浏览的界面，我也是第一次看到。按照地域、年龄缩小检索范围，就可以看到有多少名，以及怎样的女性成员登录该网站。而这些信息对女性用户都是不可见的。呵呵。居然有人把自己的照片放在简介栏里呢，不会害怕吗？也有人为了模糊五官，还特意用修图工具添加了花瓣撒落的特效。忍不住想了解更多信息的我下意识地点击了一下鼠标，这才醒悟画面只是截图，不禁苦笑。真是可怕。

接下来，是 2ch 论坛的帖子截图。我逐个打开，一篇篇往下读。有些看起来是 A 本人所写，有些像是第三方手笔，还有的则无法判断出自谁手，若问哪一种占比最多，还是要数 A 的发帖。

怪不得。A 在 Line 消息里跟我说，"雅虎伴侣，好好干哟！"没想到他真的以为我还一直在雅虎伴侣上活动，发帖大概也是出于这个目的吧。估计在他看来，只要把我在雅虎伴侣上的动态曝光出来，就能对我造成伤害，所以才把我的账户名挂在了网上。我总算明白了。A 对我试图寻找新交往对象的行为（实际上只是忘了注销账号）极度不满。难道说，为此他才破坏了协议？真是坏到家了。就算犯蠢，也该有个限度。

A 究竟知不知道，在他的骚扰下，我的生活变得有多忙碌？我不得不在家中自己动手修建羊舍，然而，施工的进度却陷入停滞。我在地板上挖开一个大洞，每天不得已只能伴着大洞睡觉，屋子里冷得够呛，不想办法解决实在熬不过去。当然，刚搬来不久的二十多箱家当，仍未拆箱堆在房内。这种情形下，再增加四头羊，每天要割足够喂养所需的草料，还须应付手头的书写工作，驾着自己尚未开惯的手动挡轻型卡车四处奔波，整个人累得骨头都快散架了，哪有工夫在网上找对象？每晚对着电脑，检索如何用石灰浆刷墙、厨房的改装方法、瓷砖、天然涂料、防潮与隔热材料等装修所必需的信息与物品，有时查着查着就困得睡了过去。

基本上，正因为每日被大量令人作呕的、满是低劣的人身攻击的言论所围绕，所以，别提网络上的陌生男性了，就连现实中有男人对我稍示一点好意，我都会寒毛直竖，警铃大作。

退一万步讲，假设我真的有心在网上寻觅新对象，雅虎伴侣也是有人在其中隐瞒真名进行感情欺诈的网站，我也绝不可能再用过去的旧账号继续登录。A凭什么认为，仅仅是账号留在网上，就代表我如今仍在使用呢？说实在的，我连账号忘记注销这件事本身，都早已忘记了，连登录都没登录过一下……咦？什么？这篇"○○○，×岁，十分可疑"的帖子。是指什么人的账号吗？

"哦，那篇啊。我看到的时候也觉得奇怪。"R道。

我说，看这篇的意思，莫非A认为我注册了别的账号在雅虎伴侣上活动？

"不是吧！这个妄想狂，可不是闹着玩的……不过……会不会真有这么一个用户？"

R沉默了一会儿。

"找到了！○○○的账号。真的是×岁……"

R 把该用户的个人简介给我读了一遍。口气低调、平凡无奇的一段文字，勾勒出一个粗略的人物轮廓。看样子，是位在香川县内工作生活的同年龄段女性。

介绍栏里有照片吗？

"没有呢。要不要给她点个赞？"

点赞，是一个传达好意的按钮。对方会认为你在搭讪。千万不要！万一发展到了互发信息的地步，你该怎么向对方解释呢？人家只会怀疑你居心叵测。况且，感觉她也不像老手，不是那种玩转交友套路，欺骗前来搭讪的男性，把他们骗去收费网站上宰客的职业骗子吧？

"恐怕不是。看起来挺普通的一个人呢。"

不会有什么麻烦吧？在 2ch 上看了帖子的变态男人，该不会来骚扰人家吧？尽管担心不已，但别说真实姓名了，我连对方的联络方式都不知道，也没法采取什么行动。什么啊，这种游戏般的虚拟感，太难以言说了。

"这……谈判对象如果发来联络，代理律师当然有义务向你转达啊！这只是最基本的职责好吧？换了我，也一样会转达啊！"

眼前这位上了年纪的律师，忽然冲我怒吼道。

不不，I 律师身为我的代理人，明明亲手向 A 递交了以"今后不再发生任何接触"为主旨的协议书，却在 A 提出与我会面等破坏协议的过分要求时，非但不对其进行提醒与劝阻，甚至还发来邮件，向我转达"A 提出想见你""原则上虽禁止接触,但假如内泽同意联系,麻烦告知结果"等彻底违背协议的内容,让我特别生气。我作为受害者,这份协议书是保护我不受 A 骚扰的唯一壁垒……我试图向老律师解释缘由,方要开口,却听他一声厉喝:

"别吭声!!我正在读你的材料呢!"

我闭了嘴。态度如此盛气凌人的律师,就算在警察或检察系统里,都遇不见第二个……我是查阅了香川县律师协会主页上的自我介绍栏,才选中这位律师,并申请面谈的。看来我欠缺一点通过简介来识人的能力。怎样才能具备这种技能呢?真希望谁来指点我一下。老律师此刻过目的,是我自己整理的案情陈述,以及和解协议的条款。接下来,我又给他看了 Line 消息。

"现有的材料显示,你这种情况,应当可以适用《反跟踪骚扰法》吧。"

可是……最初我向警方咨询的时候,得到答复说:现行法律仅适用于通过电子邮件进行的骚扰行为。至于使用社交软件发送的文字信息,不作为目前法律的采信依据。

"啊?这样吗?"

是的。在小豆警署,警员亲口告诉我的。我本身不是什么法律专家,只能上网查点简单资料而已……

老律师奔向会客沙发背后的档案柜,从里面抽出几只文件夹,开始查阅。这么说或许有点嘲讽意味,不过,对待法律条款的细节性修订、网络技术革新方面的动态,保持及时跟进是件需要花费大量劳力的事吗？

"哎呀，这我还真不知道。原来如此。受教了。"

不过，法律的制定不能紧随现状、与时俱进，似乎造成了不少执行问题呢。另外，这是对方在大型论坛 2ch 上的一些发帖。

"啥？此人还真像 Line 上威胁的那样，开始发帖攻击了？"

老律师的态度，仿佛在责备我，"干吗不早说！"一把抓过打印的资料，读了起来。之前絮絮叨叨对 I 律师发表的拥护言论，此时一概销声匿迹了。呵呵。

"过分！真是欺人太甚！"

没错。确实不可原谅。因此我希望能在您的帮助下，向对方追讨违约金……

"不不，可以通过刑事起诉，告他名誉损害。对这种缺德的家伙，只能诉诸刑事手段！一告就赢！"

诶？名誉损害……不是属于民事范畴吗？走刑事诉讼也可以吗？

老律师又找出身后的文件夹与注，查到名誉损害罪的相关记载，委托隔壁屋的事务员复印了一份，用红色马克笔将对应段落圈出来，递到我的手上。

"读读这个你就明白了。那么今天就……"

啊，请慢。假设是以刑事审判为目标，那么把诉讼手续全权委托给律师代办，进展是否会更为有利呢？如果是的话……

"走刑事路径的话，受害者一概不需要律师，都交给警方就行了。"

可是，不是必须起草并递交起诉书吗？

"我说啊，总之一句话，凡是惹警察不痛快的事，千万不要干！懂吗？"

呃……我一脸蒙圈。所谓"惹警察不痛快"是指？都什么年代了，这样的想法也太过时了吧？网上资料显示，起诉书有原告本人起草及律师起草两种形式。

"什么自己起草还是律师起草，你非要操这多余的闲心，把警察惹烦了，故意给你使绊子，原本该配合的行动，只怕人家也不乐意动了。你就老老实实去低头恳求，拜托警方发起刑事诉讼，接下来人家怎么说你就怎么做，就是最佳方式！千万不要去说多余的废话，干些吃力不讨好的事。这样一来，警方自然会帮你写好起诉书的。"

真的假的！居然是这样？以往打过交道的所有警员，单从表面来看的话，没有一人对我采取过高高在上的施压态度。然而，若问我是否了解他们真正的想法，说实话，我没有一点把握。在之前的接触中，我有没有干过"惹警察不痛快"的事呢？

18

律师的论调

不,应该不要紧吧。再说,报案书我也遵照与警方的约定没有撤回……咦,且慢。选择走谈判和解,决定不起诉,算不算伤害警方积极性的行为呢?忐忑一点点从心底钻了出来。不会吧?警方可能以此为借口,宣称不介入民事案件吗?不不,我赶到生活安全科求助时,A 刚开始在论坛发帖不久,一直围绕之前的被逮捕和谈判在吐槽,暂且合乎常理,并没有涉及什么适用于名誉损害罪的内容。

但是话说回来,警方也没有告诉我,假如 A 的发帖攻击性越来越强,到了足以通过刑事手段起诉他名誉损害的阶段,请尽管来寻求警方的帮助。不过,若问警方有没有义务告知得如此详尽,那就比较难说了。从我的角度来看,假如警方能提前告诉我,除了来岛以外,当 A 的骚扰行为持续升级时,警方有哪些可能采取的手段,估计我就不必找律师咨询了。总之情况不好说。思绪一旦启动,就开始担心个没完。

只要受害者还需要小心翼翼地察看警察的脸色,日本就称不上是健全的民主国家。不过，此刻我能够依赖的，能够挡在我前方与 A 对峙的，想来想去也唯有警方了。

老律师称，面谈过程中出现了他不了解的法律知识，因此没有向我收取咨询费。我从他口中，听到了比法律更具有震慑力的"业内潜规则"，所以认为哪怕付费也值得。但从他的角度来说，此次免费，是否也包含了不愿再更多介入我的案子的意味呢？在回程的渡轮中，我才意识到，面谈结束在刑事诉讼的话题上，对该通过什么手续追讨违约金，一点建议都没能得到。被他凭着巧妙的话术，成功躲掉了相关的话题。

A 又在 Line 上发来了消息。

> 寄明信片的做法更令人作呕。
> 你有什么证据说帖子是我写的？
> 你的行为给我造成困扰了，请停止。

从我把明信片投入邮筒，到收到他的 Line 消息，推算中间经过的日子，可以判断 A 已经搬离了从前的居住地。虽没有清晰而确切的根据，但我认为他的回复有些迟。话说，我只是邮寄了一张明信片，要求他停止发帖诽谤而已，如果这都算给他"造成困扰"，那么他向我发送的大量信息，从 Line 到 2ch 论坛的帖子，又该怎么算呢？他对我造成的困扰及心理伤害，又何止成百上千倍。对此，他难道一点自觉都没有吗？何其病态。很难认为他还具有正常的感知能力。

本来，自交往之初起，A 就是个性情自私且极端的人。"己所不欲，勿施于人"，是在动用法律武器之前，为了能与他人和平共处而应当首先掌握的、最低限度的常识。A 连这点基本的做人的常识都不具备吗？我以为，以前的他并没有低劣到这种地步。

可不管怎么说，在看人的眼光方面，我是越来越没有自信了，很难对人下定论。说不定，这些都是抑郁症的表现？如果是的话，一直给他治疗的心理医生，到底在做些什么呢？他们察觉不到 A 的种种异样吗？这医术也太差了吧……

我在工作的间隙里见缝插针，上雅虎查询了自己的注册情况。哪想到，用旧邮箱开通的账户名共有四个，如今使用中的新邮箱地址下也挂了两个，合计共达六个之多。旧邮箱的几个账户名，大概是我当年沉迷雅虎拍卖时弄的小号吧。曾经用它们竞拍了一大堆和服的碎布料，后来一股脑都送人了。不过，好歹我先找回了登录密码，总算可以走注销流程了。原本来说，雅虎伴侣只是雅虎提供的网络服务之一，我只需把它上面的账号注销掉即可。可不晓得该怎么操作，四处找教程却一头雾水，半天也没有搞定。写邮件把情况和 R 讲了一下，他的电话马上就打过来了。

"反正都要注销账号了，登录进去看一眼行不？感觉这家伙好像一直在盯着你的雅虎伴侣呢，你不想确认一下吗？"

这样啊？

我把对应的登录密码发给了 R。估计是这个没错。

"那我试一下哦。用'yayoi'（我的雅虎伴侣用户名）登录进去……哇，果然！2ch 论坛里马上冒出来一篇名叫《雅虎伴侣出没中》的帖子！几乎零时差！可见这家伙真的在监视你。"

啊！赶快退出来！太不要脸了！要是我真在使用雅虎伴侣，这可以算是百分百的跟踪狂行为了吧？当日，我便迅速注销了雅虎网站下属的所有账号。

A 差不多每天都在 2ch 上发帖。假如我决定走刑事诉讼，这便是他犯罪的证据。按照 R 的说法，索性不断激怒他，让他写越多的帖子岂不越好。可万一走不到刑事诉讼那一步呢？况且作为我来说，对这堆恶心的文章，只想提出申请，委托论坛的运营方彻底删除。不知何时就会被人看到的东西，我不想任由它们留在网上。

然而，我查了一下，发现 2ch 论坛设有不少特殊的独家规则。不知是不是为了保护言论自由，公布出来的删帖受理制度及手续、方法等，在遭受诽谤的一方看来，条条都让人感到十分愤怒，再没有比这更可恶的了。一些细节性的内容暂且不提，个人隐私虽属于可删除的对象，但基本上仅针对"非公众人物"提供该项服务，至于政治家、艺人、从事公共活动的专业人士，以及获得有罪判决的罪犯，则悉数被排除在外。

贴吧是以我的笔名作为条目创建的，因此不属于删除对象。我听见自己喉间翻涌出五脏六腑被煮沸的声音。就算成功发起了刑事诉讼，假如 A 对我的诽谤言论一概不能消除的话，我又该如何是好呢？

次日，我还与另一位律师有面谈之约。这次的律师，是香川县受害者援助中心为我介绍的。我之所以能找到该家机构，也是因为从一开始就为我出谋划策的 B 女士，提醒我当地应该会有专为受害者提供法律咨询的组织。在 A 被捕前的那段时间，她还帮我向警方打听过，除了庭审之外，能否安排一个有公共第三方（非警方）在场的、可以让我与 A 冷静对话的机会。结果，最终也未能找到 A 设想中的场合。在和解谈判时与对方直接面对面交涉的要求，也被律师阻止了。

当时我一度万念俱灰，心想：难道就没有任何一家机构，能对孤立无援的受害者提供帮助吗？面对心灰意冷的我，B 女士劝道："别放弃，给高松市政厅打个电话问问看吧。"说得也对啊。恰恰在这种时候，才应当求助于政府吧。我往市政厅打了个电话，询问负责接待的工作人员，像我这种情况，有没有什么机构可以为我提供一些法律或心理方面的指导，对方把香川县受害者援助中心的电话号码告诉了我。仔细想想，我只是小豆岛的一名外来居民，根本不算高松市民，况且，就算真有这样的机构，恐怕也会在高松市内吧。果不其然，该援助中心位于香川县警察总部与县政厅附近的办公区里。

初次面谈，接待我的是一位年长女性，她应该持有专业咨询师资格吧。面对我的倾诉，对方真正做到了用心细致的聆听。例如：我和 A 对事件本身在理解上存在的差异；和解谈判时，自己未能顺利与签约的律师建立起信赖关系；A 在 2ch 论坛上的发帖等，一系列违反协议的行为，使我决定提起刑事诉讼；我希望能向 A 寄送一封记载其违约事项的内容证明书；假如 2ch 运营方无法为我提供删帖服务，我在考虑要不要写帖子对 A 发起反驳；以及和解条款中，存在哪些我无法接受的事项等，我都逐一向女咨询师进行了说明。每一次触及那些不堪回首的往事，我都怒不可遏，所以我自认为在讲述时并未做到思路清晰、条理分明。但面对带着一堆参考资料、絮絮而谈的我，咨询师不仅认真聆听，还对我想要发帖回击的心情，表示了真挚的理解，称"非常明白您的感受"。

这暖人的话语，不知给了我多大的安慰啊！我甚至觉得，终于，遇到了那只援手；终于，抵达了安心之所。于是，接下来，为了制定具体的对策，援助中心为我安排了一位专门处理跟踪骚扰案的律师，我配合对方的日程，与之进行了面谈。这一回，不是我自己挑选的律师。或许能抱一点期待了吧？但谁知……

"走刑事途径的话，可以预见您一定会和警方进行沟通，这是没问题的，所以暂放一边。我们来谈一下民事方面的情况。按照您的陈述，对方违反了和解协议，对吧？不过，此人虽给您带来了许多精神方面的困扰，但若问他有无其他侵害您权益的行为，就很难界定了。因此，目前可以采取的法律手段，我想大概是基于协议书，对其进行三百万违约金的索赔吧。只是，从另一方面考虑，对方对您的仇恨仍在一步步升级，是吧？几乎每天都在更新具有强烈攻击性的帖子。"

是的。

"这样的状态下，您提出三百万元的索赔，火上浇油的风险是相当大的。并且,对方声称自己在领取国家低保补助。此话是否属实,我不好判断。不过,首次和解时,对方须支付的赔偿金仅为二十万元。这样的情形下,对方再次支付三百万元的可能性,非常之低。"

也就是说,归根结底,之前的和解谈判其实毫无意义?

"很遗憾,从现状来看,上次谈判没有给对方形成任何抑制力。有句老话说,光脚的不怕穿鞋的。真正没钱的人才最强大。就算您发起违约金的索赔,对方也会用一副破罐子破摔的姿态,告诉您他手里没钱。如果通过法律手段,走庭审途径,或许可以赢得胜诉。只是,最后您能到手的,也不过是一纸判决书而已。"

也就是说,对违约金的偿付义务,谁也不能保证可通过强制手段催促他落实?

"没错。在连带保证人方面,您似乎提出过设置的要求,但最终并没得到落实,所以除去 A 以外,也找不到第二个具有偿付义务的人。"

我当初设置违约金的目的,并非为了要钱,也没期待过让 A 做出二次赔偿。

"这话不假。不过,反过来看,您向对方发起违约金索赔,是否就能迫使其收敛骚扰行为呢?对此我有极大的疑问。上一次,单单是被羁押,就导致他对您怀恨在心。所以,这次的违约金索赔,非但不能让对方意识到自身破坏协议的责任,从而动摇他的恨意,反倒会让他觉得'怎么又来针对我',于是他对您的仇恨会再度升级。我认为,这样做的风险性是极高的。以现状来看,他在网络上发布诽谤中伤的言论，充其量也只停留在网上，并未在实际中与您有过接触，所以，目前最适宜的对策，是向 2ch 提出删帖的要求……"

删帖的要求，2ch 运营不受理。我查过规则，他们一概不接受公众人物的删帖请求。

"是吗？我个人对 2ch 论坛不太了解。果真如此的话，就要看警方能否出面斡旋一下了。另外，我认为您守护自身安全的最好方法，是隐匿自己的住址。许多跟踪案的受害者，都选择了隐居这种方式。"

所以啊，正因为我选择了东躲西藏，所以对事件以外的任何情况，我一概不能在写作时触及！我好想对律师这样喊，却闭上了嘴。为何总是受害者被迫承受种种的不便呢？难道说，其他受害者都是如此默默忍耐的，我就也该乖乖的像她们一样？在受害者援助中心这样的场合，听一名律师貌似天经地义地说出这番话，我心中只剩茫然。

以我的立场来说，会不会激怒对方早已无所谓了，我要对 A 发起违约金索赔。假如他无力支付，我就提出要求，将双方之前订立的、互不对外泄露案情的条款作废。不知您怎么看？

"当然，提出要求是可以的。不过，这样做并没有任何实际的好处足以让对方答应您的条件。上次他之所以会在协议书上签字，我猜是因为不愿接受处罚。以目前此人的仇恨程度来看，既不曾有过真诚的反省，也丝毫没有谢罪之意，只是为了逃避刑罚，当时才不得已接受了谈判的选择。于是，委托律师放手一搏，最终达成了和解。对方的意图仅此而已。不管您有怎样的期待，要将已经达成合意的条款作废无效，就必须双方都有这样的共识。毕竟对方做出毁约行为，不等于您也可以同样破坏协议。"

我在寻找能代表我进行交涉的律师。从我个人的期待来说，想争取围绕本事件进行创作的权利，能麻烦您代理我的案子吗？

"嗯……我想很难。"

连给对方寄送一份记载其违约事项的内容证明书，也不行吗？

沉默在蔓延。

"今后，假如对方再度被刑事羁押，需要在律师陪同的情况下进行交涉，那则另当别论。至少在目前阶段，您手里并没有让对方接受条件的实质性筹码。没有一丝把握的案子，我很难受理。"

那么，假如我在协议条款无法作废的情况下，擅自写了与事件相关的文章，会有什么后果呢？

"这个嘛，正如刚才您一直耿耿于怀的那样，属于违反协议。至于您若是违约会有什么后果……啊，对了，您是乙方来着吧？协议中并未明确记载，该对您的违约行为处以怎样的惩罚。也就意味着，不会有什么特别的后果。可话虽如此，终究也是在有约定的情况下，破坏协议的一种行为，有可能会被对方以名誉损害为由提起刑事诉讼。"

我并不想对 A 指名道姓进行诽谤，只希望在遭受骚扰时，能公开记录自己承受了怎样的折磨，包括 A 被捕之后，我的一系列屈辱遭遇，处处受制、左右为难的境况，以及从受害者角度观察到的法律现状、制度问题等,借此来向社会发问,提出质疑。

"抱有您这种想法的人,很多很多……"

律师的表情与其说是僵硬,不如说是厌烦。然后,他开始滔滔不绝地为我解说,对此进行创作可能会招致的风险。主要是审判时面临的不利,及引起对方仇恨的可能性。

"我从律师的立场,会觉得没有必要刻意去背负这样的风险,因此建议您最好能放弃这个做法。之前接受我建议的各位受害者,现实中有怎样的后续,我没有保持跟进,所以不太清楚,但……"

那也就是说,要我一直默默承受对方的骚扰吗?

"一旦对方跨过了某个界限,做出了足以通过法律对其加以制裁的行为,您也可以采取相应的手段。如今这种让受害者在痛苦中哭泣度日的做法,我也感觉很不合理。只是,以国家目前的制度来说,这已是我力所能及的极限。"

按照该律师的论调,采取法律措施,其实便等于对 A 实行二次逮捕,这就不存在招致他仇恨的风险了吗?关于风险的说明,对我来说十分重要。然而,骚扰案受害者的声音,难道就要像这样一直被压抑着,几乎从不被世间听闻,不被任何人察觉,就连受害者援助的必要性,也无法向社会呐喊出来吗?不,别说受害者援助了,假如能找到一个确保安全的场合,在一位能够清晰梳理双方意见的专业人士面前,完成一场有效沟通,包括 A 仇恨的源头,即案情发展到 A 被逮捕的来龙去脉,都当面谈个清楚的话,我猜大约也不会有后来 2ch 上那些帖子了吧。就算不发起刑事诉讼，事件岂非也能顺利解决？直至今日，我依然这样想。这明明是一起犯罪发生之前，就可以从根本上防止的案件。

19

防身术

我要等待 A 在 2ch 论坛上的发帖，性质更加恶劣，攻击更加激烈，达到足以提起刑事诉讼的程度。除此之外，再无其他对策了吗？帖子越来越多，被其他人读到的概率相应也会越来越高。这可谓"伤人一千，自损八百"了吧。然而，增加一名犯罪者，到底又有谁能从中得益呢？尽管我心有抵触，但除此之外别无他法，我也实在是迫不得已。

与律师面谈后的次日，我往小豆警署打了个电话，没有找生活安全科的 G 警员，而是报出刑事科 Y 警员的名字，请求转接。

"您好，我是半年前因一起跟踪恐吓案，蒙受贵警署照顾的内泽。A 目前破坏协议，在 2ch 论坛持续发布对我毁谤中伤的帖子，内容比之前更为恶劣，我想与警方商量一下，看看能否对他发起刑事诉讼。"

"明白了。我们这边希望您能来警署一趟。"

当日下午，我便携带所有帖子的打印件等，去了小豆警署。Y 就是之前拿着 A 的犯人照走进审讯室的那位警员。A 被逮捕后，我也与他有过一次面谈。给我印象最深的,是他特征鲜明的双眼,以及猜不透他在想些什么的含蓄表情。我请他过目了打印的协议书、Line 聊天记录,及 2ch 论坛的帖子内容。

"这个……是什么呢?"

Y 警员手指着打印出来的 2ch 论坛的帖子内容,上有一条横幅状的租赁漫画广告。整个界面唯有这一部分是彩色的,若说它醒目,它确实吸引眼球。我早已习惯了这些广告,几乎意识不到它们的存在了。可冷静审视之下,发现画面相当露骨色情。Y 对网络估计不太了解吧?听我陈述时,他脸上神色一派淡然,我读不出他有什么想法或意图。Y 是嫌我太麻烦,想随便糊弄一下,打发我回家呢,还是打算认真考虑实施逮捕的可能性呢?

由于是用截屏方式保留的图片文件,界面中出现条幅广告,也在所难免。但这跟 A 对我的攻击没有关系。假使放任他的行为愈演愈烈,以致最后他甚至闯到小豆岛上来呢?想到这一点,我就担心得要命。他破坏协议,也没有被索赔违约金,万一他因此尝到甜头,认为跑来岛上骚扰也没关系呢?届时,作为我来说,就只能束手待毙了。

如果这次警方能对他实行逮捕,我绝不会撤回报案书,也绝不会再以不起诉告终,拜托了!

有没有必要把话说到这个地步,我不清楚。但这次我是豁出去了。

"原来如此。明白了。因为有 Line 的聊天记录为证,可以肯定 2ch 上的发帖是他本人所为无疑。实际走到逮捕那一步时,估计还需要对他的 IP 地址进行确认。我会请求网警的协助。您打印的这些资料，我们可以拷贝一份吗？"

拜托了。

Y 警员取过资料便走出了审讯室，再回来时，手里拿着一份住宅地图。

"现在，我们想确认一下内泽女士您目前住址的确切位置……"

我嘴上抗拒着："刚搬家那会儿，已经把新地址向生活安全科报备了。"同时伸手在地图上指了指自家的位置，说完我又忽然想起一件事。

羊舍的位置也需要报备给警方吗？还是说不用了？万一我出什么事，比起家里，羊舍那边的危险性其实要高得多。嗯，就是这里，在这儿。

不知道我新住址的 A，如果企图接触我，估计会先设法找到羊舍，然后在那里伏击。除了这个模式以外，还有另一种可能，就是到高松的瑜伽教室附近堵我。每次我从教室里出来，一定会把手机的视频拍摄功能调到打开状态。留下的视频记录，应该能为我提供一定程度的保护。其次，就是遇到红绿灯的时候，想到 A 也许会有驾车接近我的可能，我会避免站在人行道与车道的交界处，退到数米外建筑的墙边等候。每天我脑子里都假想着各种遭受袭击的可能，并配合调整自己的行动，这样非常消耗个人的能量。不过，若想象自己是走在夜晚的墨西哥城里，也就不觉得那么恐怖了。总之，我绝不屈服于 A 的威逼。不管帖子的内容攻击性有多强，对待一直持续至今的日常活动，我也尽量在有限的范围内去做压缩和删减。

话虽如此，有一件事我尽管心有不甘，也不得不暂停，那便是狩猎。家里放把霰弹枪，我无论如何安不下心来。花费那么多时间和金钱，拼命记住了全套笔试题，好不容易取得了持枪许可证，却因为家中放了把枪而提心吊胆。我又不打算紧急情况下用它来防身，考虑到枪被 A 夺走的风险，还是一直放在枪支店保管为好。

到东京出差时，我去观看某位朋友的脱口秀，在现场碰到了一位同行，对方问道：

"内泽，我没猜错的话，你是不是遇到了什么麻烦？"

啊，算是吧。您怎么知道的呢？

"哎呀，我在读你那本《一路漂流，抵达海岛》时，对后记里的内容有些疑惑，就上网试着检索了一下……"

啊，您看到 2ch 上那些帖子了？

"嗯。你没事吧？我和××编辑都十分担心……"

原来您已经读到了……我一点也谈不上"没事"。看来，读过那些帖子的人还真不少呢。里面净是些叫人胸闷气短的内容，我自己基本上没怎么读过。

"是在岛上跟人起纠纷了？"

不，不是岛上。在邻近的地方。

"不过，你是一个人独自生活吧？还是搬回东京为好吧？"

暂时不用。好吧，真要是收到死亡通牒的话，貌似我也只能搬回东京了。但话说回来，对方要是真写了什么涉嫌恐吓的东西，警方估计会把他第一时间绳之以法吧。

一时间，我真想把过往的遭遇一股脑吐露出来。但首先说来话长，其次内容恐怕过于刺激且沉重，还是避免引起这方面的流言为好。

"好担心你啊。"

嗯。等过段日子，我自己可以动笔的时候，由我来将其公之于众好了。在那之前，能请您不要透露给外界吗？

"当然！"

我决意不向 A 的骚扰屈服，考虑到万一撞见他时必须冷静应对，我打算去学防身术。最初的入门体验课，是在各种武术项目中，暴力程度相对较低的合气道。它的防身效果略为神奇，但对熟练度要求挺高。看起来，不是有意识地滚向对手那边，再将其撂倒在地的话，招式就不算成立。实力越强，就越能不费力气地将对手放倒。在对方"抵"或"推"的时候，只要稍稍改变一下闪身的方向，不管是怎样的彪形大汉，都会骨碌一下滚翻在地。我拿定主意后，就向技术最高超的教练请求指导。

"哦……我倒是受邀去警局开办过一日防身术课程，但首先我要说，你办不到的。不可能在一日之内掌握这门技能。最少也得修习一到两年……"

说得也是啊。必须把骨骼与肌肉的位置、相应的重心该放在哪里，以及如何去调动身体，都研究得透透彻彻。感觉像在上物理学与解剖学的课程。此外，愈是急于将对手放倒而身体前倾，自己就愈是容易失去重心，根本没有发招的余地。尽管之前也读过些资料，对它是怎样一种武道，有一知半解的认识，但实际体验起来，却会忍不住在交手的瞬间，迫切想放倒对手，涌起非做点什么的念头。这是因为，A在网上对我极尽侮辱与诋毁，我却拿不出任何反击的手段，此时我不禁肾上腺素飙升，而与恐惧之情同时高涨的，还有迫切的攻击冲动。说来，如果秉持合气道的理念，抱着不战而战的心态与A展开对峙，局面会有怎样的变化呢？有一瞬间，我曾冒出这样的想法。不过，对方若能被这套正统的理念打动，也就不会有今天这般偏执扭曲的行径了吧？还是算了。

为了帮助我体验课程，教练命令一位男性与我对练。从对方的身手及道服的新旧程度来看，应该是个段位相当高的成员。他辅导了我一阵子之后，忽然客气而担心地问：

"你学防身术，是有什么苦衷吗？"

是我的表情太过急切了吗？还是探身发招的时候，太急于求成了呢？我顿了几秒，答道："不是的，没什么特别的原因。"说完便把嘴抿成一字，垂下眼帘，拒绝再回答任何问题。察觉到自己对陌生男性的好意再也做不到坦诚接纳，我不禁大为惊愕。恐惧心总会先一步而行。怕，就是此时我的第一感受。这，应该可以称为创伤后应激障碍了吧？

在这间教室练功的人，个个看起来都很认真，性格也友善随和。要是我最终决定来这里学习，慢慢地，或许会和大家有一些交集。如果聊天时对方问起我的情况，我如实相告的话，基本上所有人都会立刻退避三舍，不愿再与我深交了吧。我猜，几乎每个人都怕被卷进麻烦当中。这虽令我感到受伤，却也无可奈何。所以与和解协议无关，我自己也渐渐不愿在人前提及此事了。

然而，在场的诸位，个个都是有些本领的高手。万一遇到险情，警方不愿出警，而恰好道场的某位前辈出于同情，自告奋勇替我出面去教训 A 呢？我又将如何回应？想抓住救命稻草的同时，也有一份恐惧涌上心头。

在我接下来打算挨家考察的武术教室名单上，还有名气更大、更富于攻击性的项目。而我体验的第二家武馆里，教练冲我高声宣言："护身？完美的护身就是攻击！"在一场示范性的对打表演中，教练使出浑身力道，朝徒弟心口来了一记完美的飞腿，踢得徒弟眼镜跌出老远，直吐酸水。目睹这一幕，我在险些笑出来的同时，又感到一丝战栗，这样的杀伤力，绝不是闹着玩的。

没错，在这里我不由自主进入了妄想模式，轻易地想象起自己和武功高手结为好友，以武力对 A 施压，迫使其停手的解决方法。然而，这样做虽然有效，但也极其危险。毕竟迫使 A 屈服的暴力，之后很可能也会反噬并控制我自己。因为保护我免遭 A 的伤害，随后便以恩人自居，这样的男性存在概率或许不高，但绝非为零。想到这些，我便满心恐惧。谁又能保证，救我的男人不会变成第二个 A 呢？

对那种专在网络上搞打击报复的职业写手，或者干非法行当的家伙，都不可草率接触。有极高的可能性，会被比 A 品性更为恶劣的人握住把柄。我浏览过几个专门搞打击报复的职业写手相关的网站，他们具体会采用怎样的手法报复一个人，主页上并没有写，只说会传授给直接联络他们的客人。搞不好是采用非法手段。

不管发生任何事，哪怕警方也不提供保护，都不该向公权力或从事合法活动的专业人士以外对象寻求帮助。我一遍又一遍地这样告诫自己。

最后，考察一圈下来，我终于选择了一间格斗教室，能让我随性地练练出拳与踢腿。学员之间也完全没有交流，这点令我十分满意。和 A 面对面时，能否成功对他飞起一脚暂且不提，首先作为一个宣泄愤怒的场所，能够对着沙袋踢踢打打，对我是再好不过了。不断重复着出拳、飞腿的动作，原本的烦闷也会一扫而空。先在瑜伽教室里释放掉心中的愁郁，再去健身房踩踩单车，对着沙袋尽情地踢，打，再踢，再打。这两种完全相反的情绪模式，对当时的我来说同样必要。

以我稀少的经验来说，只要把一套动作反复不断做上无数遍，身体自然会掌握要领。总之，为了和 A 面对面时，手脚不至于畏缩成一团、不敢动弹，我需要让身体记住基本的反射性动作。

最初的时候，练下来脚背和小腿都是肿的，身上青一块紫一块，还戳伤过手指。待后来记住了要领，就不再受伤了。我开始伴随着清脆的击打声，对沙袋有序地出拳、踢腿。

我去生活安全科处理持枪证的手续时，O 警员似乎已经得知我与刑事科有过商谈。待我办完手续，问起正当防卫的界定，通常在什么范围时，O 警员告诉我："如果 A 前来寻衅，千万不要反击，应当迅速逃离，总之先跑回自己家里，把门锁好再报警。"可是⋯⋯"可是万一对方追了上来，发现我住在哪里，也很麻烦。"我答，"况且我也不能丢下几只羊，自己逃走。"

"羊的命和人的命，到底哪个更重要?! 内泽女士，我知道您很珍惜自己的几只羊，但不行就是不行！"

O 警员冲我怒吼。

那不是羊。而是"KAYO"。因为事关"KAYO""TAME"以及正男和茶太郎的性命，我不紧张不行。况且，A 在网上无休无止地发布诋毁中伤我的文字，就连违约金的索赔，亦因律师不愿接手而难以进行，逮捕之事也悬而未决，这种对 A 的放任状态愈是持续下去，作为受害方的我，精神崩溃，继而滋生出暴力冲动的危险性也愈高。这一点，不知警方是否有所考虑呢？

刑事科的 Y 警员给我发来了联络。果然，为了确认 IP 地址，网警对 2ch 的运营部门提交了申请手续，要求公开这一系列帖子的 IP。据说，每条帖子都会留下对应的 IP，就仿佛一个人上网的足迹。通过 IP 可以推断出其所属的服务器，继而查出该用户的姓名、住址等。

然而，2ch 的运营接到申请后，以"七日准则"为由，提出把警方要求公开 IP 的这些帖子，作为一个专门的主题展示七天，向公众征集意见，来判断公开发帖人的 IP 是否妥当。

"如此一来，内泽女士，您的这个贴吧，可能就会引来更多网民的关注。"

实际上，关于这一点我早就查到且知悉。名誉遭到损害，希望确认发帖者 IP 的人，基本上谁也不愿让诽谤自己的帖子暴露在更多人眼前。总之这是一套特别恶心的机制。

另外，一旦告知网民，有哪些帖子收到了警方要求公开 IP 的申请，肯定会有人摆出一副无所不知的口吻，发言称"涉嫌名誉损害的帖子是否该被公示，应当以法院的判令为准"。到最后，我还得跟 2ch 先打一场官司。我心里生出一股不祥的预感，就算警方出面，到头来依然要走一遍相同的流程。若是帖子里含有涉及死亡威胁的内容，倒是可以立即拿到发帖人的 IP。不过，没关系，我早已做好了心理准备。手续方面就拜托警方了。

"这样一来，这些帖子将会以专门的主题被公开展示，届时可能会有更多不确定的人得知您的情况。对此，您需要签署一份知情同意书……"

当然可以。我马上就去。说完我便赶往警署，麻利地签完字，提交了同意书。拜托了！网警先生。

然而。数日后，我又收到了 Y 警员打来的电话。

"实在抱歉。关于 IP 的公示，还是必须走法院判定。可 2ch 的运营公司，总部位于海外，香川县警的网络犯罪对策室，受限于英语能力，说是无法再继续跟进了。"

啊……这样吗？我已有心理准备，早就预感到会出现这种情况。

可话说回来，香川县网警，如果没有能力跟进到底，就该在帖子展示前早些告知我嘛。我听说过各种关于网警的传闻，基本上每个县的实力都各有差距，有时也会展开跨县的协作行动等。虽说各县警署会录用一些民间的技术人士，但毕竟不可能从东京调集网络技术人才，为香川县警署所用，所以警视厅能否将全国的网络犯罪，统一纳入自己的办案范围呢？

"Y警官，有一点我想和您确认一下。"

"是什么？"

"A至今在2ch的发帖内容，足够我通过刑事诉讼，告他名誉损害罪吗？"

"足够。"

"只要确定了IP地址，就可以继续推进调查吗？"

"没错。"

"真的啊。那我自己也有做过一些调查，知道有专门的律师事务所，可以处理此类大型论坛的IP公开手续，以及代打官司。我现在就找合适的律师，签订聘书。可能会花少许时间，没问题吧？"

"明白了，没问题。"

20

查证 IP 地址

　　明明是刑事案件，决定性的证据，却需要受害者自掏腰包去入手。这故事的展开算怎么回事啊！然而，刑事诉讼像是垂到我面前的一根蛛丝。只要能拿到 A 的 IP 地址，警方就能展开调查。既然如此，要我自费或怎样都没关系！我不惜一切也要把证据给你们搞到手。在 A 怒意升级跑来小豆岛之前，我会按兵不动地恭候着。他敢闯到羊舍来，我就照准他的心窝狠狠踹一脚，把他捆起来押送到警局。比起用枪打伤他，再费力证明自己是正当防卫，这么做不是要现实得多，也简单得多吗？

　　我打开电脑，一手抓着便签纸，一手给善于解决网络侵权纠纷的律师事务所，从头开始挨家打电话。不打不知道，一打吓一跳。律所不同，速度也各不一致，但要查出 IP 地址，所需时间至少一到六个月不等，实在耗时太久。老实讲，对方一说要花费将近半年，我真担心攒下来的这些发帖记录会不会全部消失。

　　总之，打了一圈电话下来，有家事务所的律师助理表示，他并不推荐自家律所，而是建议我与另一家擅长对付 2ch 的律所联系。我依照他的推荐，给东京的某家律所打电话一问，确实，他们的条件好到不可思议，我当即便敲定将案子委托给了对方。

不过，为了正式提出委托，还需要清晰地指定 2ch 论坛里具体哪条帖子属于调查对象。该选哪条好呢？我必须和警方商议之后再做决定，于是暂且挂断了电话，表示回头会再打过去。这边电话一挂，我便马上联络了小豆警署。抓紧抓紧，事不宜迟。

警员问我，哪条帖子最令我感到不快。当然，凡是 A 写的东西，一概、全部令我不爽。不过在那些帖子里，存在一些对第三方来说理解困难、搞不清具体所指的内容。它们都是 A 与我之间基于交往为前提，才会了解的东西。一旦公布出来，就含有某种"曝光隐私"的意味，尽管对别人来说不知所云，但对我来说，却相当引人反感。

可不愉快归不愉快，涉嫌名誉损害的标准，或者说界线，究竟该怎么确定呢？我也不太明白。为了更便于实施逮捕，具体该指定哪几条，还是由刑事科的 Y 警员代我决定比较好吧？

看来像是 A 以外的某人所写的帖子里，也有令我极度不适的内容。借着匿名之便，这位不知是谁的某人，肆无忌惮地在网上发表一些不负责任的言论，而我因为是"公众人物"，就该对此默默忍受吗？未免太不公平。我总在想，假如把此人的真名和照片晒到网上，他还敢无所顾忌地说出同样的话吗？

A 在帖子里违反协议，将恐吓事件的大致情节，只拣对自己有利的部分加以强调，并四处散播，这固然令我气恼，但紧随其后的各种诋毁中伤，全部是围绕性事中我的性欲表现而编造的，这更令我怒火中烧。之前对我进行恐吓的时候亦是如此。不管心中怎么不爽，觍着脸皮在网上没完没了地发动以下三路为话题的攻击，也暴露出他为人品性的低劣，令人退避三舍。不过，自己竟毫无察觉地和一个道德败坏的男人交往了那么久，想到这份愚蠢，也让我真心想死。为何这个男人对女人的性欲如此抵触，并不断攻击呢？性欲，与食欲、睡眠欲一样，是人活着便必然会有的正常欲求，无论男女，基本上人人都有。这种天经地义的事，上生物课的时候他没学过吗？难道在他看来，唯独男人有性欲才是正常的？心理实在有够扭曲。

追根究底，我认为涉及性情节的言论，皆属于对一个人的名誉的侮辱，这种社会常识本身也令人憎恶。不管男人还是女人，针对某个体的性行为进行曝光，这种做法本身极端无耻。但反过来想想，假如我是个男人呢？A写的这些性情节，看客们恐怕会读得津津有味吧？当然，展现女性性欲的文字，更被看客视为珍奇猛料，看客们会对此表现得饶有兴趣（有时是带着轻蔑的窥视）。这种老古董的陋习，即使在21世纪，也依然能肆无忌惮地大行其道，我无论如何无法谅解。这原本就该是丢弃在20世纪昭和年代的落后观念。

"我姑且以警方的标准，试着挑选了五条帖子。"

一进入小豆警署的审讯室，Y警员便告诉我，他已选出了五条最有力的证据，并打印了出来。

"工作效率好高啊，Y警官。不过，据对方说，最少可以承办十条帖子的查证。超出十条的时候，每增加一条，似乎要相应地按比例增加收费。"

"啊？可以委托这么多条的查证吗？"

好像是的。

"这个嘛……该选哪几条好呢……"

在此之前一直神色僵硬的 Y 警员，面色开始缓和下来，仿佛头一次进入意大利餐馆，把前菜的菜单从头到尾细细瞅了一遍，终于露出了跃跃欲试的表情。我心里也生出一种欣慰的感觉，一句俏皮话差点脱口而出："请吧，看中哪条尽管点吧。"

"我去和上司商量一下。"

瞬间，Y 警员仿佛回过神来，重新换回了面无表情的模样，拿着打印的帖子，走出了审讯室。大约十分钟后，他回来了。

"我们认为选这几条为好。"

我逐条确认着添加了标记的帖子。仅有一条，我怎么看都不像出自 A 之手，应该是我的某个读者所为，也混在了其中。内容是：谁敢瞧不起内泽，会被她干掉的。

谈不上是机灵有趣的玩笑，但能想象出他撇着嘴角，带着嘲弄，边笑边读的模样。如今我在实际生活中也有捕猎一些野生动物，并会将它们屠宰后食用。能够加工处理兽肉并进行贩卖的工厂，也在建设当中。我还撰文分享过一些狩猎的体验。考虑到 2ch 里整体弥漫的一种冷嘲、挖苦的氛围，莫非这篇帖子的发布者，是在明知 A 的发言涉嫌侵权的前提下借机调笑，想把话题往我书里的内容上带？真没想到。会不会是我认识的人呢？

上面这句话，如果稍稍换一换说法，意思恐怕就会大变。比如说，"内泽是个变态，真杀了人也不奇怪"。假如是这样写的，围观者恐怕谁都不会视而不见吧？再者，假设我从未涉足过狩猎行业，那么这篇帖子的说法，很难不被看客理解成，我是个行为失常的疯子。就连 Y 警员都未必清楚我写过什么书。这种情形下，我把自己的书搬出来试图澄清，唉，也是一言难尽。所谓言语，真是微妙而难以把握的东西。

尽管有几分犹豫，我还是决定把 Y 警员提出的十条选择方案，包括一条显然并非出自 A 手的帖子，交给律所去查证 IP 地址。

不过，缴纳着不菲的查询费，却通过电话或邮件进行委托，会不会不太保险呢？我买了机票，专程去了趟东京的律所。

"有一点，我们要先说在前面。IP 地址未必一定可以查到。假如对方用的是洋葱路由器①，那我们就没辙了。"

洋葱路由器？刚喝了几口对方端上来的茶，就听律所代表藤吉先生说出这个谜一般的词语，我动摇了。

"您没听说过吗？是一种隐藏 IP 地址，以便匿名上网的软件。"

我知道有这种玩意。不过，不单是对电脑特别精通的人，谁都可以安装这种软件吗？

---

① 洋葱路由器，英文名称为"The Onion Router"。一种连接后可让用户在网络上进行匿名交流的路由器软件。——编者注

"没错。谁都可以自由使用。比如，要调查和告发企业的不当行为等，并非一概属于恶意的滥用。"

好可怕的时代。也就是说，目前还不清楚 A 发这些帖子时，是否以躲避调查为前提，采取过相应的对策。除了避免把内容写得过于详细以外，我听警方说，还有其他的方式，可以让警方在掌握 IP 的情况下，也无法追查到他本人。

然而，若希望以名誉损害罪对 A 发起刑事诉讼，就必须提出相应的证据，设法证明确实是他本人用某台 IP 地址已被查明的电脑，发布了那些帖子。

"也就是说，即便我委托贵律所调查 IP 地址，徒劳无果的可能性也并非为零咯？"

"没错。"

"明白了。这也是没办法的事。此刻我能采取的手段，仅此而已。拜托您了。"我低头请求，"回到家里，我会立刻办理汇款手续。"

据说藤吉先生在成为律师以前，活跃于戏剧表演领域。当我透露出想围绕本事件进行创作的意图时，他递给我一份打印好的资料，说："这个供您参考。"那是柳美里[①]的处女作小说《在石头上游泳的鱼》当年被法院判定下架时的判决书。大概是在面向司法从业者的收费网站下载的吧。小说主人公的女性原型，以侵犯隐私及个人名誉情感为由，向东京地方法院提起了上诉。

[①] 柳美里，在日韩国人，剧作家、小说家。代表作为《家梦已远》《家族电影》等。——编者注

创作的自由，究竟在何种范围才被允许呢？当年文坛及评论界围绕《在石头上游泳的鱼》展开了轰轰烈烈的大讨论，时隔二十多年，我依然记忆犹新。只是，印象中我虽浏览过小山似的一堆时评、书评以及对谈，但最关键的原著小说，我却不记得读没读了。拿起手机搜了搜，2002年新潮社出版了该小说的修订版。

"至今法庭在审案时，依旧会拿这起案例做参考。名誉损害罪的判定，难度非常大，并不存在什么明确的规定，告诉创作者哪些可以写或哪些不写为妙。而被书写的一方有怎样的感受，也是法庭做出判决时需要考虑的因素之一。如果您打算针对这起事件进行创作，我认为读读这篇判决书会比较好。"

关于创作，这位律师并没有劝我放开手脚、想怎么写就怎么写，而是以此为前提，给了我许多现实的建议，非常值得感谢。在回程的电车里，我用手机下单了一本《在石头上游泳的鱼》，先从读小说开始吧。

回到家中，我打开电脑，查了查洋葱路由器这个软件，想看看如果自己安装使用，会是怎样一种情况。尽管谁都可以自由利用，但操作难度貌似比我想象中要高。并且装机之后，电脑的速度似乎也会变慢（在2016年的当时）。尽管以前曾有网络犯罪的经历，但A自身的电脑水平，我认为极其一般。我在他房间见过一次他的电脑，也是非常普通的机型。

并未掌握太多网络技术的人，如果想装载洋葱路由器，估计得专门备一台电脑做匿名发帖之用，才更为妥当吧？这样一来，除了发帖之外，其他操作才能保持以往的正常速度与系统环境。万一装机时感染了什么奇怪的病毒，也不必担心过去积累的文档数据，会随着系统崩溃一并丢失。如果是我，绝对会这么做。不过，再怎么便宜的电脑，也要花费数万日元。对如今的 A 来说，这笔费用拿得出来吗？很难想象他会在发帖之前考虑和准备得如此周全。我祈祷着调查 IP 地址的钱不会白花，同时给东京的律所完成了汇款手续。

2ch 上的帖子，依旧没完没了地几乎每日都在更新。内容基本上已和事件本身无关，全是针对我的人身攻击。R 联络我说，他又在论坛骂你了，写什么"赔偿金贵得要死，真是个抠门的女人"。

与此同时，Line 上 A 也发来了消息。

> 为什么电话里明明说，只要道歉就原谅我，结果反手就提交了报案书？我想知道背后的真相。要是你老老实实地回答，说不定我会停止发帖。

此人到底是什么心理构造啊？骂烦骂累了是吗？在网上肆意攻击那么久，事到如今为何忽然觉得可以跟我交涉？不管事实如何，在 A 的记忆里，我曾亲口许诺只要他道歉我就原谅他。实际上这样告诉他的，是 B 女士。我从没说过原谅他这种话，但他会按照对自己有利的方式去任意曲解。

这么微妙并容易被误解的话，我不可能在电话里说出来。并且，我也深切意识到，拜托别人帮自己传话，会产生多么令人意外的后果。只要没留下相关的记录，就无法证明当时的事实。那时候，我真不该对 A 说任何话。可惜，在恐惧与混乱之下，我却选择了那么做。恐惧会扰乱一个人的各种判断，还会诱使其做出错误的反应，让问题变得更为扭曲复杂。这次的事情，使我深刻领悟了这一点。

今后，如果我想对 A 表达意见，必须将涉及他的所有情况都写得严密而分明，把时间线等各种信息也捋得细致又清楚，让 A 完全找不到反驳的余地。只有这样，方是破除 A 执念的唯一手段。只在 Line 上随便回复他一句，他绝对会用自己偏执的想法再怼回来。就算吵来吵去，事情也毫无进展。再说了，我本来也不想跟他交换意见。

如果采用书信方式，对方就失去了反射性抵抗的余地。我想表达的意思，也可以畅所欲言。正因如此，我才能针对 A 冲我发起攻击的依据，即他对我怀抱的不满、质疑等，完美地、毫无遗漏地加以解释，证明他对我的仇恨压根站不住脚。更进一步，我也可以把自己对 A 怀抱的不满，对他骚扰行为的愤怒，悉数摆在他面前。

另外，我还要向 A 宣布，我会与他周旋到底。让这封信，成为我的宣战通告。

不出预料，给 A 的这封信，页数膨胀到了不可控的程度。我写啊写，始终见不到搁笔的终点。

不过，若说这态度强横、令人厌恶的 Line 消息里，还包含一点吉报的话，那便是 A 亲口宣布了 2ch 里的发帖，全部反映了他本人的意志。想到又多了一条诉讼的证据，我便平息了怒气。

之后，大约相隔一周，Line 上又收到一条 A 的消息。

Taka 已火速发来回复。

发错对象了吧？我一头雾水。过了一会儿……

和你的种马好好干哟，
圣诞节正月也要加把劲儿哟！www

更加不知所云了。随后，A 又连发了几条莫名其妙的消息，"用新账号一登录，'Taka'的回复马上就到了"，"不信的话，你用新账号登录一下就明白了"。没头没脑，搞得我满心疑惑。瞧这意思，恐怕指的是雅虎伴侣吧？我给 R 打了个电话，据说在 2ch 里也出现了关于"Taka"这个人物，或者说这个用户的帖子。

"不太清楚具体怎么回事。但我猜，A 会不会注册了一个名叫'Taka'的账号，试图接近那个被他当作是你小号的〇〇〇女士？"

什么？搞什么啊！也太恐怖了吧！

"瞧这感觉，两人貌似已经约好要见面了……"

太糟糕了。

如果这些把戏，只是 A 精神错乱状态下的妄想，那我多少能放心一点。然而，雅虎伴侣上确确实实存在一个叫作〇〇〇的账号。万一闹出什么事该怎么办？拜托 R 登录上去，把情况向〇〇〇解释一下？十有八九对方不会相信。我们这边说不定还会遭到举报。

  其实就算出了什么状况，也追究不到我的责任。但是，明知对方有危险，却选择沉默，也让我心里交代不过去。万一该女士被 A 袭击了呢？想到这点，我就坐卧不安。姑且还是向警方报备一下吧。我把 2ch 的帖子和 Line 消息一并打印出来，带去了生活安全科。

21
一封长信

所以，也就是说：这个叫作○○○的用户，是一位居住在香川县内的女性，A错把它当成是我的小号，进而自己也开通了一个新号，开始与之在雅虎伴侣上互发私信，并约好了在现实中见面。

啊，连这样描述事情经过的自己，也让我感觉像个精神失常的妄想狂。

老实说，A在雅虎伴侣上和谁约会，我真心无所谓。然而，他是错把对方当成了我，才跑去见面的，这我就不能坐视不管了。

"啊……"

生活安全科G警员的反应，可并不淡定，而是猛地把身子向后一退。这倒也是啊。试着冷静地去讲这件事，真的特别愚蠢。G搞不好会觉得，连内泽的脑子也一并坏掉了，患上了被害妄想症。

这事听来似乎有些不着边际，所以我的意思，并不是请求警方采取什么行动。是的，关于这一点我自己也很清楚。非常清楚。只不过，万一这位女士与A之间发生了什么非常状况，我明明知情，却选择沉默，过后如果被责问起来，我会十分难交代。因此我的想法是，姑且向警方报告一声，让警方知道有这么回事。

这次反馈，不知能否在小豆警署生活安全科的档案里留下记录。不，我猜应该会留下吧。所以至今想起，我仍觉问心无愧。

假使无法查出2ch里的帖子的IP地址，警方撒手不再过问，那么面对继续骚扰不停的A，我该采取怎样的对抗策略呢？

首先，在合法范围内来看，即便没有律师愿意受理我的案子，违约金的索赔权也仍旧在我手上。这一点，我在前几日的面谈中，已向律师确认过。我不打算忽视这项权利。如果聘不到代理律师，看来我只能凭自己的力量与对方"战斗"了。究竟能给对手造成多大的打击，目前仍是未知数。不过，只要在内容证明书上，写清楚A违反了协议的哪项条款，而后提出违约金索赔，再把它通过邮寄方式送到A手上，就可以了吧？我稍微检索了一下内容证明书的写法，发现有个网站，里面按用途分门别类，登载了大量范文。只要参考这些范例，自己好歹也能攒出一份来吧。把它寄到A的老家，就能成功送达他的手上，这点之前通过邮寄明信片，已经证实过了。

不过，邮寄内容证明书，也要在发出那封宣战通告之后。总之，此刻最关键的是，必须把信赶快写完。趁着工作间隙在电脑上敲下的这封信，原稿不知不觉已接近五十页。

"哇……都快赶上周刊上发表的一部作品的分量了？真想读读看呢。感觉挺有意思。"

我向编辑解释自己的情况时,编辑如此说道。不管这是恭维话,还是对与下半身相关的八卦的兴趣,反正这句"真想读读看呢,感觉挺有意思",在我心中激起了多么雀跃与感激的回响啊。原来,我竟这样孤独。对过往的遭遇,我曾无数次感到懊恼、自责,却得不到任何人的理解。不,哪怕得不到理解也没关系。我将"真想读读看呢"这句话珍重地收藏在心底,此刻,要为这场只有自己一人冲锋的战斗,做好准备。

假设以自己的名字寄出了内容证明书,提出了违约金索赔,那么接下来呢?下一步能采取什么对策?在极度的忐忑中,我脑子转个不停,使劲琢磨着下一步、再下一步该怎么走。

有什么人,能帮我制止 A 的发帖和骚扰吗?

若是打算找出他的父母,从过去交往时听到的一些信息,包括住址、职业来看,其实相当容易。可惜,那是在签订和解协议时,拒绝为 A 充当连带保证人的一对父母。有极高的概率,他们不愿与 A 扯上关系,而将我拒之门外。况且,直接去见 A 的父母,意味着极可能会和 A 撞个正着。这一点光是想想,就够可怕了。

从过往 A 向我发送的信件、Line 和 Messenger 信息来看,能够列入求助候选名单的,大概是生活补助申领窗口的工作人员,以及在 A 申请补助金时,为他开具抑郁症诊断证明的心理科医生吧。但这终究是 A 所言属实、未曾撒谎的前提下才能考虑的方案。

生活费及抑郁症药物的供给来源,应该便是目前 A 的生存命脉。当然,我没有切断供给的权利。然而,A 那些卑鄙的诋毁,显然极大地妨碍了我的工作，也伤害了我的名誉。

我能否整理一份资料，向补助金窗口的工作人员投诉，有一名申领者正在破坏法律协议，不断对他人进行性质恶劣的骚扰，不仅拒绝支付违约金，更没有罢手的意思呢？高松地检下达的不起诉通知书上，记载的是 A 的本名。所以，我有办法向第三方证明，在网上做出攻击性发言，向我的 Line 和 Messenger 发送大量骚扰信息的人，就是 A 吗？

申领生活补助金的情况，大概属于个人隐私的范畴吧？那么，我的投诉会被窗口受理吗？反正应该称不上违法吧？不管怎样，我听说有些隐瞒打工及副业收入，用不正当手段领取国家补助而最终败露的案例，基本上都是因为第三方的告发。也就意味着，各地方的政府部门，对第三方的秘密举报是乐于倾听的。或许，这仅限于违规领取救济金的情况，但我有违约金的索赔权，试着向相关部门反映一下，应该可以吧？这条路如果行不通的话，我就给市长或县知事写投诉信，或者尝试其他方法。

另外，便是心理科医生。患者无休无止地向他人发起骚扰与攻击，危害他人安全，给他人制造痛苦，该医生果真对此毫无察觉吗？那些网络发言当中，有的甚至让人觉得，发帖人早已丧失了正常的神志。作为我来说，真想质问一下该医生：面对如此妄想狂式的、近乎精神失常的发言，您真打算坐视不理吗？假如医生在认真进行心理治疗，应该能察觉到患者的异样吧？

A 在被逮捕时，曾通过律师转交给我一封充满辩解意味的信。据信中所说，他从医生那里获取了大量的药物。有的精神科医生，几乎不进行心理治疗，只给患者大量开具处方药，这种例子我听说过不少。我有心扮成抑郁症患者，想去确认一下心理科都在进行怎样的治疗，但想到万一在候诊室遇见 A，还是吓得退缩了。我虽无法证明 A 如今是否仍在被逮捕时的那家诊所就医，但一个尽管无业，却身体健康、与父母同居的四十岁男子，在没有律师陪同的情况下，却打破了近年骤然严格起来的审核标准，成功申领到了生活补助，从社会常识的角度来想，当时他手中应该持有抑郁症的诊断证明吧。这样一想，按照时期推算，他极可能是在当时就医的那家诊所拿到的证明书。

领取低保的人，医疗费会获得全免，即 A 在信中表示担忧的高额药费，将被全额免除。若想购车，估计会比较困难，因为根据症状的轻重程度，有时驾照会被暂时吊销。如此推断，为了不必驾车也能出门就医，A 应该会选择居住在诊所附近，至少，也会住在同一个市、街道或村内。

此时，我仿佛转身变成了 A 的跟踪者，而实际上，心里却烦躁得要命。可既然决定要和 A 死磕到底，就必须了解他此刻的状态，在已知的范围内展开调查与推测。唯有这样，才能找到相应的对策。关于他的救济金领取，以及抑郁症情况，我本身并没有特别的兴趣，了解的也不多，但我还是一有空闲，就在网上查找有用的信息。

除了刑事诉讼以外，走公家途径的应对手段，还有一个"强制入院"。告诉我这条信息的，是福泽先生。他曾建议我，持续寻找能成为我有力后盾的律师。他偶然发现网上出现各种内容异常的帖子，且一直不见停止的迹象，于是给我发来了邮件。

所谓强制入院，是指针对精神障碍者，假如不依据病情安排其入院，便可能发生自伤、伤人事件，而其本人又不具备主动寻求医疗保护的能力时，地方政府有权强制其进入精神病院接受治疗的一种制度。

如果打算提出强制入院的申请，首先，估计需要和警方进行商谈吧。一般人直接向保健所提交申请，似乎也不是不行，但必须通过两位精神保健指定医生的鉴定才可实行。在此基础上，还要由都道府县的知事下达决定。

在 A 因恐吓行为被捕的当时，警方曾从他就诊的心理科医生那里拿到过一份意见书，内容表明"该患者的抑郁症与其恐吓行为之间不存在关联性"。这等于证实了 A 具有刑事责任能力。假如 A 被判定为不具备刑事责任能力，其实是十分违背我初衷的。毕竟我希望能追究他的责任。

可从另一角度来看，原本会丧失一切行动意愿的抑郁症患者，却能锲而不舍地向他人发动攻击，到了如此不依不饶的程度，也着实令我感到费解。莫非是精神类药物的滥用，造成了他状态的亢奋？这些，终究只是我个人的推测，但我忍不住会反复琢磨。万一果真如我所料，医生在不了解 A 现状的情况下不断给药，那可无论如何称不上是治疗。每日反复面对着网上公开的凌辱，难以忍受的痛苦也一天天升级，作为我来说，其实愿意去相信通过服用药物，来终止 A 的攻击行为的可能性。

然而，只要那份"不存在关联性"的意见书依然有效，只要查不出 A 患有新的症状，强制入院的审查标准恐怕便会格外严格。尽管 A 并没有跑到我家敲门，也没有疯狂打电话等直接性的伤人举动，但他能在 2ch 上写出叫人那么心惊胆寒的东西，足见他具备危害他人的可能性。

如果 A 的言行随着时间推移愈见疯狂且不可理喻，我会将强制入院，及向相关部门举报作为对抗手段，纳入到考量中。但是在那之前，先给他就医那间诊所的主治医生试着写封信，会怎么样？这个做法，也有可能会被对方当作精神病患者的恶意投诉者来看待。好在警方曾去取证过一次，主治医生应该知道 A 犯过恐吓相关的案子。

一想到为了阻止 A 继续骚扰，要给补助金的发放部门，以及心理科医生写信请求协助，我心里就分外沉重。估计要比给 A 写信多花几十倍心思吧。不仅对事件本身，要在保持客观性的同时详细加以记叙，同时也要表明我在 A 的骚扰下遭受了多大的侮辱，感到多么痛苦。此外还需提及，警方曾试图对 A 进行逮捕，但因证据不充分，而未能实现。我的请求，或许超出了这些人原本的业务范围，又或者，需要他们采取极少有先例的应对措施，比如说：在第三方提出申请的情况下，将生活补助金的一部分用于违约金的偿付，或是改变对 A 的用药方案。我的信，能成功说服他们，让他们给予配合吗？这是一项对文字表达能力要求极高的工作。

尽管如此，我还是希望阻止 A 的卑劣行径，决心与大放厥词的 A 死磕到底。假如警方撒手不管，或找不到为我提供帮助的律师，除了向 A 的生活费及治疗药物的供给方直接发力，目前来说，我也实在想不出还有其他的突破口。

在写文章方面，我算是内行。去健身房临阵磨枪学会的那点拳脚功夫，假如能算一分力量的话（我坚信临时抱佛脚总比一点不会强，所以练得分外卖力，与此同时，意志训练也不可缺少），我的文字功夫，大概相当于给自身的力量加成十万分吧。想也不必想，笔杆子才是最大最强（最凶？）的战斗武器。

哪怕是赌一口气呢，我也要给各部门的负责人及其领导，写一封能猛烈撼动其意志的精彩长文。为了不被当作是普通投诉，我必须绞尽脑汁……唉，明明给 A 写信已经消耗了大量心神，再给各部门如法炮制几封的话，最终的写稿量，估计又要赶上一本新书了吧？啊，希望警方能从帖子的 IP 地址断定背后是 A 所为，并能以逮捕为目的展开行动。这是目前最切实可靠，也是最让我省心省力的应对方式。

终于，给 A 的信写好了。比预计的长了不少。我用附件形式发给 R，请他稍微过目一下。

"整封信读完花了好多时间！！内泽啊，写得太长了。那家伙读不了这么长的东西吧？"

是嘛……可我觉得，原本就是我在提出分手时，没能把自己的意思表达清楚，一上来就态度强硬地表示："不行！绝对不想再交往了！"这才惹得 A 采取了一系列偏激行为啊。

"算是吧。你在信中也提到，自己对此做了许多反省嘛。"

没错。我一直在反省。所以才觉得，应该在信里细致地交代清楚，自己经历了怎样的心态变化，才对 A 感到厌倦，以致产生了分手的念头。当然，我对自身的反省，并不等于之后 A 做出的卑劣举动，在我看来就是正当的。我在信中也表示过了，自己绝不会原谅他。此外，信中内容还包括：A 在交给我的那封信里，对自己的骚扰行为，根本没有表示任何歉意，这令我深感失望；由于该信必须在协议签署后方能阅读，当我得知他并没有谢罪之意时，非常后悔自己选择了不起诉。总之，凡是"应当告诉 A 的事"，我全部打包写进了信里，才使它有了如今这般的长度。

"这我明白。不过，A 首先最想知道的，其实是被逮捕的原因吧？"

也是。这阵子，Line 上面他又开始没完没了地纠缠这个问题了。

"既然如此，你在信的开头附上一页提纲如何？"

哈哈哈。这是在给文学奖投稿吗?! 不过，或许有份提纲会更好吧。我马上就写。谢谢您的意见。

Line 上面，关于前文提到的那位名叫"Taka"的男性用户（A 的隐秘账号?）与○○○女士之间的互动，A 说了一堆基本上不知所云、让人摸不着头脑的疯言疯语。在 2ch 上，他也保持联动，同步更新着相关内容的帖子。这样的状态持续了一阵子之后，忽然他又开始翻旧账，纠结起当初为何明明打电话谢罪了还被逮捕的问题，愤愤地说着重复的话。莫非 A 在雅虎伴侣上与那位○○○女士约了见面，等实际见到真人后，才发现根本不是我？现实中究竟发生过什么，我无从知晓。

> 我想结束这一切了。请把真相告诉我。
> 痛快点！赶紧回答我。然后这事就翻篇儿了。

A又发来了消息。结束？开什么玩笑！在网上散布了一通污言秽语之后，单方面宣布要翻篇儿了？亏他有脸说得出来。我没回他。过了一阵子……

> 自己干的事太小气，没脸回我的话了吗？
> 索性我上B家问问真相去。

又来了。闹了半天，还是要到岛上来？搞什么呢？不过，我怕的唯独就是他朝岛上闯，无论如何也要设法避免。最初他对我发出恐吓时，也曾扬言要去见B女士，而不是到我家来。当时的A，和B甚至一次都没见过，就在警方将他人身控制后，他强烈要求与B面谈。其实，当初我若是强硬地拒绝掉就好了。都怪自己太过依赖年长的B女士，请她和A见了面，结果把她也卷入了事件当中。对此，我真是肠子都悔青了。

22

初次谢罪

B女士给我打来了电话。

"不晓得什么缘故,我家答录机里显示有个挺眼生的号码,一连打来了三次。"

我报上了A的手机号码。

"啊……果然是他。怎么办?我要不要和他谈谈?"

真是对不住您。请不要接。A如今还在咬着当初为何打电话向警察谢罪,结果却被逮捕的问题不放。我这边,他也不厌其烦地通过Line发讯息来纠缠。A的精神状态好像越来越不稳定了。

我去警署商谈之后,把A从人身拘禁到正式逮捕的前因后果,按照时间顺序详细写成了一封信,此刻正打算邮寄呢。假如他读了这封信,态度依然不改,届时再麻烦您和我一起去警署报案,好吗?现在,请您暂且先等待一下。信寄到估计要花三四天工夫。在这期间,能否请您无视他的骚扰呢?不过,要是铃声响得太烦人,您觉得不堪其扰的话,就不必顾虑他对这封信的反应,直接设置来电屏蔽,或者告知警方吧。

"明白了。"

没办法。一直以来，我已经尽量做到无视他的骚扰了。现在，他却给 B 女士打起了电话。这我可不能沉默下去了。打开 Line，我发了一条讯息回复给他。

今天我会寄一封信给你。

附带一提，你通过社交软件联系我，或者到岛上来，都属于违反协议的行为。至于前者，你已经违约了。我会采取对策。

我把信打印出来，附上提纲，装入文件夹，驱车去了快递站。在香川县内发普通件的话，上午寄出，应该明日就能送达。如果我掌握的地址并非 A 目前的住处，那就需要住在那里的 A 的家人，代为转交到他手上。估计会花费数日吧。几小时后，A 的回复来了。

如果是内容证明书，那我拒收。

请在 Line 上告诉我实情。

我拒绝了。

既然这样，那我到岛上去。

我不会接近你的。

如此病态且令人不悦的消息，他总是回得特别快，对话却不见任何进展，因此我讨厌在 Line 上与他互动。想说的话都被切割成粗略的碎片，沟通效果为零。单凭着手机上的只言片语，就妄想了解"实情"？别搞笑了。难道他认为，光凭一两句简短的交代，就能把事件的前前后后、方方面面了解清楚？我的心情被搞得糟透了。真不想给他回什么消息。可为了避免这个卑鄙的无赖去给 B 女士打电话，有一点我必须讲明，就是今日寄出的这封信，内容是有关逮捕的前因后果的。不过，我决不能把对话的主导权让到 A 手上。倘若对他有问必答，就会令他误解，以为这样你一言我一语的互发消息是没问题的。必须让他明白，这种行为是违反协议的。

到岛上来，是违反协议的。
信我已经寄出去了。不是内容证明书。

信里写的啥？

关于逮捕的一些原委。
再提醒一遍：你这样发消息属于违反协议。

我打电话谢罪，结果却被逮捕的那件事？

要了解详情,请读我的信。我不会继续在 Line 上与你互动了。你发消息给我属于违反协议。

既然如此,信我拒收。
既然如此,我会到岛上去。
我不会接近你的。

又开始了。"既然如此"什么意思?所谓"既然如此",是在呼应我哪句话?莫非他很清楚,信中未必只写了"关于逮捕"这个他最感兴趣的部分?不过,我可不愿意耐心地给他解释信里的具体内容。受害者是我。我只是提醒他行为已违反协议,便结束了互动。是的,我仔细读过协议条款:由我主动联络他,不属于违约行为,只有他联络我,才算违约。

接下来,A 又开始喋喋不休地表示:违约就违约,反正他是靠低保生活的,手里没钱。讯息量相较之前,忽然呈现爆炸式的增长。难道我刺激到他了?可比起他去直接骚扰 B 女士,显然这样要好得多。在信送达之前,我只能任由他乱写,把心里的郁闷发泄一下。当然,我是不打算回复他的。啊,如果这些骚扰信息都是通过邮件发送来的该有多好,那么,就能适用《反跟踪骚扰法》对他实施逮捕了(当时《反跟踪骚扰法》尚未修订)。我很想告诉他"有事发邮件",可这样一来,他会误解成随意联络我也没关系吧。

挨个读着他那些令人反胃的消息，只见其中一条写道：

叫我不舒服的信，我是不会读的。
要是敢写什么惹我不痛快的东西，我饶不了你。

哦哦，他是指那张明信片吧？紧接着，他又写道："我也会寄几张明信片，给你点好果子吃吃。明信片这东西，上面的内容邮局的人都会看见，我也要让你尝尝同样的滋味。"怪不得。可见之前那张明信片如我预期，确实给他造成了打击，让他心里很不痛快。哼。

可是话说回来，相较于那张明信片，A在论坛里那些诋毁漫骂对我造成的伤害又何止千百倍？而对此，他却似乎什么也意识不到。倒不如说，他甚至觉得我肯定毫发无伤。此人可谓完全不具备"同理心"这根神经，只对自身受到的伤害格外敏感，对他人的痛苦却漠不关心。从交往的时候起，他就多少表现出这样的倾向，感觉稍一碰到某个情绪开关，他便马上发飙。刚才我只是简略回复了几句，便仿佛朝他泼了一桶灯油，让他的怒火噌噌升高。

而怒火的根源，便是他一直耿耿于怀的、我的某些举动。例如：突然宣布分手，以及他明明已谢罪却被逮捕的事实。另外，我对他的骚扰信息与帖子，感到多么惊恐与屈辱等，所有这些内容，我都耐心而仔细地在信中做出了解释。不知A在读信时，内心会有怎样的颠覆。他能理解我的话吗？还是说，会顽固地咬定我在撒谎，打死也不肯接受解释呢？我真想说，如果你觉得我在骗你，就自己找警方求证好了。假如他读完信，当真认为我在说谎，届时的怒气值，可就不是一桶灯油所能形容的了，简直和投放了一家石化总工厂的能量级没有分别吧。但我又想，A如果非要一口咬死我在撒谎，拒不接受任何解释，那他也不会一而再再而三地要求我告诉他"真相"了吧？A究竟会是哪种态度呢？我无从推测，只能赌一把了。

信似乎迟迟没有寄到A的手上。或许我当时不该发普通件？还是说，A的家人收信之后懒得转交呢？又或者，他们目前正在旅行中？

时间已经过去一周了。A也许渐渐等得不耐烦了吧，又打开雅虎伴侣，开启了妄想模式，把那位〇〇〇女士的名字拎出来，在帖子里咒骂："从早到晚沉溺在网上，又在'钓'男人了吧？"真是够了！这个混账东西！

我正考虑，如果明天信还寄不到，就走加急件再寄一遍时，突然手机待机界面浮出一条提示："这是我最后一次联络你……"句子貌似挺长，到一半就不显示了。我打开Line。

> 这是我最后一次联络你。过去我的所作所为，给你带去了很大困扰，实在非常抱歉。B女士确实联络过我。我也给警署的科长打过电话。信是律师指示我写的。你可以找他确认。

这段话中的"信"，是指A被逮捕之时，在律师的指点下，对我坦白了自己犯罪前科的那封信吗？双方达成和解后，律师将此信转交给我，我读完却发现，当中 A 对自身的骚扰及恐吓行为没有任何谢罪的表示，因而大感失望。于是，我在给 A 的信中提到，十分后悔当初答应了和解的要求，最终选择了不起诉。A 此刻这条消息，就是在回应我信中的话吗？信息还没结束。

  当然，从你的信来看，我不认为你能原谅我。至于违反协议的问题，接下来我将通过律师和你沟通，自己不会再联络你。今后也绝不再做任何骚扰你的事。真的。非常对不起。

我浑身仿佛被抽去了所有力气。终于说通了……又或者，他暂时是明白了。自从提出分手以来，我所说的话，直到今天才总算得到了他的理解。A 到底承认了自己的过错，表示了歉意。在我心目中像怪兽一样无法制御的 A，拿出了反省的态度。我脑内播放着电影《哥斯拉》中的一幕：纵使发动导弹都打不死的哥斯拉，依旧神态自若，扫荡街头，不断把城市夷为废墟，最后，人类终于向其体内注射了血液凝固剂，成功将这头巨兽冻结在了原地。我心头大石落地，并有种赌赢了的满足感。

太漫长了。我克制住快要昏倒的激动，赶忙打电话给 B 女士，又给 R 发了封邮件。这才意识到，过去无论是在想象抑或现实当中，自己都时刻做好了迎接 A 的攻击的心理准备，警惕着、提防着，惴惴度日，如履薄冰。此刻，我的身体骤然一松，感觉飘乎乎的。不不，还不能掉以轻心。此时最忌讳的，便是松懈防线。但不管怎么说，我发射的炮弹，总算压制了 A 的怒火，使它平息了下来。

成功啦！

一时间，我差点没忍住诱惑，想要就此原谅道歉的 A，将过往的一切悉数当作从不曾发生过。老实说，我已心力交瘁。可是，不行，2ch 上那些帖子该怎么办？它们可不会被删除，将一直留存下去。

另外，还有一点。在给 A 的信中，我恨不能掰开了嚼碎，将每件事都进行了详细耐心的说明。早先，我曾嘱咐 A 针对自己的恐吓行为向警方谢罪，也是事实。只不过当时，碍于已和警方立下约定，我未能撤回报案书，逮捕与否的决定权全在警方手上。我单纯觉得，A 若能向警方表示反省态度，情况会对他比较有利，才多嘴给了句建议。甚至我还想过，如果能避免发生逮捕这种恶劣事态就好了。对 A，我不存丝毫恶意。倒不如说，这样做纯粹是为他考虑。

现在，A 似乎已经明白，我对他并无恶意，甚至劝他去谢罪，也仅仅是希望他所受的处罚尽量轻一些。于是，他开始反省自己的所作所为。然而，就算我真的对他怀有恶意，是故意让他出丑吧（至少他本人曾这么认为。给警方打电话表达反省之意，怎么就算出丑了？说实话我真心不能理解），在 2ch 建贴吧，对我极尽侮辱与贬低之能事，就可以算是正当合理的行为了吗？本来嘛，如果只在 2ch 发泄一下对被逮捕或谈判的不满，哪怕光拣对自己有利的部分来写，并故意歪曲事实，也只是违反了协议而已，尚且还未触犯刑法。

可随之而来那些卑劣无耻的性羞辱呢？那又算什么？显而易见，这已属于违法行为。也就是说，直到现在 A 依旧认为，如果被我的失误行为所伤,那么自己不惜犯法,也要把我撕成碎片的做法,就是正当合理的。显然他的逻辑不可理喻。对这种想法荒谬且毫无守法精神的人,就这么善罢甘休地原谅他,是不行的。

同一天,东京的藤吉先生发来邮件,通知我 IP 地址已经查明。诶?这么快?比我预想的顺利多了。太难得了。我打开附件的文档,里面只有一列我看不懂的数字。尽管一头雾水,我还是把 IP 输入了检索框,搜出一个列有各家服务器提供商的网页。此网页任何人都可以随意查询,我也能利用它确认 IP。

检索了一下,有九条帖子的服务器,都属于四国的大型服务商 P 社。而剩余的一条,则是前文提过的那个,"谁敢瞧不起内泽,会被她干掉的",服务器在四国以外的地方。甚至不是我怀疑过的东京。嗯,首先可知,不是我认识的什么人。

不管怎样,总之 A 没有使用洋葱路由器!太好了!呼……我连舒了几口气,把列有 IP 地址的文档打印出来,带去了小豆警署刑事科。我以前向刑事科的 Y 警员报备过自己给 A 写信的事,于是今天也赶紧汇报,A 读信之后在 Line 上发来了道歉信息,以及 2ch 上的发帖总算也停止了。

警方会一鼓作气执行逮捕吗?我不清楚。Y 警员问我要走了帮助查明 IP 来源的那间东京律所的联络方式。是为了确认一下事实是否有误吧?

谁知道呢。反正我也不能闲着。必须把内容证明文件草拟出来,邮寄给 A。我打开载有各种协议书、内容证明范文的网页，一笔一画地参照着，总算写好了 A 违反协议的告知书，以及违约金的索赔书。好，大致就是这么个东西吧。文章本身，仅花一个小时左右便完成了。问题是该怎么邮寄呢？

通常来说，想对文件进行内容证明，得去邮局办理。貌似还不是随便哪家都行。也许小豆岛内的邮局开设了这项业务，可一想到处理手续的过程中可能会被谁看到，我就有点发愁。所谓内容证明，是日本邮政根据寄件人写成的文书原件，针对"谁在何时写了什么内容的文书邮寄给谁"等诸事项，提供公证的一种业务。也就是说，负责业务的柜员为了确认文书原件，会将内容先行过目一遍，尽管此类文书通常涉及个人的高度隐私。我并非不信任邮局的员工，但在地界狭小的岛内，感觉随时都会有"听说哪哪的谁谁如何如何"之类的流言蜚语，猝不及防地传到耳朵里。我想，这事还是要拿到高松中央邮局去办，这样最省心也不会出差错。不过，乘渡轮来回要花两小时。况且，万一忘带东西或搞错了什么信息，去了却没办成，那就太浪费时间了，半天时间就全部打了水漂。

好在，世间似乎确实存在技术革新这回事，我打开日本邮政的官网一瞧，发现竟设有"e 内容证明"（电子内容证明）这项业务。之前我从未听说过。这样一来，二十四小时皆可办理这项业务，而且是坐在自己家中，通过个人电脑便可直连邮局服务器，根本不必看受理和保管文件的邮局职员的脸色。当然，我知道每位承办业务的人都有保密义务，但不管在高松还是东京，不必与人面对面就能办好一切手续，再没有比这更便利的了。作为受害者，也就未必需要承受他人同情的目光了。

手续费只需登录信用卡便可支付。当然，寄到收件人手上的，并非一封电子邮件，而是纸质文书。打印后装入信封的内容证明，会以邮递形式送达，且与过往的内容证明具有同等效力。简直难能可贵。行，我决定就使用这项业务了。

接下来的问题，是寄件人住址。正是由于这个缘故，当初我才打算聘一位代理律师。可这会儿再发牢骚也无济于事，只会耽误进度。把我现在的地址告诉对方？肯定不必考虑。在岛内借个别人的地址？也绝对不可行。无奈之下，我只好给出版自己作品的杂志社责编杉江小姐打了个电话，平常有什么赠书的活动或演讲的邀约，都是她充当的我的代理。遭遇跟踪狂的事，我之前也和她略微提过几句。在我悄悄搬家那会儿，就已预先通知大家：不知什么时候自己便会再次搬家，因此无法告诉各出版社明确的住址，假如有需要我发博客推荐的赠书，请由我签约的杂志社代为转交。

"我这边没问题啊。地址您请用吧。比起这点小事，倒是您，千万要多加小心哦……"

哎呀，真对不起。实在太感谢了。那我就不客气了。

谁知，接下来等着我的才是地狱。说到底还是怪我自己太白痴。看到主页上写的"只要将编辑好的文档上传，由邮局负责打印即可"时，我完全不曾意识到整个步骤会有多繁琐。

什么回车符啊，如何清除页面乱码啊，不仅要下载指定的文书格式，连用来编辑内容的软件、微软 Word 的版本都有具体规定。从一页文书的行间距、行数、字数、字号、字体，到页面上下的余白等，一切都要依照指定的参数去完成。哪怕有一项不规范，比如日文字体虽然合规，但阿拉伯数字与指定的格式有异，整篇文书都会被拒收。数字的全角半角我忘记是哪个了，反正只要不合要求，拒收。在这样的抓狂状态下，我提交的文件再三被拒，始终传不上去。

23
加害者心理

终于，我完成了内容证明的文书制作及邮递手续。虽说只要认真干，谁都能够完成，但过程不只费时、费事，还难度极大。我这才明白，为什么多数人都会选择委托给律师代办。

A在声称"这是我最后一次联络你"之后，又数次在Line上发来了谢罪的消息。据说，是把我的信来回读了好多遍，一直在反省，认为我说的都对。

就凭这种反反复复的精神状态，能判定他"心智恢复了正常"吗？非常微妙。另外，他还写道，已委托律师设法删除2ch上的帖子。是不是打算要清除证据呢？已经发布到网络上的内容，若想完全删除，该有多么不易啊。况且，过后也迟迟不见帖子消失的迹象。

此刻这个节点，警方若能实施逮捕，时机刚刚好。我心里十分清楚，警方考虑到A的精神状态，不可能立即行动。我猜，此时A若被逮捕，今后他对我仇恨升级的可能性绝不会小。

在给A的信中，我写道：对他侮辱我、损害我名誉的行径，我绝不原谅，会尽一切可能的手段，与他对抗到底。至于目前正在推进刑事诉讼的情况，我一字未提。这也是考虑到不可给警方的调查与逮捕工作造成妨碍。

不知 A 收到随内容证明一同寄达的违约金索赔书后，会有怎样的反应。在 Line 中他提到，"将通过律师"如何如何，可见他之前表示要拒收的想法，现在已经放弃了。不过，本来我填的收件人地址，就不是目前 A 的住所，除了他本人以外，其他人有权拒收吗？我表示疑问。

既然他提到将通过律师处理接下来的问题，那么，别看他嘴上向我致歉，实际上忽然翻脸，表示"自己是吃低保的，没有支付违约金的义务"，也不是没有可能。恐怕他会求助一些专为低收入人士提供免费法律咨询的平台吧。估计这就要看指派给他的律师是什么态度了。想到索赔违约金的我，得不到任何人的协助，而 A 却有律师为他提供免费咨询，我就气不打一处来。但转念一想，好吧，既然有律师参与，就说明双方会在法律允许的范围内，进行常规性的交涉。我只能认为，这比脱离法律随性乱来、该怎么做都搞不清楚的状态，要好多了。

我最为担心的是，在一步步对违约金的支付问题（包括拒付的可能性在内）进行交涉的过程中，A 又凭着自以为是的想象，认为双方如今正在商谈中，所以自己绝不会被逮捕。届时万一走到逮捕那一步，就算和违约金的谈判并无关系，恐怕他还是会再度爆发对我的仇恨。毕竟这一回，我无论如何不会再选择不起诉，必将把他告上法庭，真到了那一天，他也许会遭到实刑判决。然而，从罪状来看，判他十年起步的可能性首先是不存在的。在牢里蹲个一年半载，出狱后他会不会再度找我复仇呢？

话虽这么说，事先通知 A 我正计划发起刑事诉讼，万一他知道后试图逃走、隐藏或消灭证据呢？对于他的怒意，又能指望我的一封信发挥多少效力？假如他的反省状态能一直持续下去，那倒还好说。目前我尚未收到警方的决定。这一次，真的会对 A 实施逮捕吗？

为我提供寄件人地址的杂志社，通知我有一封 A 发来的挂号信。内容是手写在格子稿纸上的，大意是：他目前没有经济能力，而且父母体弱多病，他也没有足以依靠的人，做不到一次性偿清全部违约金；但毕竟自己做出了违反协议的行为，所以愿意每月从生活补助金中抽出一万元，汇到我的账户；待他病情彻底痊愈，能够工作以后，会逐步增加偿付的金额。信的开篇处，终于写上了一句谢罪辞："由于本人近来的行为给您造成了极大的困扰，本人在此深表歉意。"终于，终于我们有了正常的互动。A 无力支付违约金的这部分内容，我一早便料到了。但好歹，他已承认自己的行为违反了协议。这还算说得过去吧。

当然，我并不打算就此接受 A 的条件。我写了封回信，要求他把证明自己在申领生活救济的正式公文，复印之后邮寄给我。仅凭他自己口头宣称，是无法排除欺诈嫌疑的。我写道：假如拿不出这方面的证明，为了便于我进行事实确认，请将政府福利部门的联络方式，及具体负责人的姓名告诉我。同时还特意补充了一句：我绝不会做出妨碍他申领救济金，或故意侵害他生存权利的行为。

随后，还必须拟定一份承诺分期偿还的契约书。比如，发生汇款延迟或中止的情况时，该如何处理等。此外，既然 A 已违反协议，在 2ch 上发布了有关恐吓事件的内容，将此事宣之于众，那么在此基础上，我希望重新签署新的协议。A 会接受我的条件吗？

太麻烦了。可以说，我自己一面与 A 交涉，一面为此心烦得要命。心智再怎么恢复正常，A 毕竟是 A，是我希望彻底与之切断联系的人。这样你来我往的互动，使我厌恶透顶。

信寄出之后，A 马上发来一张照片。是和老版健康保险证①差不多格式的一张纸，照片仅拍下了其中一部分。抬头处印着："基于国家生活保护法之规定，特此证明，以下人士为生活补助金的正式申领者。"表格内记载有 A 的姓名、性别、出生年月，以及未加入社会保险等信息。印有地方机构名称的部分，被一块灰色四方形遮挡了起来。他大概不愿让我知道他所属地区。信封的寄件人栏内，包括上次那封挂号信，写的都是他老家的地址。

A 对我的戒备，由此可见一斑。是在害怕吗？对别人干出那么无耻的事，却企图把自己保护得周全？未免太叫人不爽。

不管怎样，心情总算是稍微放松了一点。我去亚马逊上买了几本关于如何应对跟踪狂的书。自从事件发生以后，我吃不香睡不着，时刻被此事所困扰，在 A 的诋毁谩骂中，持续处于紧张状态，根本无法

---

① 健康保险证，国民健康保险是日本的公办医疗保险制度，健康保险证则是政府提供给参保人的有关凭证。——编者注

集中精神从事基本的阅读。从我的职业角度来说，十个月深陷无法读书的状态，已经构成了严重的工作妨碍。各出版社寄给我的赠书，我也几乎没怎么翻开过。实在抱歉。岂止如此，事件发生以来，我连读自己稿子的校样，都越来越觉得痛苦。我想把注意力集中到稿子上，脑内却循环着 A 的辱骂。这份损失，试问该怎么赔我？

即使我有心针对跟踪骚扰案查阅一些资料，也打不起精神去翻书，只能用手机懒散地逛一逛科普应付跟踪狂对策的网页。当然，也从没真正找到什么有用的信息。

尝试检索了一下日文出版物，我心底暗暗一惊。原以为相关的新闻一定很多，世间对此类犯罪的关注度也理应很高，谁知，有关跟踪狂的著作少到不可思议。除去虚构类作品以外，感觉能给我提供启发的书，才不到十册。啊？跟踪骚扰的受害概率，从感觉上来说，难道跟五十岁之前患癌的水平不相上下？

比如说，在检索框里输入"癌"这个关键词，然后查找单行本，大约会跳出三万册热门著作。而检索"跟踪狂"，数目却大大降低，仅有区区九百八十二册。而且跳出在最前端的，还是一部早川文库版的科幻作品，安德烈·塔可夫斯基①的电影原著。

我姑且先下单了五册。其中下单时最感兴趣的，是福井裕辉所著的《跟踪狂这种病》（光文社版）②。

---

① 安德烈·塔可夫斯基（1932—1986），俄国导演、作家、演员。他被认为是电影史中最重要和最具影响力的导演之一。代表作为《乡愁》等。——编者注
②《跟踪狂这种病》，该书主要观点为在跟踪狂案件中，不仅要对受害者提供支援，也要对加害者开展相应的精神治疗。——编者注

病！！

跟踪狂是一种病？啊，果不其然！书名的副标题是"扭曲的妄想，止不住的暴走"，那么我猜，作者是将跟踪狂作为一种精神疾病来看待的。以往我在与A的无数次互动中感受到的一种违和感，此时又渐渐冒出头来。A这个人，不管谁劝说什么，他从来听不进去，愤愤认定是我害他落入了不幸。感觉他的憎恨仿佛以憎恨本身为食，一日日不断膨胀。这，便是所谓"妄想的暴走"。如果说这是一种精神上的病征，那我深感信服。

原本不知根由的现象或症状，一旦得到命名，便会顿时令人恍然大悟，这委实不可思议。当我头一次得知"心理发育障碍"这个词时，也曾有种奇妙的认同感。或许有人会批判，只要取个名字就万事大吉了吗？不过，正因为有了名字，针对具有相同行为的人群，去发现和总结他们共通的特征，才成为了可能。尤其是，只有某种行为被定性为"疾病"，接下来也许才会产生"治疗"。漆黑的空间里，忽然亮起了一盏小灯。

书刚一到手，我便迫不及待读了起来。此书显示，进行过骚扰行为的人当中，只有极少数会被确诊"患有心理疾病"，基本上大部分案例，最终都以警方口头或发函警告而收场。由男女纠纷发展成跟踪骚扰的案例，约占总数的80%。警察，着实了不起。恐怕这只是我个人的想象，但当一些人因不满分手的理由而勃然大怒，不可自制地沦为跟踪狂时，多数情况下，在接到警方的提醒后，他们都会如梦初醒，恢复正常，意识到"我究竟在干什么傻事啊"！与此同时，由于此类犯罪已构成严重的社会问题，我猜想，警方也总结了一套说服、劝诫的方法与心得。

然而，剩余20%的人，却不会停止他们的骚扰行为。A恰好属于这20%当中最恶劣的那一撮。这类人抱有一种受害者情绪，认为"我之所以会苦苦纠缠，都怪对方不好"，即使对方晓之以理，也无法动摇他们的执念。渐渐地，受害者情绪会演变为仇恨心理。例如A，在接到警方的警告时，他对我的感情已然由好感转化为憎恨。并且，恨意一旦萌生，便如细胞分裂一般，以迅猛的速度不断增殖，最终当仇恨占领整个身心时，便酿成了惨祸。提到惨祸，此书中提到的案例，曾登上过全国新闻，最终以杀人事件收场。啊，读到这里，我的胃里传来阵阵绞痛。

关于精神病，我只了解一点点皮毛，因此本书提出的一系列假说究竟是否正确，我并不清楚。例如：加害者气质与精神障碍，容易引发跟踪狂症状（当然，并不等于具有某种气质或精神障碍的人皆会成为跟踪狂。关于这一点，作者在书中也曾再三进行慎重的说明），以及主要是大脑的哪个部位，操控着恨意的增殖等。

之后，随着我涉猎的专家著作越来越多，我才明白，在这个领域也存在形形色色的学说。该怎么说呢？原来大家的研究，明明拥有同一个入口，共通点也如此之多，可一旦具体到跟踪狂的分类方法、产生原因及治疗手段等问题，大家的结论却分道扬镳、各不相同。

仔细想来，癌症的研究也与此类似。围绕着同一种疾病，总是存在各家各派，众说纷纭。从疾病预防与治疗的角度来看，这或许才是健全的研究机制。

该书列举了最易引发跟踪狂行为的两种特质：反社会型人格障碍及自恋型人格障碍。读着它们各自的分类特征，我心里感慨万千。A与反社会型人格障碍的判定标准，几乎百分百契合，唯一不具备的是暴力行为。尽管在言语、态度上呈现出类似家暴的状态，但对他人采取身体暴力的情况，却从未有过（尽管对我的宠物羊态度可疑）。不过，对他人的欺骗倾向、对他人权利的无视、缺乏良心上的自责等，这些方面都十分符合。

另一方面，作为自恋型人格障碍的特征，坚信自己与众不同，是人群中最为特殊的存在，总幻想拥有华丽的成功等，这方面与A可谓一模一样。到底A属于哪一种呢？

过去，我回忆着自己遭受的侵害，翻来覆去思索着A的人格类型，似乎既不属于这种，又不能归类到那种。可事实是，在我犹犹豫豫的时候，A早就已经暴走了，连警方都已经出动了。这本书，原本应该在交往时就读起来。比如，对自己的交往对象心生厌恶，但碍于对方反应激烈，不敢提出分手，一直拼命忍耐时；或者职场上的同事向自己表现出反常的、难以揣摩的兴趣时，为了及早察觉危险，意识到自己"有可能遭遇了跟踪狂"，读这本书可谓时机正好。

现在，像我这样实际已经受害的人，最该阅读的东西，不如说是接下来一步的，"跟踪狂的治疗是否可能"。

就算A被逮捕，上了法庭，继而被判刑，可刑期结束后，他也依然要回归社会。时隔数年仍回头复仇的跟踪狂，也并非不存在。著名的"逗子市跟踪狂杀人事件"中的犯人,便是如此。我倒不是坚信 A 也会危险到这种地步,但实际上,他已可以划入跟踪狂案件里最严重的 20% 当中了。这会儿,他的确是来道歉了。但不考虑今后他在复仇心的驱使下发动人身袭击的可能性,大大咧咧地去生活,我做不到。不止我,多数的跟踪案受害者,估计都畏惧于加害者的报复,过着隐居的生活。

假如跟踪狂作为一种病,是可以治疗的,那我真心希望有谁能来治一治。但凡有一线痊愈的希望,就请治一治 A 吧。但愿他能消除对我的执念与仇恨。这,才是能使受害者找回昔日的安宁生活的唯一手段吧?

哦不,"昔日的安宁生活"是再也找不回来了。被海量的侮辱咒骂不断碾压的那份恐惧,是不会从记忆里消失的。2ch 上那些无耻言论对我造成的伤害,也无法抹去。对此 A 打算如何补偿,还是个悬而未决的问题。但把这些先放一边,暂且不提,为了保障我,即受害者今后的身心安全,展开针对加害者的心理治疗,是我无论如何想要呼叮的。

然而,该书的作者福井裕辉,据说遭到了不少指责。许多人质疑,"加害者关怀算怎么回事?要关怀也该受害者优先吧?"苍天哪,我真是服了。在我看来,为了保障受害者的安全,不,为了维护社会整体的治安,"加害者关怀"也是必不可少的。大家何以认为,这样的举措是徒劳无效的呢?据书中写,若想彻底治愈病态心理,需要花费经年累月的时间,同时也要求治疗者与患者共同付出大量的努力。

然而，只要了解跟踪狂症状及过往履历的专家们，定期为加害者们进行心理咨询，守护着他们的一举一动，身为受害者的我们，该有多么安心啊！如果能建立一套预警系统，但凡发现一点危险的苗头，就立即通知受害者及其所住地域的警署，那就更让人庆幸了。

据说，为了减少跟踪狂事件的发生，作者曾经应警方要求，经过不断的试错，制作了一张用来测定加害者与受害者心理危险度的自检表，应用于跟踪、家暴的报案及咨询流程中。我记得自己初次去警署咨询时，也做过这个测试。里面都有些什么问题，我几乎都忘光了。

更进一步，假如某位加害者，一再做出被判定为"极端危险"的骚扰行为，那么警方或医生便会劝说其接受治疗，帮助其进行心理复健。这套方案，据说已在试行当中。只是，但凡加害者本人不愿意接受劝导，那么治疗也便无从谈起了。

这套方案的执行目标是，首先从东京做起，争取一两年之后普及全国。我慌忙翻开书末的版权页。出版年是 2014。我拿到该书是 2017。已经过去两年多了。然而，无论警方、检方，还是受害者援助中心，都对"加害者治疗"一个字也没听说过。呃，为什么？也太不为人知了吧？莫非只有香川县如此？抑或是，小豆岛太闭塞？

不，说起来，我遭受骚扰已经将近十个月。"跟踪狂作为一种精神疾病是可以被治疗的"这个说法，甚至在网络新闻里都见不到……

24
小早川老师

读完福井裕辉的著作《跟踪狂这种病》,还有一点刺痛了我的心。那便是跟踪案受害者所共同拥有的一些特征。说来也许是句废话,可受害者与加害者之间不管存在任何情况,错的永远是加害者。作者首先慎重地强调了这一点,随后才提出,容易遭受侵扰的人,自身也显示出某种特定的性格倾向。

母性泛滥,容易同情他人或与他人共情,责任感强,善于忍耐,也就是通常意义上的"好人"。嗯……若问我是否属于这种类型,不太好说。但是在"好人"的表面之下,藏着过低的自我评价,易有罪恶感等负面心理,可谓是受害者人人皆有的特征。

这些特质,套在我身上真是再合适不过了,简直一点误差都没有。原因据说在于成长发育过程中与父母之间的爱恨纠葛。这点也与我的情况完全一致!我不断挑战父母狭隘的价值观,做出各种越界行为,也不断遭到父母的打压。成年后,也一直被他们的过度干涉困扰至今。尽管我出生在世间最为常见的普通家庭,成长过程中在吃穿用度等方面也从来没什么欠缺，可却始终被"我性格扭曲""我是个怪人""是我不对，我有问题"等咒语所束缚。

自我评价过低的人，无论怎样努力，不知为何总会选择那些让自己不幸、不善待自己、肆意伤害自己的对象或伴侣。可是话说回来，随着年岁增长，在尝尽了各种苦头之后，我开始遇事就从书本里寻求解决方案。在这样的努力下，到了四字头过半的年纪时，我终于清楚地意识到，自我评价过低会给自己的人际关系带来怎样恶劣的影响，于是，我也曾努力试图改善自己的性格。

或许人是不可能轻易被改变的吧。与 A 交往时，在需要干脆果断地表达态度的时候，我总会在 A 强硬的打压下屈服。不喜欢与人发生争执也是原因之一。而且，正是这种软弱，不断给了对方可乘之机。我能想出许多这样的经历。

同样的事情，也发生在我过往的人际关系当中。我能举出一大堆例子。不过，两者间比较大的区别是，就算我在普通人际关系中曾被对方伤害，但跨越最后一道底线的严重加害行为，倒从未有过。从这个角度来说，无论怎么想，A 都是最恶劣的。

啊，以往我读书无数，有哪本曾像这本一样，让我时而惊呼，时而哀吟，尽管不是为了撰写书评，却拿起圆珠笔在字里行间画满道道，折起书角以做重点记号吗？没有。或许是对我来说，读书这种活动本身都已久违了的缘故。但归根结底，可能还是身处受害者立场所致吧？

不管怎么说，书籍包含的巨大信息量，令我获益匪浅。我甚至惋惜自己为何没能再早一点读到此书。好在，自身状态终于恢复到了能够专心阅读的水平，为此我发自内心地感到喜悦。

终于，警方打来了电话。总算要执行逮捕了？我心想。然后才得知，调查仍在进行当中，目前到了该做口供笔录的时候。我来到小豆警署，刑事科的Y警员接待了我。当前的调查进度是，警方针对已查明IP地址的几条帖子，向四国的网络服务商P社提出了公开用户资料的要求，并且查出的住址，与A的现住址完全一致。太好了！这样就可以执行逮捕了？

"不，光凭这点，证据还不够充分。为了证明帖子是由A本人发布的，还需要核实该地址是否只有A一人居住，有无客人频繁到访等情况。警方会采取暗中监视的方式来确认情况。"

啊？要做到这么万无一失的程度啊？

"因为证据不可有任何漏洞。"

哦，也就是说，要避免出现错误抓捕，或造成冤罪吧？自己拜托警方发起刑事诉讼，充其量只是惶恐地提了一个请求，没想到要以名誉损害罪立案，却必须花费这么大的时间、人力与金钱的成本。我甚至对警员感到有几分歉意。

Y警员手里的调查资料夹，已经赶上电话簿那么厚了。之前Messenger的聊天记录，再加上此次的Line上的消息，都要一点点滑动手机屏，逐页进行拍摄，而后再打印出来，登记在册。如此一来，资料量无论如何都会大幅膨胀。况且还有2ch上所有帖子的打印件。

于是，资料夹里一半以上的厚度，都被 A 对我的辱骂和诽谤占据了。唉，真是烦人。而警方的相关人员，不得不一遍遍地浏览那些下流的污秽的言论，肯定也个个厌烦得要命吧。

"A 目前的住址在这里。"

呃，原来此项信息是可以对我公开的。我暗自惊讶，慌忙抄了下来。

那么，请问，我读过一些刑事诉讼方面的书，据说嫌疑人的代理律师有时会调阅口供笔录。我目前的住址、电话等信息，可以不写进笔录里吗？再搬一次家的话，我实在吃不消……

"啊，我们很注意这一点，没有写进去。之前恐吓事件那会儿，也没在口供里写过您的地址。"

哦？即使当事人未曾申请，警方也会留意不在口供资料里泄露信息呢。太幸运了……

本次的口供笔录，从最初 A 因恐吓行为被逮捕，双方经由谈判达成和解开始，到数月后他通过律师企图与我联系，接着破坏协议向我发送 Line 消息，在 2ch 上用我的笔名开设贴吧，威胁会发帖曝光我的隐私，继而不断发布诋毁、侮辱我的言论……包括整个过程里我有怎样的心情等，都要依照时间顺序详细叙述，由 Y 警员负责录入和整理。不过，大概一个小时就完工了吧。效率很高。并且这是一份细节详尽并如实反映我感受的文书。总是面无表情、态度淡然、摸不透他在想些什么的 Y 警员，对我讲的内容，全部都能准确把握。实在难得。我没有进行任何订正，便签了字，道谢后离开了警局。

回到家中，我在地图上查了一下 A 的住址，和他上次被逮捕时就医的那家心理诊所，徒步只有数分钟距离。也非常靠近电车站。出门购物的话，走路就可以解决。果然一切都符合推测，连我自己都感到震惊。

我又顺便检索了一下 A 所在公寓的名字，跳出一个不动产公司募集入住者的网页，在网页上能够清楚了解公寓的外观、房型以及租金价格。虽说他入住的房型，未必和网页上登载的房源完全一致，但网络社会啊，还是挺恐怖的。

而且，A 居住的公寓相当漂亮，还安装了电子门锁，面积足有十一叠。好讽刺啊。唉……老实说，心里真不是滋味。我从一座心爱的海景大屋被迫搬出来，此刻藏身在一栋四下望不见人家，距离成为废屋仅有一步之遥的老房子里。虽说 A 过得怎样与我无关，但我就算是定居东京那会儿，由于藏书量巨大，尽量以面积优先，也没住过这么漂亮的公寓呢。

领着国家的低保，声称生活极其拮据，连违约金都要以分期形式，每月摊付一万元，才能勉强偿还的人，却住着钢筋结构且装有电子门锁的高档公寓，怎么说也……好吧，租金倒挺便宜。和东京市区靠近车站的户型相比，还不到市价的三分之一，便宜得令人咋舌。我对香川县内的租房行情不太了解，类似的居住条件，也许不算什么奢侈的选择吧。小豆岛作为高人气的观光地，尽管各方面都不够便利，但房屋的租赁价格却相当高，至少是 A 这间公寓的两倍。所以，我心里更气不过了。可气归气，却也无可奈何。我并不认为自己能够以他住在这样高级的公寓里为据,让违约金的支付条件对我更为有利,或者说,能设法提高他每月应偿付的金额。

首先,去香川县本土的时候,我得留意别靠近他住所的周边地带。能掌握这一点,就对我挺有帮助,不是吗?

说来,逮捕什么时候才能落实呢?操心着调查进展的同时,我又得去东京出差了。我带了本小早川明子的《跟踪狂都在想什么》(新潮社新书系列)作为随身的旅途读物。在开往高松的渡轮里,我刚读了短短两页,就激动得差点站起身来,发出相见恨晚的感慨:"哇!就是你!"作者是位心理咨询师,据说会应受害者的要求,与跟踪案中的加害者进行面谈。多巧的缘分啊!

正如该书后半部分所述,咨询师与加害者、受害者双方同时保持见面,反而容易招致混乱,因此多数从业者一直将这种做法视为禁忌。我之前也多多少少抱有同样的成见。然而,作者在表示"自己的方法未必绝对正确"的同时,依然选择了与加害者见面,尝试去解开他们心中早已固化的误解。

据书中所说,每位加害者各有自己独特的心理机制,往往会因一些从常识出发看起来微不足道的小事而自尊受挫。包括受害者在内,对他人来说不值一提的琐事,加害者却始终为之耿耿于怀。一定会有某个心结,成为其进行骚扰行为的原动力。哇!A 的案例,正是如此。

纵使加害者因为某个心结或解不开的疑惑,试图向受害者发出诘问,多数情况下,路径都会被周围的人封锁,需求也往往被忽略。于是，加害者的屈辱感最终作为一种受害者意识固化下来，让他们钻进牛角尖，认为"哪怕犯法，自己也有向对方复仇的权利"。

该书的作者，在回应受害者的请求，为加害者进行心理咨询的时候，必定会设法探寻加害者的心结或疑惑究竟是什么，充当双方沟通的中间人，解开其中的误会与成见。啊，一直以来，我正是在寻找能够充当这种角色的人啊……在我密密麻麻写了一封长信、就为解开 A 所有的心结与误解之后，才遇到了这本书。唉。

据说，作者之所以甘冒打破禁忌的风险，采取了对加害者进行心理干预的手段，是因为她本人也曾有过此类受害体验。当时，她也迫切希望有谁能充当自己的后盾，代替自己与对方会面，切实传达自己的想法，解除误会，给对方施加影响，从而彻底解决问题。

这种出发点，也与我的期待不谋而合……是的，无论警察或律师，似乎都不会去回应和解答加害者各自不同的心理疑问。这是因为他们不是心理学或精神病方面的专业人士，就算向他提出要求，他们也做不到吧。然而，如果对加害者这样的心理需求一味搁置不理，最后便会引发犯罪行为。我明知 A 耿耿于怀的是什么，却无法将自己的意见传达给 A，因此，有专业的心理咨询人士介入，是最好的解决方式。若是再早一点知晓小早川老师的存在，那该多好……

下了渡轮，坐上开往高松机场的大巴时，我根据书末作者简介里提供的信息，找到了小早川老师主持的非营利机构 Humanity（意为人性）的官方主页。抱着投石问路的心态，我给她写了封邮件，询问此次出差期间，能否安排一次见面。虽说写信给 A 之后，暂时躲过了眼前的危险,但接下来该如何应对,我依然毫无概念,心里实在没底。我非常希望能和小早川老师见面谈谈并得到她的指点。

我一边斟酌着措辞,一边用手机打字,等到邮件发送完毕,飞往成田机场的捷星航班那长长的候机队伍已彻底检票完毕。我慌忙抓起自己的行李奔进登机口。在东京期间,除去早已安排好的事项,唯一的空闲是在两天后,即回程时登机前的半天,大约有五个小时。想见老师本人,估计是不太可能的。那么下次回东京时呢?或者用电话咨询的方式呢?我一边读书,一边思忖,不知不觉间飞机已抵达了成田。

下了飞机,乘上巴士的同时,我打开手机,关掉飞行模式,发现收到的几封邮件里,有一封来自 Humanity。急忙打开一看,竟然是小早川老师本人,她答应在我指定的时间见面。我浑身瞬间松弛下来。

到酒店放下行李,我先去了神保町,拐到签约的杂志社,给提供寄信地址的杉江编辑送上一份赞岐特产、和三盆①的黑糖点心作为谢礼,接着,便听她说:

"内泽老师,上次那个人打电话过来了……"

什么?

"好像是律师告诉他说,内容证明的寄件地址来自东京,意味着老师和鄙社的法务部可能存在签约关系。他说的那些事,我听得稀里

---

① 和三盆,一种原产自日本香川县和德岛县等四国地方东部的黑砂糖,其中香川县生产的叫"赞岐和三盆"。——编者注

糊涂。我说什么,他也压根不听。"

"别理他,你就顶回去,说除了提供寄件地址,与我没有其他关系。真的太抱歉了。"

然而话说回来,为什么内容证明会……哦,想起来了!我发送的是电子格式的文书,系统显示是由新东京邮局办理的。那么,按照我的推测,A大概去了免费的法律咨询中心,给负责的律师看了我寄给他的内容证明,于是律师指点他,这份文书是从东京寄出的,估计是由东京的律师起草的,从纸面上显示的住址来看,像是出自某公司的法务担当,或顾问律师之手等。应该是这么回事吧?

至少,有一点可以断定,A的代理律师并不知道存在电子格式的内容证明。极有可能A和律师都没料到,两份文书皆出自我本人之手。A的代理律师想必是个上了年纪的老先生吧?我还以为内容证明这种东西,在民事诉讼的世界里,是每日往来数量最多的基础类文书呢。老先生的知识更新,怕是有点跟不上时代的变化了吧?

说来说去,对杉江编辑及杂志社,我都添了不少麻烦。单单是借个地址用用,就招来了一堆奇怪的电话。之前替我与A面谈的B女士,说来也是如此。我一次次笨拙地向朋友、熟人发出求助,却导致A的骚扰也殃及了好心帮助我的人们。真是忍无可忍。想要发起违约金的索赔,甚至会遭到律师的嫌弃。跟踪案的受害者,除了警方以外,就不能指望任何人的救助了吗?

"说起来,您的这个事情,出版社那边还真可怜。"

小早川老师哧哧地笑了起来，表情像个爱恶作剧的小女生，一笑甚至有几分可爱。但随即，她便换了副严肃的神色，眼里放出锐利的光。

我来到她的事务所，做完自我介绍，先是啰啰唆唆交代了一堆事件的相关情况。好在前一天我已将事件的概要，用邮件发给了她。并且又从出差过程中一直带在身边的笔记本电脑里，找出之前写给 A 的那封长信，连同梗概一起，添在了附件里。如果说读哪份资料便能一览事件的全貌，也就数这封信了吧。另外还有协议书的复印件，那段时间我也是每天不离身，走到哪带到哪。反正拜见小早川老师时，我也一并将其带了过去。当我告诉她，由于找不到代理律师，我只好自己拟了封违约金索赔书，把内容证明寄了出去时，老师笑了起来。看来我做事的确太鲁莽了吧。

"说起来，这份协议书呢……内泽女士，您似乎认为它非常违背您的本意，觉得当初如果没签下它就好了。可实际上，有了它，对您帮助真不小。里面清楚规定了，禁止对方到岛上去。有没有这条规定，结果可大不一样哦。"

啊，我有点意外。此刻走笔之际，是否能严密再现小早川老师当时的原话，我心里拿不太准。不过，在我听到她这番话的瞬间，心底长久闷闷燃烧，熏得乌烟瘴气、四壁黢黑的一处心病——"没有协议书就好了"，也倏地随之而消散。她为我提供了另外一种看待问题的视角，使我一下恍然大悟，"也许果真如此"，过程简单得令人惊奇。这便是心理咨询的技术所在吧？不愧是专业人士。明白针对什么问题该说什么话。换言之，所谓专业咨询师，就厉害在这里啊。她也是通过这种方式，去处理加害者的心理问题的吗？

"这些资料我还没全部读完，不过，您这封长信，真厉害。嗯，如果我说它写得很有趣，会不会有些失礼呢。哈哈。也许是因为您是职业作家吧。"

哪里，任何时候有人夸我文章有趣，我都开心得不得了。

"只是，从回应跟踪狂的角度来看，它就比较笨拙了。等于是给对方的骚扰行为支付了报酬。"

是吗……

"对方会认为，原来她对我的事情这么在乎，考虑得这么多啊，否则不会写这么长的信给我。"

啊！这简直极度恶心。

"嗯。不过，这封信毕竟阻止了对方继续发帖，姑且当它收到了不错的效果吧。但是今后，您千万不要再与 A 有任何直接联系了。警方的调查似乎正在进行，您就安心等待执行逮捕吧。"

明白。

第三部

25
手机定位

想到接下来再也不必给 A 写信，不必自己考虑违约金的索赔方法，我便仿佛卸下了一副重担，身体瞬间被抽空了力气。原本我强打精神，自己给自己鼓着劲儿，决意上阵直接与 A 交涉，心里却厌恶得不行。万一刺激到 A，再度引燃他的怒火，导致他又开始新一轮的骚扰，该如何是好？这样的恐惧，无时无刻不笼罩在我头顶。A 这种对手，让你根本摸不清哪句话会成为点燃他愤怒的引线。假如不必交涉便能解决问题，那真是再好不过。

与小早川老师签订了正式的委托合约，也让我从黑暗中独自摸索前进的无助状态中解放出来。能够从更长的时间跨度去纵览全局，并指导我采取相应的对策，这样的人仅仅是存在，便仿佛给我打了一剂强心针。

不过，如果 A 收不到我关于分期支付违约金的回复，他会怎样理解我的沉默呢？恐怕会歪曲事实，做出对自己有利的解释，以为既然已经道了歉，就取得了我的原谅。这一次，我与 A 之间所有的交涉，都是通过书面方式进行的,我手头留有全部备份。不管说过什么,统统存有记录。"绝不原谅你"这句话,我写过好多遍。"原谅你"或"假如这样就原谅你"之类的字眼,我一概没有用过。我是小心翼翼,刻意这样做的。也没有打过电话,进行那种无法留下明确记录的对话。我还拜托杂志社的杉江编辑:A若问起,你就说只为我提供过地址,所有情况一概不知,也与我没有其他关系,除此之外,别的千万不要讲。这样一来,万一被逮捕后A再次大发雷霆,只要请小早川老师应付他便足矣。

对小早川老师,我还请教了另外一个问题:关于跟踪狂的治疗。今后A若再度被捕,因而对我的仇恨如雪球般越滚越大,到了自身无法控制的程度,还能考虑治疗吗?

"可以哦。实际上存在一种治疗方法,称为条件反射控制法,原本是为有药物成瘾症的患者开发的。这种治疗,不使用任何药物,而是一种头脑训练。研究显示,它对跟踪狂也十分有效。"

条件反射,是指"巴甫洛夫的狗"那种条件反射吗?

"没错。在以往的案例中,有的加害者即使经过了心理咨询或一些辅助治疗,仍无法消除对受害者的愤怒与关注,但在应用条件反射控制法之后,却治愈了。"

小早川老师甚至邀请我,如果有兴趣的话,可以参加相关的学习会。这个机会我一定不能错过。

实际上,关于我自己过去遭受骚扰的体验,我无论如何不写不快。若说 A 对我的所作所为有多卑劣，在我看来当然是卑劣至极。但我希望向世间发出质问的，却并不仅仅局限于这个层面。

比如，面对已然发生的案件，该由谁介入进来、怎样去应对呢？我明白，无论警方还是律师，都在各自负责的领域里尽到了最大的努力。三鹰跟踪狂杀人事件①等最终发展为命案的重大案件里，受害者们的牺牲也许造福了后人，法律确实因之得到了若干改善。关于这点我也有实际体会。只是，一旦身为受害者，仍然会感到，应当改善的点还有太多太多。不仅是受害者，警方与律师的应对方式，有时也会导致加害者愤怒升级，将受害者置于更加危险的境地。在我看来，A 的第二次加害行为，也就是发布诋毁言论、损害我名誉的行径，显而易见，是在谈判时律师应对方式影响之下的结果。

此外，受害者为何要被迫承受如此屈辱的体验，东躲西藏、提心吊胆地生活呢？我甚至觉得，世间普遍认为，受害者把自己藏起来属于理所当然。

自己成为受害者之后，我才产生的一个想法是，跟踪狂事件如此频发，看来已然成为每个人最切身的问题，可受害者面向世间发出的

---

① 三鹰跟踪狂杀人事件，指 2013 年发生于日本三鹰市的跟踪狂杀人事件。2013 年 10 月 8 日，东京都三鹰市，日本菲律宾混血男子池永·查尔斯·托马斯（21 岁），在百般纠缠要求复合而最终无果后，持刀翻窗潜入前交往对象、女高中生铃木沙彩（18 岁）家中，躲进壁橱长达数小时，伺机行凶。受害人逃出家门呼救，池永持刀在后追赶，在受害人脖颈、背部连刺十一刀，其中三刀为致命伤，致使受害人抢救无效最终死亡。后经调查，发现在受害人生前，池永曾在网络留言板上传、散布其性爱照片及视频。铃木沙彩出身于艺术世家，家人全部从事艺术相关工作，包括画家、设计师、建筑家、音乐家等。日本著名剧作家仓本聪是其伯父。案发时，铃木沙彩已被大学录取，同时也是新晋艺人。——译者注

声音，竟然却如此稀少。充其量只有一些惨遭谋杀的受害者的家属，会站出来说些什么。就连与跟踪狂相关的书籍，都少得令人吃惊。这些，说到底都是因为害怕加害者的复仇吗？然而，这样沉默下去，只会正中他们的下怀。受害者若不能主动面向社会发出更高、更大的呼声，我认为，就无法改善自身的处境。

"内泽女士，我呢，一向认为身为跟踪案的受害者，就要去限制自己生活与工作的自由，放弃追求幸福的可能，是非常荒谬的。为此，我总希望自己能为大家提供力所能及的帮助。如果您计划针对自己的受害经历去发声、书写，我就更期待您能参加这些学习会了。"

我的眼泪险些滚出眼眶。我头一次获得了确信，自己的想法绝没有错。能够遇到小早川老师，何其幸运。

回到家后，我把电脑里保存的资料调出来，从A铺天盖地的谩骂中找出一部分记录，发给了小早川老师。已对峙过五百名跟踪狂的老师，对A的病态程度，会做出怎样的判断呢？

由于法律的修订尚未完善，之前A对我的所作所为，未能适用于《反跟踪骚扰法》。讽刺的是，这次的网络攻击刚一告终，就传来《反跟踪骚扰法》改订完成，社交软件上的骚扰信息亦被列为采证对象的消息。想到那封信若能晚十天寄出，就可以作为诉讼时的证据了，我虽懊恼，却也无计可施。

只是当时，A已不满足于在网上发帖抹黑，或向我发送Line消息，甚至威胁要到小豆岛来，还几次三番通过电话骚扰B女士。这种种变化，都预示他心中的仇恨正逐日升级。假如继续坐视不理，他果真闯至岛上发起袭击的可能性，我估计也是存在的。我绝不会为了增加证据，抱有再稍微等等看的想法。况且，警方当时已经以名誉损害罪为诉讼方向，开始行动了。

不能适用《反跟踪骚扰法》，令我担心的一点是，A 极有可能至今都以为自己不属于跟踪狂。一边在 Line 上威胁要到小豆岛来，一边声称绝不会靠近我，能嗅出其间洋溢着几许"老子可不是跟踪狂"的自负味道。后期的抹黑帖，甚至拿我 Twitter 或 Ins 上的照片等内容作为揶揄、攻击的对象，并认定我在雅虎伴侣注册了隐秘账号偷偷活动，每当某陌生的女性用户一登录，就在 2ch 论坛锲而不舍地发帖辱骂。这不是跟踪狂行为是什么？即便未在现实中直接进行人身纠缠，也给我造成了极大的不快，令我痛苦、恐惧，连日常生活都受到了影响。A 理解不理解，自己的所作所为有多无耻，多卑劣？

小早川老师回复了我的邮件。据她判断，A 的心理偏执程度，显然需要治疗。另外，老师还建议我拜托警方，不仅要以名誉损害罪立案，还要应用《反跟踪骚扰法》对 A 下达人身禁止令。有了这项禁令，只要 A 胆敢接近我，就可以对他立即执行逮捕。

我立即前往警署提出了申请，却被 Y 警员告知，我这个案子很难适用《反跟踪骚扰法》。到底是基于什么标准得出的结论啊？

我一边心急火燎等待着执行逮捕的通知，一边参加了好几场学习会。不知是不是每月数次往返东京造成的，忽然间，一场超过 39 摄氏度的高烧与关节痛击倒了我。起初我以为是病毒性感冒，去医院一查，结果为阴性，而且次日体温就恢复了正常。然而，一周后，高烧再度骤然来袭，我在朋友家浑身打战、如坠冰窟，身体如正遭痉挛一般无法停止颤抖。我怀疑是什么感染症，又去做了详细的血液检查，依然未能发现任何异样。高烧与关节痛的发作，只持续了大约二十个小时，之后便悄然平息了。

总算得到小早川老师的支援，身心的紧张状态刚刚略有缓和，莫非是身体猛然一松劲儿，引起了发烧的反应？浅显来说，是压力所致？伴随着高热的关节痛与痉挛等，假如在我驾车时发作，有可能酿成交通事故。它们往往没有任何预兆，会突然降临，我尽管害怕，却也没有办法。

既然从检查结果来看，没有任何指标异常，我左思右想，仍是没有答案。假如对 A 发起民事诉讼，我还愿意设法证明，是压力导致了高烧。然而，民事诉讼的可能性微乎其微。记得我曾听说，有的理论认为，高烧可以杀死体内的癌细胞，超过 40 摄氏度的话，许多病毒也会随之死亡。我只能将之当作一种身体的排毒现象，苦撑过去。

在这期间，某天晚上，手机忽然震动起来。待机画面跳出一条手机网络运营商 Docomo 发来的短讯，要求我进行定位确认，原文是"0×01234×××正在检索您的位置"。惊慌之下，我的呼吸差点骤停。什……什么玩意！是 A 吗？不不，更关键的是，手机定位是做什么的？这不是轻度的人权侵犯吗？万一打开通知的瞬间，定位检索也随之启动的话，那我可就要抓狂了。

我竭力忍住把手机砸掉的冲动（甚至还动过把手机扔进水里的念头），一面深呼吸，一面打开电脑，在 Docomo 的官网上搜索所谓的手机定位到底是什么。看描述，似乎是一种通过已知的手机号码，查找机主此刻所在位置的一种服务项目。只要不点击"同意"按钮，自己的位置信息就不会发送给对方。我确认了这一点之后，方才打开之前那条通知，点击了"拒绝"。接着，我又设置了今后一概拒绝所有的手机定位要求，并屏蔽了通知简讯。尽管如此，心脏还是狂跳不止。

稍后我才知道，此刻查找我位置的，是岛内的某位男性，并不是 A。以前我住在海边大屋时，那人几次经过我家门前，曾主动向我打过招呼。我知道他姓什么、住在哪个小区，除此之外，其他情况一概不知。大概是他发觉大屋内好久没有我的动静，出于担心或好奇，才定位检索我的吧。就算我没有遭遇跟踪狂事件，这样的做法也令人颇为不快。打个电话问问我："好久没看见你，出什么事了？"这样岂不是妥当得多？

六十至七十岁的地方男性，对人与人的边界感，或隐私方面的认知，仍保留着乡下特有的模糊的缺失状态，但能够熟练应用智能手机、社交软件等最新通信工具的人，却为数不少。从以前起，我便一直对此有所戒备，谁承想他们还能使出这一招。

原本来讲，我并不认为走过一座宅院，望见屋主是位单身移民女性，目前正独居在此，便不该冒昧上前寒暄。我只希望他们能多少理解一下，女性面对这种场合，表面保持微笑，客客气气与之打交道的同时，心里又怀着多大的戒备。

彼此并不住在同一小区，假如有谁冒名来搭讪，我也无法确认他们的来意。有人甚至亲切地送来了喂羊的饲料，一口拒绝会显得失礼，但对方将我全部个人信息，乃至家庭住址都掌握得清清楚楚，而我却连对方家住何处、有几口人、在哪工作等，都无从了解。就算对方随口告诉我一个姓，相同区域里同姓的人也多得很。我被暴露在信息不对等的状态之下。

然而，若问我当初不是明知如此，还要移民到地方上来吗？没错，确实。我觉得某种程度上来说，这是没有办法的事。我原打算，入乡就要随俗。可惜，发生了这种事，我也很难再笑脸迎人。哪怕被当地人指责不随和、待人冷漠、不礼貌，也要做好自我保护。否则一旦发生意外，人家又难免怪你自己防卫不严密，给对方留下了可乘之机。

次日，我急忙联络了 Docomo 的客服中心，要求他们改善服务项目。至少在购机签约时，就该向客人事先询问清楚，是选择接受手机定位服务，还是从一开始就设定为全部拒绝。然而，当我讲明意图后，接电话的客服小姑娘却回答："可您在接到通知之后，也可以选择拒绝啊。"

是嘛。那好，假设你所在的职场，有个特别欠缺人际距离感的……怎么说呢，就假定是个年长你二十来岁的男上司吧。晚上当你在自己房间，靠在床头舒舒服服刷着手机、浏览 ins 的时候，忽然收到了那位上司企图定位你的通知，你会是什么心情？

"这个……我会非常不舒服。"

小姑娘极不情愿地憋出了一句回答。大概想到了自身的某段经历吧？

对吧？你能明白我的感受，我很高兴。光是收到这样的通知，就让人感觉可怕到极点，让人十分不愉快。所以拜托了。

我在 Twitter 上稍微检索了一下，马上就跳出了一些家暴受害女性，抱怨配偶用手机定位自己的发言。看吧！这原本可能是为方便家长确认学龄儿童是否安全而推出的一项服务，可是开设的当初，官方就没考虑过成人收到这样的定位通知，会感到多么困扰吗？后来为了撰写本书，我曾再度浏览了 Docomo 的官网，发现如今只要不特意设置，就会收到接受或拒绝手机定位，以及是否同意特定号码的检索要求，这三种模式的通知。我确信，和我一样向 Docomo 官方提出改进要求的用户，一定不在少数。

我受邀参加的几场学习会，内容基本都与跟踪狂的临床治疗有关，有受害者体验的参会者，多数时候只有我一人。

其中，有一场小早川老师亲自主持的分享会。一位过去曾有尾随行为，遭到过警方逮捕，后来通过接受小早川老师的心理咨询及治疗，从恨意与执念的轮回中解脱出来的男性，发表了自己的"加害者经验谈"。有机会聆听他的演讲，对我来说是一次珍贵的体验。

这位男士，对自己给受害女性造成的困扰，发自内心进行了反省。对于同样受害的我而言，有这样的人存在，本身就是一种希望。

但与此同时,从该男士的语气和表情也能看出,对于在警方和检方的调查中所遭受的屈辱,直到如今,他仍抱持着强烈且根深蒂固的怒意。我身为受害者,没有和警方检方打过太深的交道,不知道嫌疑人是被如何对待的。假如加害者有犯罪行为,认罪是理所应当的。这是一切讨论的大前提。但是在调查阶段,对嫌疑人采取过度的羞辱态度,激起他们的愤怒(假设果真有这样的情况发生),究竟有多少必要呢?而这份怒意,有时甚至会辗转演变为对受害者的复仇心,不是吗?听着这位男士的分享,我心中百味杂陈。

此外,条件反射控制法的学习会上,我猜也有不少日常与跟踪狂打交道的业内人士出席吧。有几位参会者的发言尤其引人关注。他们针对条件反射控制法的治疗对象,即某些药物成瘾、盗窃、多次纵火及性骚扰等犯罪的人群,进行相应的援助对策研究,以便帮助其重归正轨。关于条件反射控制法具体是怎样一种疗法,我也听了一场千叶县下总精神医疗中心平井慎二医生的讲座。我不敢说自己正确理解了它的定义,有资格断言它究竟是什么。想要引用医生的报告,字数也过于庞大,就不在这里详细展开了。

据说这些治疗对象,即使从病态的依存心理中解脱出来,放弃了对对方的执念,但到了回归社会的阶段,也往往难以适应职场的要求。他们长期处于不安与孤独之中,一旦受到诱惑,便很容易再度走上犯罪的老路。对于这番话,我举双手赞同。A 不正是其中的一例吗?

假如以后 A 被逮捕,获判有罪,以某种形式服刑,同时也顺利接受了治疗,最终回归社会,却无法适应新的生活,既没有家人守护,又遭遇坎坷、人生失意,也难免会将满腹牢骚,再度化作对我的恨意。

为了预防再犯,有观点认为:在对加害者完成治疗之后,也应随时跟进,了解他们的现况,通过定期实行面谈,来为他们护航,支援其回归社会,这比放任不管,听其自生自灭,安全率要高得多。此外,如果他们表现出再犯的危险征兆,就要立即将情况知会警方与受害者,使受害者得到相应的关照,假如能做到这一点的话,那就更完美了。

26
临床治疗的必要性

我每次因工作与编辑见面，总要热心向各位科普，跟踪狂是一种加害者本人想停却停不下来的"依存症"，作为精神疾病，它完全有治疗的希望。闻言，有的人质疑："跟踪狂被治愈，这种想法本身就很稀奇。治疗果真能对全体加害者有效吗？"有的人意外："跟踪狂原来是一种病？"不过，惊讶过后，半数的人通常会感叹：

"内泽，你明明遭遇了这么惨的事……也未免太好心了吧！"

啊？我不懂这是什么逻辑。受害者希望加害者能够接受治疗，怎么就算"太好心"呢？我听小早川老师讲，与治疗几乎同义的 care（意为关照、关怀）一词，具体应用到"加害者关怀"时，也常会引起听者的反感与质疑。治疗、care 之类的表达，是否让大家误解我对加害者抱有同情或体谅之意呢？我压根没有这样的意图。我向小早川老师请教，据她说，关于心理咨询与治疗，业内人士通常会用价值中立的"临床"一词来表达。

我认为，对罪行加以严惩，确实会有抑制犯罪的效果。然而具体到我这件案子，加害者的罪行主要以网上的言论骚扰为主。就算我祈祷把 A 一辈子关在监狱里（作为禁止他接触我的保证，没有比让他坐牢一辈子，更能保障我人身安全的选项了，这是不争的事实），然而现实之中，最多也只会判他一到两年有期徒刑。只要不能实施死刑，总有一天他会被释放，重新回归社会。当然，我不是说不赞成对 A 加以严惩，只是觉得，仅凭如此根本换不来安心。况且，把一群既没有伤人，也并非杀人犯的跟踪狂，动辄在监狱里养上几十年，光是这样，国家财政也会透支吧。

假设，在如今法律规定的刑期结束之后（从受害者视角来看通常太短），跟踪狂又重返社会，那么一个现实的问题是，只要原本不是掌握一定技术的专业人士或有钱人，出狱者的社会复归与再就业，会极端困难。

现在，每一批入狱者当中有 60% 都属于"二进宫"。况且，无业者的再犯率，同有工作的相比，大约高三倍，比例十分惊人。而政府为了预防二度犯罪，着实花了大力气，在犯人服刑期间，就为其做好了将来回归社会的准备，不仅提供职业技能训练，还设立了就业支援项目。2014 年，更与劳动局合作，设置了专门面向服刑人员的招聘制度。可话说回来，遗憾的是，犯罪者出狱后的就业依然会面临重重困难。即使能找到雇主，往往也保证不了能在附近找到住处。世间极为残酷，而这份残酷不会饶过任何人，有时也会兜兜转转，反过来扼住他们自己的脖子。就算出狱者想方设法找到了工作，可稍有不满，就会陷入不稳定状态，有时甚至还会遭到社会的孤立。

尤其是对跟踪狂这种容易走回到老路的犯罪者，出狱后也应安排他们定期且长期接受专家的临床治疗，与就业支援同步，并通过随访来关照其心理状态。这样做，不仅仅是保护受害者，从防止二次犯罪的角度来看，应该也是必要的。

据现行法律规定，对待性犯罪、吸食兴奋剂、暴力伤人、酒后驾驶的犯事者，在释放的同时还附设有考验期，可依据"特别遵守事项"强制其参加学习，接受专门课程的培训。在不违反本人意愿的情况下，亦可采取措施，指示其接受治疗。然而，针对跟踪狂，国家却并未设置相关的培训课程，也没有安排就医的措施。就算设有出狱后的考验期，也没有一套相应的制度，让受害者知道其人如今是何状态，病态心理有无治愈，是否遭遇了社会的孤立。

不采取任何干预手段，就这样将他们放归社会，受害者无论如何难以安心生活。针对跟踪狂，也须设立专门的培训课程，并给予相应的医疗关怀。如果做不到的话，至少该给加害者佩戴装载 GPS 芯片的电子脚镣，只要他们从物理意义上靠近受害者的居住地，就向受害者及警方发送警报。希望政府能导入这样的监管机制。

至于 A，在第一次服刑之后，与我交往期间，他的工作是从事网络拍卖，或利用手机应用提供的自由交易平台倒卖东西赚取差价。换句话说，他是所谓的自由职业者。据说这在出狱人员里，是人气最高的行当。过后当我得知这一点时，曾有"怪不得"的恍然大悟感。不必受雇于人，便能有一份生计；即使没多少本钱，也能开始做买卖；在现实世界中无须和人打交道，恐怕是他们选择这一行的最大因素。

我也避世独居，做着相对自由的工作。从这个方面来说，与 A 有些相似。所以，我十分理解 A 选择这一行的心情，同时也清楚这份工作必然会面对的不安。正因如此，我才挑选了一个与自己怀抱相同苦处的男性自由职业者，作为交往对象。

如今想来，A 总是挂在嘴边的某项技能，也许便是在就业支援的课程中掌握的吧。他时常吹嘘，万一发生什么紧急情况，自己手里还有个资格证。但实际上，要是真从事该职业，我能感觉到，其所要面对的劳动条件似乎相当艰苦且苛刻。A 常说想干更能发挥自己特长的工作，却迟迟不愿利用这项技能，去觅个正职。

之后，他的倒卖生意也越做越没起色。关于这一点，他总是含糊其词。我若问起，他便火冒三丈。于是我索性懒得再去过问什么。用他本人的话说，后来他患上了抑郁症，更因为我的拒绝，变成了跟踪狂。就连他领救济这事，也都赖我。甚至怪我让他的生活周转不灵，陷入了绝境。

鉴于以上原因，假设 A 以后再度入狱服刑，稍微预测一下他出狱后的境况，也会知道此人从本性来说，就十分容易孤立于社会之外，陷入不安定状态。假如得不到任何社会支持或政策性关照，他身上的压力恐怕会再次以病态的形式发作，转化为对我的仇恨，认为"我这么惨，都是那个女人害的"。

更进一步来说，具有高度成瘾特性的偷窃、纵火、吸毒、猥亵、偷窥、强奸等惯犯，都会反复作案，让某个随机挑选的受害者蒙受巨大的损失与痛苦（毒品依赖的情况略有不同）。而与此对照，跟踪狂的受害者却并非某个不确定的随机对象，有极高的可能性会与前一次的受害者是同一人。

受害者只能独自承受对方再次犯罪的恐惧。

我知道接下来的话比较极端，但还是想说：毒品成瘾的人出狱之后的复吸，一来属于违法行为，二来不仅毁掉了自身的健康，也会给周围的人带去困扰。然而，跟踪狂被释放之后，一旦发现过去的受害者如今过着幸福的生活，就会动手去毁掉对方的人生，从危害度、危险度来说，我认为完全超出毒品成瘾的犯罪者所在的量级。

跟踪案的受害者，搬离了熟悉的地域和职场，脱离了原有的共同体，隐居在陌生的新地方，这完全遂了跟踪狂之愿，受害者的人生被搅和得支离破碎。这话可不是开玩笑。

我为了自己的人身安全，以及今后的生活质量考虑，迫切希望政府能够推行临床治疗、生活随访等"使加害者无害化"的干预措施。

出席加害者临床治疗相关的学习会时，有一点令我十分忧虑：加害者发言中，存在一些因受害者而遭遇悲惨经历，或蒙受实质性损失的事例。例如：给对方花掉几百万元，供养其生活消费；被对方利用感情，购买了高额的物品；对方出轨怀孕，又擅自打掉孩子，提出分手；或者卷入类似结婚欺诈之类的骗局等。老实说，和这些例子比起来，我简直太无辜了，只不过对 A 比较突然地提出分手而已，凭什么要遭受这样的对待！我甚至觉得，这也太不划算了吧！会上的这些发言，我想并没有任何负面的意图。然而，听者当中未免有人会觉得，成为跟踪狂也有其正当的理由。我真不希望再有人给这样的想法添柴加火。

一个人若遭受了损害，正像小早川老师在书中所写，可以通过民事诉讼讨回公道，自身受到的伤害绝不成其为复仇的理由，也不该以之作为理由。再进一步讲，假如大家因为这些发言，认为受害者遭到复仇属于活该，隐姓埋名地生活也理所当然，那可太叫人绝望了。违法行为能够通过刑事途径制裁，不当行为也可诉诸民事手段解决，双方基于正当且合法的程序，去追讨自己相应的权益，这才是合理的。不管内心多么憎恨对方，也不该做出过激的举动。如果社会成员人人对复仇、报复行为睁一只眼闭一只眼，日本将再难被称为法治国家。

当今社会，与男女纠纷伴生的跟踪骚扰案可谓逐日增多，层出不穷。小早川老师的著作《跟踪狂》（中央公论新社"TheKey"新书系列）中引用的"跟踪行为风险档案"所示，我的案例应该被分类为"拒绝型"。定义是：以男女间性爱关系的破裂为背景，产生的一系列骚扰行为。加害者因遭到恋爱对象的拒绝，而企图通过纠缠、骚扰等手段恢复关系，或进行报复。最终发展为杀人案、震惊整个社会的跟踪事件，绝大多数属于这种类型。我欲哭无泪。据说有些"拒绝型"的案例，甚至发生在亲子或好友之间。

此外，还有感到自己遭受了恶劣不公的对待，从而走向报复的

"憎恶型";有在孤独感的驱使下,对某个陌生对象或仅仅是认识的人产生恋爱妄想,最终纠缠不休的"渴望亲密型";有并不期待建立恋爱关系,单纯只是基于性需求,而设法接近对方的"求欢型";此外,还有把某个平素缺少戒心与防备的陌生人作为对象,持续偷窥对方的生活,以此来享受支配感与征服感的"掠夺型"(加害者基本上都是男性)……真没想到,跟踪狂类型竟如此多样!

正因如此,自己明明不觉得跟工作上的某个客户有多熟,但对方却忽然凑近前来,最后该客户发展为跟踪狂的案例,也并不稀奇。英语、瑜伽或料理教室里的老师与学生,医生与患者,律师与委托人,个人艺术展或舞台秀上每回必到的狂热粉丝,甚至博客或 ins 上的关注者等,都有可能翻脸变成跟踪狂。这也意味着,对每个人来说,这早已不是事不关己的他人之祸,谁都有被跟踪狂盯上的可能,而且应对稍有不慎,便可能将自身置于危险境地。大家都抱有一点这样的危机意识,岂不更好?

此外,从另一方面来说,每个人也都有沦为跟踪狂的危险。这一点无法否认。假如恋爱对象粗暴地提出分手的要求,被甩的一方往往会有那么一瞬间,或是一天,拼命给对方发消息、打电话。类似的体验,想必大家都曾有过。尽管再进一步做出违法行为的人,占比一下减少了许多,但谁也无法保证这种举动不会走向偏激,恶化到需要警方介入的程度。

就连身为受害者,而经历了种种痛苦的我,也并不例外。被交往中的对象毫无征兆地甩掉时,那种刻骨铭心的悲伤,我也体验过好几次。等不到对方的答复,就接二连三用短信狂轰滥炸,甚至还跑到对方家门口苦苦守候,等他回家。当时若有智能手机或社交软件的话,一天下来,我恐怕也能发上几十,甚至几百条消息吧?很难说没有这种可能。社交软件让人们即使相距遥远,也可通过即时消息来进行对话,可谓十分便利,但它绝对不适合用于激烈的争执与讨论。假如将自己的不安与不满,不加克制地肆意宣泄,转眼间,大量情绪化的消息便会将对方淹没。这点其实挺容易明白。即使是轻度使用社会软件,我们也能发现,简短的字句很难传达细微、婉转的语意,多数时候会使口气显得格外生硬。而读取信息的一方,则会感到强烈的不快与恐惧。愤怒与恐惧,从特性上来说,都是短时间内会爆炸式增长的情绪。

明明饱尝过被拒绝的苦涩,可轮到自己成为拒绝的一方时,厌烦、恐惧之类的情绪还是会跑在最前面,并不能考虑到对方的感受。或许因为我已极力按捺心中的厌恶,到了饱和的极限吧。吝啬工夫与口舌,不肯耐心做出解释、争取对方的理解,这样做的结果令我懊悔不已。

一旦陷入憎恨的泥沼,不管对方的回复态度恶劣与否,人都会不断找理由来正当化自己的愤怒,当这样的情绪不断积累、深入,便再也不以自己的意志为转移。我实在没有追求一个人到如此锲而不舍的程度,从个人体验的角度来说,我不太理解这种执拗的恨意。但是经过与 A 的互动,我大致能够想象出,当一个人偏离了意志与理性的控制,并任由愤怒与执念毫无意义地发酵膨胀时,会是一副什么模样。

也正因如此，我非常赞同用"病"这个词去定义"跟踪狂"。

清水洁的著作《桶川跟踪狂杀人事件》（新潮文库）宛如一部心理悬疑剧，压轴的素材取自一宗非虚构的案件，读来着实令人感到刺痛、惊心。通过这本书，虽然不能掌握防止跟踪狂的对策，但可以了解在1999年的当时，警方是如何应对跟踪案的，所以我还是受益匪浅。经过这起事件之后，法律及相关流程或许才有了长足的改善吧。不知为什么，单单是想起那位死去的女孩及其遗属，我便数度泪流不止。而在此之前，哪怕是为自己的遭遇，我也只掉过有限的几滴眼泪。

该案的主犯，是个名叫小松的男子，在逃亡过程中，他联络过一位女性友人。采访中，她向作者描述小松外貌的那个段落，读来令我印象尤为深刻。

"一旦迷上某样东西，就无法自制，停也停不下来，眼睛里从此再也瞧不见其他事。据说这阵子，又患上了厌食症。他是个情感纤细、一碰就崩的人……"

其中有些叙述，读来甚至让人觉得：案犯本人其实也试图放弃报复杀人，但凭自身的意志力无论如何刹不住车，病得实属不轻。该犯最终在自杀（？）后被人发现了遗体，至于死前是怎样的精神状态，就无从知晓了。

三鹰跟踪狂杀人事件的犯人——池永·托马斯的言行，也给人相似的感觉。前文提到的、小早川老师的著作《跟踪狂》中，转载了一段池永潜入被害人家中并躲进壁橱等待被害人回家时，向朋友发送的 Line 消息（引自富士电视台 FNN 新闻黄金快线节目所披露的内容）。其中有两句："神啊，我在反省了，请您救救我！""可惜是三小时之前的我。"可以窥见该犯人无法克制自己行凶的冲动所带来的焦虑与挣扎。

话说，A 的逮捕仍不见眉目吗？日复一日，等待再等待，我学习着跟踪狂与重复犯罪的相关知识，到底还是迎来了年末。这是警察机关人事调动最为频繁的季节。我收到刑事科 Y 警员的通知，起诉状的起草终于完成了。此外，从来年的 3 月末起，他将离开小豆警署。

诶？去哪儿？您要调去哪里？

"这个嘛……香川县……"

激动得忍不住探出身子的我，大概吓到了他吧。总是表情镇静的他，此时眼神游移。他是不是担心我会变成跟踪狂，所以有所戒备啊？打住打住。我竭力克制住刨根问底的冲动，咽下嗓子眼那句"香川县哪里"，心里反复默念"平常心平常心"。这么说的话，逮捕会在何时执行呢？

"调查过程中的信息，恕我不能告知。总之，案子在进展当中。就算我调走了，也会有人切实接手。"

啊……那就拜托了。长此以来，实在太感谢您了。我心里不胜感激。

今后恐怕不会再见到 Y 警员了吧。不，香川县是个小地方，说不定要不了多久，他又会调回小豆警署了呢？总之，请多保重。祈祷本案取得的成果，可以提升他的业绩。

在我撰写本书之际，曾调阅过法庭的公审记录，警方提供的调查资料，基本上都是Y负责整理的。尤其是后期的名誉损害案，从我提交IP地址，到查出A的住址，过程中每一步骤的可阅览资料，全是Y经手的。香川县网警提供协助的痕迹，一概没有。

本次会面之后，过了一段日子，刑事科的其他警员给我打来了电话。以前在面谈中，我总是屡屡收到不容分说的告诫："内泽女士，您回复对方的消息，或主动联络跟踪狂本人，是不符合法规的！"我也每每总是激动得差点喊出声来："还不是因为谁也不来做我的后盾啊！"而见面这天，警员的态度却与以往大相径庭，他貌似心情颇佳，并提出年关将至，由于人事调动，不直接经办此案的警员数目大大增加，能否拍两张我的正面及侧面照，以备不时之需。

"毕竟，万一收到事发通知，我们急急忙忙赶往现场，结果谁都不晓得内泽女士长什么样子，想进行搜救都不好办，哈哈哈。"

万万没想到，自己也有在警署拍照的一天……如今回想，看到A的犯人照，并吓得五雷轰顶那天，是后来一切的开端。我感觉从那一日起，自己便一步步越走越远，终于来到了今天的地步。自己的样子搞得警署上下尽人皆知，固然叫人不好意思，但最先涌起的还是安心感。这份感觉来之不易。

不过，更耐人寻味的，是警员这副兴高采烈的模样。就算下达了逮捕令，用得着高兴成这样吗？但这毕竟只是我个人的臆测，是我从警员不自觉流露的神情或只言片语推出的结论，接下来调查会如何推进，并无任何确切的保证。据我观察，不会是对逮捕或起诉来说至关重要的什么夸张的大功绩，而是更为细节性的、能在组织内部的人事评价或绩效考核中起到一些作用的"加分项"。这也没关系。只要能激励警员积极行动就好。

能够不遗余力地推进调查，成功走到逮捕这一步，我对负责的诸位警员感激不尽。但是，虽没能直接对逮捕尽力，却为了防患于未然，向跟踪狂发出警告，每日为我的案子辛苦忙碌的生活安全科，我由衷希望他们也能获得相同的"加分"。他们经办的业务，既没有光环笼罩，又很难留下醒目的结果，但在我看来却最为重要。若能在酿成事件前，将问题掐灭在萌芽状态，是再好不过了。附带一提，适用于《反跟踪骚扰法》的逮捕，究竟该由生活安全科还是刑事科来决策，由于自己的案子并不属于该项法律的适用对象，所以我至今仍没有答案。

就这样，跨年后不知又等待了多少时日，最后，A 终于被逮捕了。

接到电话，我深吸了一口气。太漫长了。真的太漫长了。A 会再度燃起对我的仇恨吗？自他停止发帖以后，这么久无人问津，他会不会以为此事早就翻篇儿了？接下来我该如何行动呢？我给小早川老师发了封邮件。

27

再逮捕

终于，A 被逮捕了。回忆一下上次提告的流程。A 被羁押，移送检方，之后检察厅向我发出传唤。接下来该是检察官对我进行事实询问了吧。步骤本该如此。然而警方的说法是，即便递交了起诉状，也可能跳过对我的询问，直接对 A 科以罚金，或发起程序简易的"简化诉讼"。主要是名誉损害案的缘故吧？

不过，A 距上次服刑期满，还未超过五年。秉着"再犯从重处罚"的原则，本次的法定刑期应该会有所延长。再加上一年前的恐吓事件，当时虽以不起诉告终，但我记得 H 检察官曾许诺，"一旦有什么情况，您可随时再起诉，我已做好相应的准备"。如此一分析，感觉此次走简化诉讼的可能性应该不大。说不定，一切全看检察官的意思？

小早川老师也发来邮件，叮嘱我务必向检方表明起诉的迫切意愿。可我见不到检察官，真的好难办啊。另外，老师还建议我向查出帖子 IP 地址的藤吉律师求助，在了解条件反射控制法的基础上，替我考虑一个安排 A 接受治疗的方法。

藤吉先生对条件反射控制法表示出了极大的兴趣，但是，受害者希望为加害者导入心理治疗，最切实的方式，便是走谈判和解这条路。撤回起诉状，请求检方不起诉，以此作为交换条件，迫使 A 参与治疗。

不起诉？这我办不到。此人的所作所为，害我饱受折磨，我凭什么要选择和解，把他该受的刑罚一笔勾销？我绝对咽不下这口气。希望国家的法律机构，能对他的恶劣行径仔细清算，给予他应得到的判决。

之后，我又在条件反射控制法的学习会上结识了几位律师。我与其中某位实际介绍过加害者参与治疗的先生取得联系，询问他具体采用的是什么方式。据说他之所以安排加害者入院，即进入下总精神医疗中心接受治疗，并非缘于受害者的委托，而是因为他本身便是加害者的代理律师。当他提到有这样一种疗法存在时，加害者本人会主动要求参与治疗。并且，他引进介绍的都不是跟踪狂，而是吸毒或性犯罪者。

据说也有过依照受害者的要求，将治疗设定为和解条件的案例。这就是说，由律师积极提议并促成，是实现治疗的最基本途径。

但不管怎么说，起诉是我不能割让的选择。假如此次我也请求检方不起诉，自己撤销了起诉状，警方会作何感想？今后不就再也得不到警方的保护了吗？至少他们的干劲与积极性，会一落千丈吧？

回忆起过往经历，说到底，如果 A 当真向我发动身体攻击，唯一能从物理意义上给予我保护的，还是警方。当然，我与小早川老师签订了合约，请她充当我与A互动的窗口，在我俩之间设置了一道缓冲。可纵然如此，对A来说，真正的仇恨对象也依然是我，这点不会改变。该来的时候，他总会来的。

不管发生任何状况，守护国民安全，保障社会治安，都是警方的职责。从理论上来说，原也不必担心，假如二次撤销起诉，警方也不会再也不来帮助自己。可再怎么说，他们毕竟也是人。第一回提告时，警方在逮捕前后都付出了哪些努力，我完全不得而知。但是，当我看到留下来的调查资料数量有多庞大时（仅就我所阅览的部分而言），才重新意识到："当初自己出尔反尔，一定让他们特别失望吧？"不辞劳苦地经过了一轮又一轮调查，才得以将嫌犯逮捕，若转眼一切落空，心血付诸流水，他们还能再干劲满满地去应付第三次吗？我今后还打算在小豆岛长久生活下去呢。有人可能会骂我胆小如鼠或是怎样，但我就是发自内心不愿再去伤害警员们的热情。

此外还有一点，就是对A，我起诉的意愿尤为强烈。假如再度放弃起诉，他极有可能会翘起尾巴，得意地认为自己没干什么坏事。不，他肯定会这么认为。在2ch上他还宣称过，都怪我有被害妄想症，以他犯的那点小错来说，压根不足以遭到逮捕。委实令人难以置信。但从帖子的口气来看，他似乎当真坚信自己是无辜的。不开玩笑。我有什么理由要和解？这次，绝对要给他来个一剑封喉。让法律对他做出他罪有应得的裁决。

终于，高松地方检察厅打电话来了。说是要对我进行事实询问。

这正中我下怀。谢天谢地。

N检察官形象虽朴素，但西装合身、体格修长，是个真岛秀和①那样的清爽的男子。地检厅的检察官们，何以个个穿着质地精良、裁剪考究的西服呢？N检察官先是转达了A的代理律师Z的口信（与上回的M律师一样，估计也是由值班律师制度指派而来的），说对方希望能与我面谈，接着也和上回的H检察官一样，再次委婉地建议我选择不起诉。

不，我坚决要起诉，拜托您了！我一点也不想和A的律师见面，也不想听他说些什么！更不会接受和解！上一次由于和解，最终撤销起诉，使得A肆无忌惮，跑去2ch论坛开贴吧，发表了无数中伤我的言论。我原本畏惧于他的仇恨，才放弃了起诉，可既然这么做反而使他变本加厉，岂不是证明不管我如何退让，他也不会停止骚扰吗？和如此不识好歹的人和解，意义何在？

"可是据A说，你曾经承诺过，只要他愿意谢罪，你就原谅他。"

啊？A是这么告诉您的？果然来了这一手。我绝没有这样承诺过！这次A故态复萌，伎俩与上次如出一辙，我再也不敢掉以轻心了，所有与他发生的交涉，我只好全部留了记录。如果您需要参考，我可以提交。反正从我的口中，绝对没说出过原谅他这种话！他这个人，总是把别人的话，朝着对自己有利的方向任意曲解，把自己扮成

---

① 真岛秀和，日本演员，出演作品有《浪客剑心》《恋爱与谎言》等。——编者注

受害者，向我发起攻击。我真的不可能原谅他。我希望提起诉讼，并给他严正的处罚。

"明白了。"

N检察官的脸上掠过一丝不耐烦之色，仿佛在说，"这下子又是一大堆逃不掉的工作"。估计很费功夫吧。但我也是豁出性命、自掏腰包，才艰难地走到这一步啊，怎么可能轻易变卦。我在心中暗自嘀咕。

不过，在处罚之上，我还希望A能接受心理治疗。

"啊？治疗……吗？"

N检察官的脸色黑了下来。

"是指什么？"

在等待执行逮捕的期间，我查阅了不少专业资料……我开始滔滔不绝地向N科普，跟踪狂是一种病，存在有效的治疗方法。

"也就是说，您希望A在接受处罚的同时也接受治疗，对吗？"

没错。之所以希望A接受治疗，是因为消除他对我的病态执念，对我自身来说，是安全性最高的做法。并不是对他抱有同情。

"原来如此……"

其实说到底，我对量刑该有多重或多轻，本身没什么概念。并不是盼着对他施以极刑，觉得他只要犯了罪，就该一律死刑伺候。

"哦？"

如果以 A 犯下的罪行，法律规定该判一年有期徒刑，那按照条文执行就好。如果他同意接受治疗，就必须考虑给予减刑，这种做买卖、讨价还价的方式，恕我难以理解。就好比为了减刑而谢罪，我很难认为对方是发自内心在反省。作为受害者，光是想想就会来气。服刑归服刑，治疗归治疗，我希望不要把两者混为一谈。

"原来如此。"

那么，为了能使 A 得到治疗，能请检方给予一些协助吗？

"啊？我们？"

我请教过心理咨询师，据说以前起诉一旦确定，被告人的律师办理保释申请时，会将犯人保释后的住处，限定在接受治疗的医院，也就是千叶县的下总精神医疗中心。

"哎呀，这个我们办不到……治疗要花三个月吧？在这期间，就无法进行公审了？况且地点又在千叶县，从香川县如何将其移送过去呢？谁负责陪同呢？预算从哪里出呢？不可能的嘛。"

N 检察官理解我的心情，但似乎无意助我一臂之力。据我从小早川老师那里听来的事例，判决日是在患者住院期间决定的。医生会告诉检察官与法官，审判日需要延期。法官会尊重住院治疗应有的连贯性，将审判日推迟至出院那天。此外，从地方城市的保释场所，到千叶市的医院，小早川老师属下的警卫员会陪伴同行。据说也会有警官随行，留宿在医院进行监护。警官、律师、法官、检察官、医生，每个角色都以实际行动，来保护受害者的安全。这样以社会利益为目的，各方通力合作，一起改变现状的做法，被小早川老师看在眼里。

用她的话形容，这就仿佛在磐石般岿然不可撼动的规则之上，打开了一个通气孔。

虽说仅有一例，但也说明公检法三方，配合治疗命令做出相应的决定，并非不可能。虽然与日常的职务履行方式略有不同，但各职位上的负责人，都在自身可裁量的范围内设法给予通融，应该也是可以实现的吧。在那些除了日常执行职务之外，不做任何其他考量的人看来，这种做法也许是所谓的"走后门""不正当手段"，但我也是抱着"不行就算了"的想法，提出来试试而已，谁知狠狠地碰了钉子。假如世间原本就对每一个罪犯处以刑罚的同时，也命其接受治疗，我也用不着苦苦费这些脑筋和口舌了。

嘴上说着不行就算了，但实际上，我还是又挣扎了一阵儿，在小早川老师和下总精神医疗中心平井慎二医生的小论文后面，附了一封絮絮叨叨的信，试着寄到了高松地方检察厅。然而遗憾的是，N检察官依然不为所动。

"内泽女士……您是不是被人给骗了？"

说得好像我遇上了恶意欺诈。看来确实不得不作罢了。但是我想，这些举动，至少在N检察官的心里烙下了一点印象：世上存在热烈盼望给跟踪狂提供医疗救助的受害者。总之，一人也好，两人也罢，我希望司法从业者能意识到医疗的必要性，意识到对跟踪狂放任且不加干预的危险性，以及感受到受害者的忐忑心情。只要能提醒他们这一点，哪怕被认为麻烦多事，我也无所谓。

大概是出于对我的补偿吧，N检察官一板一眼、可丁可卯地按照自己职务的本分，在本次的名誉损害罪之上，又合并了一年前的恐吓事件，一起提出了起诉。

还在起诉被受理之后，提醒我：

"制度保证，在公审当中受害人有权进行意见陈述。您打算怎么办？"

据说检方还可以为我安排代理律师。哎呀，那当然要陈述了！请务必给我一个发言的机会。若问我有什么想说的，正如此刻这本书一般，千言万语如同滔滔江水！

"哎呀，这个，您如果发言过长，或者内容与案子关系不大，有可能会被法官打断的。请尽量控制在五分钟以内。最好还是……您把想说的话写成稿子，事先拿给我看一看如何？"

了解。多谢费心。我把起诉受理的消息告诉了藤吉先生，他马上说："想办法把起诉状搞到手吧。"但不做点打通关节的功夫，据说这种东西受害人是看不到的。我把此事委托给了藤吉先生。

在我忙这忙那的工夫，A 那边的律师通知说，保释请求已经提交。在起诉被受理，法庭举行公审，做出判决之前，处于羁押中的被告人可以缴纳保释金，暂时赎取人身自由。法官会在听取本案检察官的意见之后，下达决定。保释金的金额多寡，依据被告人的经济状况来裁定。保释期间，嫌犯的居所一般为自家，但正如我向 N 检察官请求的那样，有时也可指定为医院。嫌犯若因持有违法兴奋药物而被起诉，在认定其有成瘾症的情况下，等待公审的时间内，在医院接受治疗的例子也并不少。只要犯人公审时声明自己正在治疗中，有时还能获得减刑。被告方的律师会为其安排好入院事宜。但正如我前文中提到的，在跟踪狂案里执行这项措施的，仅有区区一例。

当然，保释条件明确规定，保释期内A不得接近我的住处，但这并不意味着A会处在警方的监视之下。只要对方的律师没有意愿在保释委托人的同时，也负责安排好他的治疗，这种保释对我来说，就是不变的巨大困扰。就算A的律师愿意提出治疗申请，N检察官也肯定会予以驳回。于是我向N表达了自己极度惊恐不安的心情，希望检察官不予保释。

单是提出请求，就让我怕得要命，这话可绝不夸张或矫情。实际上，我为此浑身发僵，犯了腰疼病。别看我摆出一副坚不可摧的气势，其实因为担心提起诉讼本身会招致A更为强烈的仇恨，我紧张得如同惊弓之鸟，连走路都分外吃力。这种状态波及全身时，腹部也变得硬邦邦的，右髋内侧的肌肉绷得像琴弦，用指尖从上面触压，就能感到极强的肌张力。当我得知A的保释请求被法官驳回时，腰痛才得以缓解。之后，在判决下来之前，A又数度提出保释，均被驳回，每一次我都会陷入相同的状态。

起诉被法院受理，到判决下来之前的这段时间，据说去拘留所与A面谈会比较容易。小早川老师说，如果希望由她介入，进行加害者心理疏导，也就是与A面谈的话，此时正是机会，于是她问我想怎么办。

一旦刑期确定，案犯被转移至监狱，便很难再追踪和把握他的动向了。只要服刑者不主动写信联络,从狱外寻找其下落将困难重重。这次,我可以利用"受害人告知制度",收到A具体在哪个监狱服刑的通知,但每所监狱的规定各不相同,除直系亲属以外,其他人能否与服刑者会面,还不得而知。

在A被押送到监狱以前(确切来讲,他是否会被判刑仍是未知数),委托小早川老师与他做几次面谈,至少可以让A认识到,老师是我的代理人,或是沟通窗口。必须让他接受这一点,即老师并非我在法律意义上的代理人,而是他向我发泄不满与愤怒的"中间人"。小早川老师说,这既是为了保护我,同时也是为了加害者A着想。

此话不假。有话想说的时候,如果直接联络我,会触犯禁令,属于犯罪行为。如果上一次也有小早川老师站在我们中间,A至少就能把心头涌起的不平之意——"凭什么道歉了还要被逮捕!"向着老师尽情宣泄了。假如老师能够运用针对跟踪狂的专业辅导技巧,向A解释清楚,告诉他"那是因为背后存在如此这般的隐情"。"啊,是嘛。"A那些难以开解的心结,估计也便因此而释怀了。但凡有一点专业的心理干预,恐怕A也不至于任由胸中的恨意发酵膨胀,最终跑去2ch上大放厥词。

再者,出狱后的A又会对我抱着怎样的想法呢?万一我写了什么文章,或是网上刊载了关于我的访谈、报道,结果被A瞧见了,就算内容与这起跟踪案无关,只是描述我在岛上的日常,他会不会像之前那样愤愤地想,"我这么倒霉,可那个女人却如何如何"呢?为了将今后的不安因素掐灭在苗头状态,保证我能无拘无束地从事创作活动，我希望尽早安排小早川老师与 A 的面谈。

我拿这件事问了一下藤吉先生的意见。

他说："愿意接纳受害人安排的心理咨询或面谈，将会成为嫌犯正在反省的证明，有极高的可能性会对判决结果有利，我猜对方的辩护律师会积极说服他的吧。"

从我个人感受来说，我对于这样的安排可能会成为 A 减刑的理由感到很不高兴，但也没什么办法。

"另外，顺便和对方交涉一下，让他删掉 2ch 上的帖子。"

对了。帮我查明 IP 地址的藤吉先生，同时还从事删帖业务。只是，能删掉的仅限 2ch.net 上面的原帖，而留在镜像网站①的记录是无法删除的。我心说："结果不是没什么区别吗？"就没有委托藤吉先生处理。

"让 A 花点钱删帖，可以在他出狱后有效牵制他的行动，使他想骚扰您也无力办到。"

原来如此……是要斩断他的资金源吗？还有这样一种思路。确实，想直接从事骚扰活动，就必须有钱支持啊。

我向 A 的律师提出由小早川老师进行"加害者心理辅导"的请求后，对方二话不说便做好了面谈的安排。删帖的要求也立即得到了肯定的答复。为此需花费一笔不小的数目。我想起 A 曾说，违约金只

---

① 镜像网站，即把一个互联网上的数据"拷贝"到本地服务器，并保持本地服务器数据的同步更新。它和主站并没有太大差别，或者可算是为主站做的后备措施。——编者注

能以分期形式每月偿付一万元。就算他一次性拿不出全额违约金,但由此事可见,设法筹措一定的数目还是没问题的。这让我心里一阵难受。

28
意见陈述·公审

公审时意见陈述的稿子,不出所料确实很长。在此我略微交代一下内容的概要。

首先,我讲述了自己遭受骚扰后,怀抱着多大的恐惧与不安,不仅摸黑跑路一样连夜搬了家,甚至连车也一并换掉,生活与工作皆蒙受了莫大的损害;其次,每当我为了工作出席公共场合的活动,或描写自己的生活近况,总免不了担心 A 会做出什么反应,因而惴惴不安;再者,我之所以敢于下定决心,在法庭之上大声申诉,是因为自从事发以来,每位与我打交道的公职人员,从刑警、检察官、律师到法官,全员皆为男性。我十分怀疑,对方能否完全理解我所感受的恐惧。

自从 A 开始在 2ch 上散播诋毁中伤我的言论,因为不知道谁会带着怎样的眼光阅读这些帖子,我对每个见面的人都感到畏惧,其中尤以和男性单独面对面时最为痛苦。哪怕对方是为我提供帮助的律师、检察官或刑警也一样。工作中来往的一些人,有的我完全不认识,但对方却认识我。万一有谁读了这些丑恶且不知廉耻的帖子，认为我是个随便怎么对待都没关系的女人，对方很有可能会试图接近我、尾随我。

从男性视角来看，有人大概会笑我"想太多"。但有谁能够保证，这样的事情绝对不会发生呢？从力量上来说，我完全无法匹敌的男性，假如对我抱有猥琐下流的想象，这将是多么令人不快，又多么令人恐惧的体验？单是为了陈明这一点，我也宁可忍受当众丢脸的羞耻，必须大声地向法庭申诉。

况且，2ch 上的发帖，以现今的技术手段来说，压根没有完全删除的办法。假如是公共卫生间里的涂鸦，多刷几遍油漆，或用砂纸打磨打磨，便可清理干净，而网络上的诽谤中伤，岂止不会消失，还会自动复制、扩散。对那些散布侮辱性言论的人来说，或许是一场轻松的发泄，可以把胸中的恶气一吐为快。但是在受害者看来，却无异于生涯性的永久创伤，一辈子也不会痊愈。我必须背负着这份恐惧，任它伴随自己一生。这样的终身伤害，单单判个名誉损害罪，是无法补偿的。我希望在座所有司法从业者，都能认识到这一点。

此外还有一点，便是对 A 二次犯罪的忧惧，以及 A 接受心理治疗的必要性。自从 A 因恐吓罪被逮捕，我选择了不起诉，而达成和解之后，不出几个月他便撕毁协议，再次犯了名誉损害罪。而他再犯的理由，竟然是我新书的后记。关于案件的情况，我明明一个字都没提及，仅仅因为我居住在小豆岛上，在他眼里就成了卑鄙的欺骗者。单凭这样的病态心理，就算把他送进监狱或是怎样，我今后不管再写什么，依然有可能再度激起他的仇恨，使他向我发起攻击。

针对这种异常的执念，我做过不少研究调查，得知这类无法消除的恨意，与药物或酒精依赖症一样，是凭本人的意志无法克制的一种疾病，同时也存在治疗方面的实践，这才终于理解了 A 行为背后的机制。然而，我不希望法庭因为这是一种精神疾病，便在处罚时从轻发落。A 咬定自己是生活救济金的领取者，有恃无恐地认为，我肯定无法发起违约金索赔，将他告上法庭，于是便翻脸撕毁了和解协议。所以，我恳请法庭不考虑一切减刑的可能，给予他严厉而公正的惩罚。在此基础上，我也希望 A 承诺今后绝不再靠近我，同时能接受心理方面的治疗。

凭什么受害者就理该生活在对加害者的恐惧之中，不仅被迫改变生活场所，就连工作也必须受到种种限制？我对此完全不予接受。我应该拥有像普通人一样生活的权利。

把整篇稿子仔细通读，削减了篇幅之后，文字量依然是本书这段概要的两倍。我把手表摆在面前，全文朗读了一遍，发现耗时超过二十分钟。然而，实在没法再删了。在我修改发言稿的当时，虽说希望能将自己的受害经历，包括加害者治疗的必要性等内容，全都清清楚楚地用文字记录下来，但自己能否战胜恐惧完成书写，有没有出版方愿意给我公开发声的机会，我心里一点谱都没有。唯有眼前这份意见陈述书，可以用我的名字发言，并留下公开的记录。

我把无论如何想要当庭陈述的部分做了颜色标记。假如 N 检察官提出文章太长，我就当着他的面保证，只留下有颜色标记的文字。

N检察官读完只评价了一句，"充分表达了受害人的内心感受"，并没要求我把文章改短。这是否意味着，上庭时我可以通读全篇？在这种时候，谁都绝不可能清楚地告诉我，读得超过时间也没关系，N检察官自然也不例外。给个口头保证也不行，就这么害怕被人抓住话柄吗？

某律师告诉我，受害者的意见陈述，对判决不会造成任何影响，就算做了也是白搭。甚至说，受害人不该发言要求给被告提供医疗机会。倒不如向法官表示，希望把被告一辈子关在监狱里，应尽量争取判其更长的刑期，哪怕多一个月也好。原来如此。或许存在这样的做法。恨不能让A尽量长久地待在监狱里，哪怕多一个月也好，这样的心情我未必没有。不，我确实有。

不过，跟踪案的受害者为了终止加害者无止境的仇恨，希望对方能获得治疗，何以竟让大家觉得如此不可思议？不如说，我质疑这种偏见的愿望其实更加强烈。若问治疗之后，无法控制自身言行的过度执念是否便会彻底消除，其实成功率并非百分之百。但纵然如此，我也希望能治就治。在我看来，这是最为自然的想法。假如因此被人误解为身为受害者，对惩罚加害者的心理渴望度太低，那可太不公平了。

况且，我听说由小早川老师安排入院的那十五个人（当时），在接受了条件反射控制法的治疗后，全都消除了对受害者的病态执念，对接近、攻击等行为有了自制能力。考虑到加害者出狱之后，没有任何社会干预，完全处于放任自流的状态，我倒想反问，哪个受害者会不希望对方能入院、被治好？

我能考虑到的反对理由，大概是司法实践中对刑法第三十九条的应用：对完全丧失认知能力者，免于处罚；对认知能力低下者，从轻量刑。假如加害方因患精神疾病而要求治疗，极可能法庭会做出对受害方不利的判决吧？这样一来，就大大偏离了现实中导入治疗的初衷。将低保当作挡箭牌，撕毁协议，上网大肆发帖的 A，总归没法声称自己不具备刑事责任能力。至于网络发言不可能彻底消失这件事，鉴于有关他犯罪前科的报道至今仍留在网上，为此他还特意取了假名字，所以 A 也很难推说不知道。而认知低下这一条，A 就更不符合了。能开动各种歪脑筋去犯罪的人，没有任何减刑的余地。只是，我希望他能接受治疗。

假如认知能力低下者，可以利用刑法第三十九条谋求减刑，那么即使加害方真的患有需要治疗的精神疾病，受害方为了力求严惩，也必须拒不接受，并需要态度强硬地坚持到底。可万一保释期间，加害人再次做出了危害行为呢？受害人该怎么办？这样做道理何在？又对谁有好处呢？

哦，或许是这个缘故，我才对法庭悬疑剧有些提不起兴趣吧。里面净是些只关心胜负的人。

管它有利还是不利，我只想在法庭上坦诚地表达自己的心声。身为受害人，既不是证人也算不上哪门子重要角色，但如果有机会让法官听一听我的意见，不只是请求对被告予以严判，此外还可以让他了解到，为了使受害人今后能安心生活，对加害人进行治疗亦是必不可少的。或许提出来也不会有什么结果，但为了切实保证 A 能入院，我会请求法官下达治疗的命令。哪怕我明知很难办到，也必须大声疾呼。假如做不到持续不断地发声，现实就永远不会有任何改变。

N 检察官发来了公审的日期通知。时间很短，只有一个小时。我的意见陈述环节，说是改日再进行。

"那么内泽女士，公审那天您要到庭旁听吗？"

是的，当然。

"那么，当日公审具体如何推进，我无法保证，不过会尽量预约一个设有许多旁听席的大房间。我想这样一来，您的存在就不会特别醒目了。到时候，可能还会有新闻记者旁听。当然，庭审期间不会报出受害人的姓名、住址。关于您的职业，也不会清楚地提及。您之前那份陈述稿，如果存在可能暴露工作内容的地方，也请修改一下。另外，意见陈述环节，我会设置一扇屏风把您的位置遮挡起来，保证从被告席和旁听席都看不到您。"

多谢费心，为我考虑得这么周到。我感到非常放心。

N 检察官不肯引入对 A 的治疗，但除此以外的方方面面，都一丝不苟、尽心尽力地做了细致的安排。这点我真是感激不尽。

小早川老师会赶在开庭之前，去和羁押中的 A 面谈，这件事一直是瞒着 N 进行的。警方表示，要尽量切断外部与加害人的联系。当然，我也没有向小豆警署汇报此事。

司法方面不赞成为了 A 的治疗采取措施，所以对我来说，小早川老师成了唯一的安全保护屏障，她就如同一堵防火墙。只有这一点，我不打算遵从警方的指示，但愿他们能网开一面。接下来 A 若再有什么动作，警方依然会出面为我提供保护的吧？但也仅限 A 的行为极端恶劣的时候。如果只是有一点小火苗，熏了几缕黑烟的状态，他们会声明"民事不介入"，不予采取行动。这一点我上次就领教了。换作是小早川老师，别说火苗了，哪怕再小一点火星，她也会及时帮我扑灭的。

小早川老师能与 A 面谈，对于我来说，自然是求之不得的。但表面上，还得装作是老师自己主动提议的，而我只是勉为其难地答应了而已。然后，由藤吉先生向被告的律师转达了这个要求。这当中各种微妙的进退周旋，都是藤吉先生一手包办的。我可玩不来这套把戏。

面谈的条件确定下来：小早川老师要将所有的谈话内容写成书面报告，在公审的时候作为资料提呈给法庭。同时，起诉状也拿到了。对了，作为受害人，我虽然也收到了开庭通知书，但上面只列出了被告人姓名、案件名与编号、日期与地点，以及法官的名字。

在 A 知情并同意的情况下，被告方的律师将起诉状经由藤吉先生之手，转交给了我。这份文书是由 N 检察官向高松地方法院递交的，上面记载了被告人 A 的居住地、籍贯、职业、出生年月，接着是公诉事实的陈述，除了附有 N 检察官撰写的 A 所犯罪行的概要，还细致地以附表方式，将 A 发给我的恐吓文，以及 2ch 上的诽谤帖，各选了五条列在其后。怪不得。我总算明白了藤吉先生建议拿到起诉状的用意。起诉罪名是恐吓及名誉损害。最关键的量刑建议……看样子会在公审时提出来。

A目前被收押在高松监狱。这所监狱貌似还兼作拘留所。给小早川老师批准的面谈时间只有短短二十分钟。

"A君呢……一上来就说要向内泽女士表示歉意。瞧他的样子，战战兢兢的，好像特别害怕。有一种不知道未来会发生什么的忐忑感。"

啊……

不知道未来会发生什么……这点我也一样啊。

"内泽，您的反击据说给A造成了蛮大的打击。目前来看，您是获胜状态。"

嗯……是嘛。我一点得胜的感觉都没有。A只是害怕蹲监狱而已吧？之前他倒是声称自己绝不会怕的。

"然后呢，我跟他谈了一下治疗的事。他主动表示希望接受治疗，这倒让我有些惊讶。"

是在老师的心理辅导下，产生了这样的意愿吧。可就算他想要治疗，现在也不能马上入院啊……

"是啊。"

于是，A随同小早川老师去了高松市的免费法律咨询中心。A在中心借了一个房间，与藤吉先生，及A的辩护律师Z先生，四人共同做了一个会谈。Z先生首先表示了谢意。删帖的事情，原本该由他负责调查和寻找途径，现在这些功夫都省去了，2ch上的帖子已顺利删除。原来如此。竟然便宜了对方。当初拼了命往东京挨个打电话，感觉像在阴曹地府里东奔西跑，费尽千辛万苦，好不容易才找到藤吉先生的，是鄙人我。A连可以删帖的人都找不出一个，把自己写的帖子建的贴吧统统丢在那里，以为只要道个歉就没事了。简直不负责任到极点。假如因为删帖，而被法庭当作是A反省的证据，老实说，那我真的肠子都要悔青了。

小早川老师向Z律师征询，A本人有意接受治疗，他能否提出保释申请，拜托检方将保释期的住所，指定为千叶县下总精神医疗中心。他马上拒绝道："指定到千叶？怎么可能呢！"那是不是将地点改在高松附近，情况就会不同了呢？

实际上，在我撰写本书之际方才得知，德岛也有医院导入了条件反射控制疗法，可以接收跟踪案的加害者入院治疗。想到假如能再早一年……我就懊悔不已。每当我说，"哪怕由我来承担交通费呢，也要趁这个男人没有改变主意之前，赶紧把他送去治疗"，听的人总是回答，"不明白你为加害者考虑得如此周到，到底有什么意义"。

哎呀，都说了我做这一切并非为了A，是为我自己的安全着想，才期望让他接受治疗。设法删帖也都不是为了判决能对A有利，而是想要确保我自身的长期安全。真是要被气昏头了。从A的罪名来看，恐怕顶多能判一年多点。一年过后，要是他又在外面为非作歹，那么就算治疗多少会给A减点刑，但只要不将他送去治疗，我的安全就难有保证。所以我才会这么辛苦，不是吗？看起来好像是我话太多，但我真的认为，严惩与治疗能够两手同时抓，当然更好。

公审当日，我没赶上渡轮的发船时间，最后一刻才勉强冲进高松地方法院。当天的所有公审信息，都显示在法院一楼正门旁的布告板上。我一进法院，就见三个中年男性在那看布告，布告上面记载着罪名与案件编号。他们大概是新闻记者吧。看模样都挺陌生。三人有一搭没一搭地议论着今天没什么引人瞩目的案件。

我从旁听席的入口进去，刚一落座审判便开始了。和押送进法庭的 A 有一瞬间四目相投，我不想避开视线，狠狠瞪着他。A 也用嫌恶的目光看向我。他体重长了不少。从体形和那张脸，就能明白他过着不健康的生活。光是看着，就令人不快，心情变得很差。也许我今天不应该来吧。

更让我难受的是，被告人讯问环节时 A 的发言。据他自述，某天在居酒屋和朋友聊天时，他抱怨："我明明道了歉，却被逮捕了。"朋友发出质疑："那也太离谱了吧？"当时 A 便心说："没错啊，果然很没道理。"这件事成了他后来骚扰行为的起因。你脑子有病吗！我真想脱口大喊。凡事只拣对自己有利的一面来讲，骗着朋友说出"太离谱了吧？"然后再拿这句话作借口，把自己的仇恨正当化、合理化。

此外，A 还自称在网上发帖那会儿，曾就着从心理诊所拿到的处方药，连喝过六罐啤酒。我之前总是想不通，一个得了抑郁症的人，哪来的劲头在网上不停发布恶毒且极具攻击性的帖子，听了这番话，才总算恍然大悟。可即便如此，精神安定类药物是禁止与酒精同服的，这一点哪怕没有抑郁症的我都知道。更何况，医生给 A 开过好几个月药了，都没发现此人的异常吗？监督未免太不到位了吧？我气不打一处来，真想好好质问那位医生，您真的希望把病人治好吗？

Z律师对A的询问，似乎试图给法官制造一个印象，就是A发帖的时候，在酒精与药物的双重作用下已接近不省人事的状态。估计在打减刑的算盘吧。律师是在尽他职业的本分。而我心里，却有一股汹涌而来的厌恶，压都压不住。

A对自己犯下的罪状全部供认不讳。而我胸中的怒火却仍旧如沸水般翻滚不止。万一他否认了其中一部分，我会是什么反应呢？毕竟我也拿不出勇气，像电视剧里演的那样，冲上被告席，把他揍一顿。

29

判决

　　第一回公审后,隔了两周的空档,我作为受害人,进行意见陈述的日子来了。上回我是旁听者,从一个没有闲杂人等出入的旁听者专用门进场之后,直接落座在了旁听席。电视剧里每到传唤证人上庭环节,就会从旁听席"唰"地举起一只手,而后那人站起身,穿过一众旁听者来到法官面前。

　　可轮到我的时候,我不希望被旁听者,尤其不希望被A看到自己的脸。正因为考虑到这一点,检察官特意为我设置了遮挡,据说入口也与其他人不同,是检察官出入的那道门,位于面朝法官的左边那面墙。右面墙上那道门,似乎是被告人A与他的律师入场时用的。法官会从哪道门进来,我没做了解。

　　N交代我,公审开始三十分钟前,先到地方检察厅来一趟。高松地检所在的法务联合办公大楼,与地方及高等法院所在的法院大楼毗邻,都在同一片建筑用地。我在事务官的带领下,走出地检厅所在建筑的后门,穿过停车场,走向法院大楼的后门,来到了司法人员的等候室。事务官叮嘱我发言之前在此等待。去往法庭时，大概已经开庭了吧。一名法庭的女性工作人员把我带到走廊，我稍候了片刻，才在她的指示下推门走了进去。踏入法庭的瞬间，眼前是一条用屏风围出来的通道，沿通道走到头，我便站在了法官面前。被告席、检察官席，及旁听席，一概看不见。多么奇妙的体验。

我猜屏风的对面就是 A，心里未免别扭。但眼前有或没有屏风，感觉大不一样。单单是看不见那张脸，我便轻松了不少。在法官叫停之前，我一直在朗读陈述书。原以为自己并不紧张，谁知呼吸越来越急，中途还咳嗽起来，法官并没有打断，最后我读完了全篇。

屏风对面的 A 一直沉默无声。以前，发生过跟踪狂杀人未遂的事件，被告人隔着屏风大喊"老子杀了你！"打断了受害者的意见陈述。我脑子里事先有了这幅画面，一直很紧张，担心 A 会干出什么事来。结果全程静悄悄的。莫非 A 真心反省了？

接着，检方发表了公诉词，求刑建议为有期徒刑一年。

N 检察官的发言一部分引用了我的陈述词，而后表示："受害人抱有从严判罚的期待，从其遭遇来看，有这种心情也属天经地义。法庭必须在量刑上秉持公正，给予被告应有的惩罚。"

宣判在公审结束十日以后。结果为有期徒刑十个月，不予缓刑。判决理由书上记载的适用法令为：刑法第二百二十二条（恐吓）、刑法第二百三十条（名誉损害）、刑法第五十六及五十七条（再犯从重论处）、刑法第四十五条前段（数罪并罚）、刑法第二十一条（计入未决羁押日数)、刑事诉讼法第一百八十一条增补条款（诉讼费用的承担）。所谓数罪并罚，粗略来讲是指，假如有两项以上的刑罚同时发生，则按最重刑期的一点五倍来量刑。此外，再犯从重是指，距离上次刑满释放尚未超过五年时，若有再犯行为，则从重量刑，最大可将刑期增加两倍。所以呢？A 到底属于轻判还是重判？我也不清楚。太复杂了。计入未决羁押日数，是以羁押令下达之后的法定天数作为对象。本次判决没有全部计入，只加算了二十天。这意味着，实际对 A 只判了九个月零几天。

记载量刑理由的公文，略微触及了我在陈述书中的意见："受害人在法庭上表露出至今依然未能消除的不安，希望对被告人予以严判，有这种心情可谓理所当然。"

另一方面，A 在患有抑郁症的同时却不节制饮酒，关于这一点，法庭的意见是，鉴于 A 违反协议二度犯罪，"不存在以此为由、斟酌轻判的余地"。

此外，A 对现有罪状供认不讳，着手办理中伤言论的删帖手续，并发誓回归社会后，绝不再度接触受害人，为防止再犯，他计划接受心理咨询及入院治疗，考虑到以上表现，法庭最终确定判其十个月有期徒刑。

我的受害人意见，检察官、法官都曾有提及。关于这一点，正如我以前采访过的某位律师所言，受害人意见或许"对量刑没有任何实质影响"。但至少从字里行间可以读出，他们在量刑时斟酌过我的感受，这让我由衷感到欣喜。

问题在于，删除了一个 2ch 上的贴吧，承诺回归社会之后接受治疗，便能获得减刑。尽管一定程度上我已做好心理准备，但必须说，在量刑方面，我把对 A 有利的事全部做了一遍。太复杂了。

而且，过了一阵子，我从检察官那里收到一份通知，称 A 提出要上诉。藤吉先生虽然解释说，这是被告人法定的权利，但我还是心惊肉跳。明明在法庭上对自己的罪行悉数供认不讳，回过头来却发起上诉？也就是说，法庭上的认罪、与小早川老师面谈时可怜巴巴的道歉，全部都是装的，此人压根没有一丝反省之意？又或者有谁给他出主意，送去了关于我的什么资料，读过之后他改了心思？

我委托藤吉先生联络了 A 的律师 Z 先生，据说 Z 也大吃了一惊。他并没有经手 A 的上诉事宜。有很高可能性，是 A 自己在处理相关手续。Z 最后一次见到 A 时，还向他解释过，即便再上诉，能在如今刑期之上再获减刑的概率也非常低。当时 A 态度顺从地接受了 Z 的意见。为什么 A 的主意三天两头变来变去？

他到底在想什么嘛！真教人捉摸不透。想到万一 A 像怪兽似的忽然凶性大发，我就慌得要命。在目前什么都不知情的阶段，想太多也无济于事，可我还是忍不住猜测，A 会不会对我的意见陈述抱有不满？毕竟再怎么说，此人也有一言不合就翻脸的历史记录。

唯一能庆幸的，只有高等法院也在高松这一点了。如果住在只有地级法院的县里面，A 上诉到高等法院的话，搞不好我还得来回奔波，留宿在当地。不过，当然，真要是有那么一天的话，我绝对会再搞个升级版的意见陈述书读给他听听。

小早川老师发邮件说，要反其道而行之，寻找使 A 加入治疗的途径。

没过多久，检察厅又给我寄来了通知。不过这回是高等检察厅。拆开信封，只见最终意见栏里打钩的一项是"撤销上诉"。啊？看样子刑期已定，被告人即将服刑，不存在什么二审了。可这个"撤销上诉"，是谁干的呢？假如是高法拒绝受理，那不是该叫驳回吗？

我请教了藤吉先生，才得知是 A 本人主动撤回的。什么跟什么嘛，我彻底被搞糊涂了。而且，原本我打算在 A 刑期宣判之后，继续向检方申请办理"加害人处置情况通知"的，被这个上诉风波一闹，今后不能再和高松地检打交道了，必须向高级检察院申请才行。

刑期通知书的信封之内，还附有"加害人处置情况通知"的申请资料，内容十分难懂。能获得通知的有以下几项：A 在监狱内的处置情况、假释审理的开始及释放日期、狱外考验期的截止年月日。在此之前我从不知道，假如 A 在监狱内表现良好，就可以在刑满之前获得假释。而没有执行完毕的刑期，就是狱外的考验期限。

据说，只要提交"处置情况通知"的申请表，司法机关便会将 A 所有处置的具体日程告诉我。

然而，除上述内容以外，在资料最末端，才记载了一行：若经检察官认定确有必要，可将加害人出狱前的最新预定日期及出狱后的居住地告知受害人。咦？这是怎么一回事？

后来我才得知，假释的准确日期，非释放之前不能清楚确定。一来通知这些事项，会花更多工夫，再者也牵涉到加害人的人权问题吧。不过，对受害人来说，犯人出狱后，简单发来一句通知，说"××出狱了"，和哪怕提前三天也好，告知在××日××地点××即将出狱，两者有极大区别。受害人肯定想知道得更详细吧？

那么，关于出狱的预定日期，及出狱后指定居住地的通知，该怎么去跟检察官协商呢？信封里的申请表上，并没有填写结果的这一栏。也没有有关申请方法的任何指示。我慌忙给高等检察厅去了个电话，了解到另外有专用的申请书，便马上索要了一份。

假如是之前负责我案子的N检察官，听我谈了那么多感受，会非常清楚我内心到底有多恐惧。然而，本次的商谈对象是高检厅从来没说过一句话的陌生检察官。万一对方认为"就这么小的案子"，那我就没办法了。和藤吉先生沟通后，他替我起草了一份申诉书。我又交给小早川老师，请她针对A再犯的可能性，添加了一大段意见。而后将这份申诉书，连同申请书一起装进信封，寄给了高检厅。

就这样，在法庭宣判后两个月，A确定开始服刑也过了一个月之后，我才终于拿到资格。今后A的假释日程，包括出狱后的指定居住地，我都可以得到通知。此外，往后所有的通知，都会交由做出有罪判决的高松地方法院直接对应的高松地检接手负责。吁……

如果在A撤回上诉的当时，便能把一切手续交回到高松地检，我不就安心多了嘛。好吧，政府部门有各种流程要遵守，也是没有办法的事。被A的上诉一闹，手续耽误了这么久，在这期间A被押送到哪里去了我也不知道，每日都处在忐忑之中。我甚至觉得，这大约是

A的一种"合法骚扰"。

隔了一周左右，高松地检寄来了A的处置情况通知书。上面记载了执行完毕的预定日期、监狱的名称与所在地、劳改作业的工种和改善指导课程的名称。此外还有一项"限制等级"①，只标注了一个数字，具体是什么意思，我搞不明白。也没有优待、褒奖、惩罚之类的处置记录。

所谓执行完毕的日期，就是刑满出狱的日子，果然不出我所料，A被直接押送到了高松监狱。我比较在意的是"改善指导"这一项，上面记载的是"一般课程"。一般课程，是什么课程？若是能在这个项目里导入条件反射控制疗法，不就可以防止再犯的发生了吗？如此一来，我也能大大地放下心来，不是吗？

据我所见所闻，虽说该疗法不是针对跟踪狂，而是针对与跟踪狂一样不具备行动自控能力，因而总是再三重犯偷窃、猥亵等行为的犯人，但在案犯收监之后，如果其本人有这方面的意愿，刑务官便会为其尝试条件反射控制疗法，有的律师还会将指导手册等资料送入狱中，供犯人学习使用。

反正在监狱里漫无目的地混日子，又能有什么收获？行动自由受到限制，就算从事一些叠纸箱之类的轻体力劳动，对服刑者来说大约也是痛苦的。作为受害者来说，同样也不会有"算你活该"这样的

---

① 限制等级，指犯人在监狱服刑期间，享受的人身自由度，通常分为四个等级。例如：按严格程度，一级为管理严格程度最低级，牢房可不设门锁，也不必在狱警的押送下行走活动。——编者注

心情。如果劳改所得，都能用于对受害人的赔偿，我倒还能明白这样做的用意。我衷心希望狱内开设的指导课程，都能切实帮助犯人发自内心地反省，让他们去思考该如何对受害人给予补偿。

小早川老师给高松监狱里的 A 写了封信，为了在其出狱之后也成为我俩之间的一道安全屏障，也为了与 A 建立一定程度的信赖关系，支撑他在出狱后也能继续保持治疗意愿。甚至，如果 A 本人乐意，老师还打算给他寄送条件反射控制疗法的应用手册。

然而左等右等，却迟迟不见 A 的回信。羁押期间，此人在面谈中，曾那样口口声声表示希望接受治疗，法官正是采信了这一点，才给了十个月的轻判不是吗？量刑理由里不是说"发誓入院治疗"吗？就算事后变了卦吧，就没有谁能追究这种出尔反尔吗？

而我已然透支所有能量，再也涌不起一丝愤怒的气力，彻底陷入了沮丧之中。A 也许自食其言，再也不打算接受治疗了吧。愚蠢透顶。当真是愚蠢透顶。接下来的一段日子，我什么也不愿再考虑了。

给小早川老师回复了邮件之后，我便进入了自我封闭状态，希望和与该事件有关的一切拉开距离，试图忘却所有烦心事，每日只照料几头羊，和小羊们说话，不愿再与任何人发生交谈。小羊们在任何时候，无论我消沉或是怎样，总望着我咩咩叫，看我有没有给它们拿来美味的草叶，恳求我带它们到长满了鲜美嫩草的地方去玩，多余的话一概不需讲。对我来说，这是多么求之不得啊。

想要记录自身体验，"必须写点什么"的欲望，也暂时冻结了。总之，我希望大脑彻底休息，忘掉事件的一切。之前我还曾计划，将

A的治疗及效果也作为实际体验的一环加以记录。假如A能够被治愈，我不仅无须再担忧自己会因创作再度遭受他的袭击，安心生活也有了切实保证；更为关键的是，跟踪狂能够被治愈，几乎是所有人仍然未知的一件事，我渴望自己写出的书能让大家读后感到惊讶并改变认知，这样的野心不是为零。

当然，仅靠成功的体验，是构不成一本书的。作为非虚构作品，将失败经历也无所避讳地记录下来，方能增加真实性。而我，头脑中十分清楚：在A变身为跟踪狂之前，即做出违法行为、成为加害者之前，仍没有什么可有效阻止他的应对策略；另外在其被逮捕之后，督促其积极接受治疗的干预制度，也还完全没有建立起来。面对这样的现实，我可以用自己的一支笔去描述、记录，将之呈现于大众视野。只是，此时此刻，我什么都不愿想。A绝对不可能找上门来，我打算安安心心地睡几天好觉，不再胆战心惊地东张西望，埋头在几头羊的喂养照料之中。仅此足矣。

人变成一个空空的躯壳，一晃眼便过去了四个月。某天，一个背面记载有陌生姓名的信封寄到了我的手中。从地址看，是来自地方检察厅。打开信封一瞧，却是四国地方更生保护委员会[①]发送的通知书。原来如此。更生保护委员会和地检厅，据说都位于同一座法务联合办公大楼。说起来，我还在联合大楼的入口处，看到贴有招募刑务

[①] 地方更生保护委员会，日本法务省保护局下属单位，由3人以上、12人以下的委员组成，专门负责处理少管所及监狱服刑人员的假释事务。——编者注

官的广告海报呢。

通知书的内容是 A 的假释审理即将启动。啊？这就开始了？距离刑满应该还有四个月呢。感觉上，我才刚有了片刻喘息而已。又要被拽回战场了吗？事到如今，我才惋惜起那减刑的两个月来。简直就像我拱手白送给 A 的一样。哪怕一个月也好啊，真盼望 A 能在高墙之内多待几天，让我再多尝一点安宁度日的滋味。

毕竟，直到 A 确定服刑之前，不管去到哪里，我都带着从警署租用的儿童手机和自己的手机，并且为了保证电量不致见底，总不忘随身携带充电器。除了挂脖式警报器，我还同时带有朋友送的手电筒，该手电筒不仅能瞬间释放出强光，而且是由分量极重、硬度极高的金属制成。此外，合法的开刃折叠刀，作为武器也寸步不能离身。走在高松的街上，我总随时做好拍摄视频的准备。一想到又要恢复全副武装、戒备森严的状态，我就忧郁得想死。

所谓假释，是指在刑期未满时，对犯罪分子实施附带一定条件的提前释放。自假释日至刑满日，当中的这段时间，保护观察所会对犯人进行定期的面谈与指导监督。比起刑期一满便将犯人放归社会，任其立即恢复到"野生"状态，最终陷入社会孤立，随时监管可防止二次犯罪的发生。在这样的考虑下，司法系统方才引入了假释制度。加害人若在保释期间违反了必须遵守的条件，便会被遣返至监狱。原来如此。这一系列安排的用心，我非常理解。毕竟再怎么说，能有谁定期考察 A 的状态，对于担心打击报复的受害人来说，都是项令人安心的举措。比原定刑期多少早一段时间释放，看来也是没有办法的事吧。不过，在保释考验期内，若能安排 A 接受治疗，我就能更放心一点了。

通知书的最末，作为特殊事项，还附有一条说明：假释审理过程中，设有受害人意见征询制度，受害人若有这方面的意愿，可在规定的日期之内联络。哦？我又有机会发表意见了？继检察官、法官之后，这次是考察官。又要向那些对跟踪狂的治疗现状一无所知的公职人员，科普治疗的必要性了？一想到这个，我就泄气。反正也是竹篮打水，白费力气。

且慢。这么早就认输，真的好吗？小早川老师自从与以平井医生为首的、跟踪狂治疗领域的医疗人士相识以来，针对治疗的必要性，不，确切来说是"下达治疗命令的必要性"，估计从未间歇地倡导了无数次。即使经历了远超我数倍或数十倍的失望，也从不放弃，一直战斗到了今天。更甚者，在她身后，或许还有一大堆迫于各种不得已的理由而无法发声的受害者。有的不堪于严重的骚扰，终日生活在痛苦之中，有的甚至遭到了残忍的杀害。正是她们的牺牲，才使受害者保护制度一点一滴完善起来，而我也是受到恩惠的一员。

尽管我已经不想再去向公职人员们进行有关"犯人需要接受治疗"方面的科普，但为了那些将来可能出现的受害者，我还是得继续战斗。明明拥有发声的能力，却不开口替受害者讲话，那活着还有什么意义？

30
假释

　　负责对 A 的假释进行审议的，是四国地方更生保护委员会。我试着给负责人打了个电话。该机构在全国共有八所，专门负责处理少管所或监狱服刑人员的假释事务。一来，我是为了确定直接进行意见陈述的日期；二来，我也想了解一下，假如在保释考验期内，考察官通过面谈发现 A 对我的仇恨情绪越发高涨，是否可以向我和警方发出预警。手头那封通知信里，对此什么都没有提及。

　　我对接电话的 U 考察官滔滔不绝地表示，迫切希望 A 能接受治疗，以消除其对我的恨意与执念。公审中 A 本人明明提出了治疗的意向，但服刑期间却没有对心理咨询师小早川老师的信给予任何回复，极可能已经翻脸不认账。

　　令人惊讶的是，U 非常清楚跟踪狂属于心理疾病，是"依存症"的一种。而在此之前，负责本案的警官、检察官以及司法相关人员，给我的反应统统都是："治疗跟踪狂？什么？"所以，单单是了解治疗的必要性，已然十分难得。沟通效率比之前高多了。在此基础上，

U 解释道："有一点必须先告诉您，A 之所以未给小早川老师回信，或许是因为，就算本人提出申请，监狱有时也不会批准。"

针对跟踪骚扰案，给犯人颁发假释许可的同时，一般也会附带禁止接触受害人的执行条件。假释期有时仅一个月左右。犯人需要与所在区域的考察官进行面谈，频率大约为每月两次。其间犯人假若不遵守附带的执行条件，便会被遣返监狱。尽管剩余的服刑期与未执行完的假释期一样长。

考察官虽有义务向受害人通知犯人的处置情况，但不能表达"据我所见，该犯精神状况不够稳定"之类的主观意见。嗯。听 U 一讲，我才明白。如若加害人自诉其精神不安定，则会建议其进入医疗机构诊治或接受心理咨询，这通常全凭考察官裁定。

也就是说，不到危险度超高的时候，不会通知我 A 的状况？面对沉默不语的我，U 说道：

"如果您无论如何都放心不下的话，就去警署，根据《反跟踪骚扰法》申请一个禁止对方接近自己的人身安全保护令，如何？就我个人经验来说，这是安全系数最高的措施。就算假释许可附带禁止接近受害人的特别遵守事项，也只适用于假释期间而已。"

《反跟踪骚扰法》。先后两次都对我不予适用。这部法律，对我来说无异于纸上画饼。然而，我仔细阅读了该项法律的条文，发现自 2000 年实施以来，"若经报告，存在损毁他人名誉、妨害他人羞耻心等行为，或经查明，存在以上行为者，皆为本法的制裁对象"。那么警方为何不对我采用本法呢？仅仅是因为我收到的信息不是通过邮件发送的（2016年该法修订之后，规定社交软件上的往来信息亦纳入取证范围），便将我排除在外，可A的行为从本质来讲，难道不正是跟踪骚扰吗？小早川老师也数度向我提到过，这件案子已足够适用《反跟踪骚扰法》。我马上找她征求意见。

老师的建议是，为了请求警方颁布人身安全保护令，除了我自己那份陈述书之外，再把藤吉先生撰写的申诉书（老师曾针对A的病态程度发表过意见），也一并提交给U考察官，请他写上一句看法。反正听我形容的口气，U是个对跟踪狂的治疗颇有了解的人，应该比较清楚A再犯的危险性。

嗯……企求对A假释时的状态，以及我的不安心情都有充分了解的四国地方更生保护委员会，给对我起诉之后的状况几乎毫不知情、也无从知情的警方，发送一份敦促其颁布人身安全保护令的文书……小早川老师，想得好乐观啊。恐怕光想想也能察觉，这事的可能性有多低。

不过话说回来，这两个机关，不，更包括检察厅与法院在内，加害人在被逮捕之后经历的每一个机构，假如都能突破壁垒，密切携作，共享信息，那么将有效防止犯人再犯的发生，作为受害人来说，也能放心得多。假如自觉办不到便不去努力，这种垂直型组织"互不干涉主义"的弊端，难道到22世纪也不会改变？U考察官的话，说不定……也许能行呢？他若是愿意出手相助，那我就能多一份底气。明白了。我去拜托他试试。

四国地方更生保护委员会，也位于高松的法务联合办公大楼内。

不管地检厅、法院还是什么部门，从高速艇码头下船，五分钟就能走到，实在万幸。说一千道一万，还是引海水入护城河的高松古城，从布局选址方面带来的福利。假如小豆岛隶属冈山县，A 是冈山县民的话，从新冈山港到市中心，坐巴士要花四十分钟呢。高松古城目前只剩下城址与护城河，整体变成了一片绿地，取名为玉藻公园。与之可以说毗邻而建的，便是地址为"丸之内一号"的法务联合办公大楼。

带着一种老熟客的心情，我在前台办好登记手续，走向电梯。出现在眼前的 U 本人，样貌是枝野幸男①与林修②加在一起再除以二。

首先，我请教了正确的刑满日期，以及万一 A 在假释期间试图接近我，委员会将采取什么对策。大约从正式的刑满日期往前回溯一个月，便是假释日。如果 A 本人承认有试图接近我的行为，那么假释会被取消，A 也会被重新收监，继续服完剩余的刑期；如果 A 不肯承认，则需要客观的证据，总之委员会将通报警方，共同商议举措。就算 A 的行为没有酿成事件，通报警方也会留下案底，所以考察官同样可以取消假释。原来如此。反正只要 A 敢接近我，就有警方兜底。

那么，以我日前的工作性质来说，有时需要在人前发言，有时要面对媒体的采访，每当这种时候，我就惊恐不安。正如 U 先生您所指点的，我计划去警署申请人身安全保护令。那么，能否请您帮我出具一个信函，针对颁发保护令的必要性，简单写几句意见呢？

"这个……凭我一己之力，是做不了决定的。对于此类案件该如

---

① 枝野幸男，日本交通委员会委员，日本民进党理事长。——编者注
② 林修，日本东进卫星教育机构讲师，曾多次出演过广告。——编者注

何应对，如今各司法机构仍在摸索当中。每个部门都有各自的职责与权限，作为我来说，只能向实际从事指导工作的保护观察所，转达您希望进行意见陈述的想法。至于向警方和法院申诉嘛……"

没有先例？

"没有呢。"

果不其然啊。我忍住了嘟囔出声的冲动。

从个人角度来说，为了自身安全考虑，凡是应该做的事，我会全部尝试一遍。至于我的日常动态，就算 A 有意识地屏蔽，不去试图了解，只要他打开大众媒体，还是有可能会接触到。所以，我很担心其中存在的危险性。我只告诉 U 考察官，如果因为害怕不安全，就主动限制自己参与公众活动，对我来说未免太不公平了。

假释前负责与 A 面谈的部门，以及 A 放归社会后如若再犯，负责对其做出处置的部门，两者之间进行信息共享与意见交换，为何就这么难？连写封信都办不到，实在令人无语。

我重新振作精神，继续表达自己的诉求。之前我一直强调，A 的违法行为对我参与公共活动，以及我的个人生活究竟带来了怎样的不便，接下来，我又具体而详细地阐述了假释为何会令我的不安升级。对于附带考验期的假释本身，我并无任何异议，单纯是出于害怕受到伤害的不安，希望能将心理治疗加入到特别遵守事项中。

"我以前也在矫正机构里工作过，可以自负地讲，过去在近畿地区，我们与医疗、福利等相关机构之间，合作相当密切。跟踪狂的病例，也见过不少。以我个人经验来说，依存症的患者即使接受治疗，本人若没有病识，也是难以为继的。"

病识……就是对自己患病的自觉吧？

"没错。想唤起对方渴望治疗、渴望改善的意愿，可谓相当困难。"

啊……

"我还未见过 A 本人。不过，面谈的时候，如果犯人不肯正视自己的罪行，认为'都怪那个女人，才害我落得如此下场'，那就说明他不会有接受治疗的意愿。业内有句话，'受害者的不存在，是一剂万能良药'。意思是说，加害者往往坚信，如果当初对方不怎样怎样的话，我也不会干出这种事来。"

没错。这句话。A 绝对也是这么想的。

"所以，在仅仅十个月的服刑当中，若问 A 多大程度上正视了自身的罪责……我想您的担忧，完全合情合理。不过，正像方才您提到的，基于精神科医生的指示，在特别遵守事项中加入心理治疗，这点我们是可以办到的。"

对跟踪案的加害人也可以吗？我听小早川老师透露，之前从未有过针对跟踪狂安排治疗的先例。

"跟踪狂也有涉及暴力或性犯罪的例子，可能性并非绝不存在。之前有过类似行为发生。只是会降一个等级，在'生活行动指针'一栏里添加安排治疗的相关意见。不过，我刚才也跟您讲过，最关键的问题还在于，保释者本人到底有多少接受治疗的动机。有的犯人会推托说没有看病的费用啊，或没有时间啊，缺乏动机的例子相当多。

如何才能提高其本人的治疗意愿，是个未解的课题，还需要花费时间……

"自去年6月起，国家又扩大了缓期执行制度的适用范围。针对有期徒刑三年以下的罪犯，可基于法官的判断，在其服刑一定期限后，将剩余数个月刑期，设为附带考验期的缓刑。因此，长期而有计划地，针对犯人实施狱外考察及干预的机会，也大大增加了。不过，您这次的案例不属于适用对象。"

啊，又不属于适用对象！怎么次次都被排除在外嘛！我也是服了。

"这个案子就算属于适用对象，法官会如何判断，我们也无从得知。不管怎么说，以当前的状况，老实讲假释期也算不上多长，考察官或保护司与犯人面谈的机会屈指可数。我们作为更生保护委员会，很难实现深度干预。毕竟在考验期内，每个月只有两回面谈。当然，在有限的接触机会里，我们也会做到认真应对。不必说，正如您设想的那样，与精神保健福祉中心或开设有心理咨询的医疗机构联手协作，无疑成效最佳。只是，刚才我也讲过，犯人若没有自愿前往的动机……以我个人的看法，作为一个现实性问题，想来这是很难彻底解决的吧。"

这么说来，虽然是在羁押期间，但A本人曾经表示过接受治疗的意愿。他亲口对负责心理咨询的小早川老师说，"期待您的联络"。当时他还立下约定，以后会与老师保持联系。关于这一点，请您也写进意见书里面吧。

意见书起草完成后，我又望着 U 的眼睛道："时至今日，在负责本案的各机构官员中，既了解跟踪狂治疗的存在，又懂得治疗跟踪狂的具体方法的人，您是我有幸遇到的第一位。以治疗的必要性为前提进行的沟通，终于又往前推进了一步。真的非常感谢。"

"以我们考察官的理解，怎么说呢，所有的依存症，其实都有治疗的必要。"

哎呀，真的，我还以为只有自己这么认为呢。为什么有人不这么想呢？简直匪夷所思。

"从国家政策层面讲，《防止再次犯罪推进法》已经立法实施，时代确确实实正朝这个方向逐步转变。过去，只要责令犯人接受刑罚就结束了，但如今却一点点改变为治疗模式。全体司法从业者都应当拥有这种意识，只是目前来看，司法从业者这方面的认识仍不够充分……另外，作为接收容器的专业医疗机构也仍然太少。"

是啊。我心说，什么时间向什么窗口提交申请，才能开启治疗，目前依然是混沌状态。就算有关部门同意安排，没有实际予以接收的医疗机构，也同样实现不了。

我在每个司法窗口不停地呼喊"治疗！治疗！"，甚至曾被报以白眼。最让我感到不平的是，与盗窃、性犯罪之类的累犯不同，跟踪狂袭击同一受害者的概率非常之高，受害者一人承受的负担非常之重，然而，司法系统采取的对策却……

"这需要受害者自身也拿出勇气，在躲避加害者跟踪的同时，持续向社会发出声音。"

确实。通过不断向社会发声控诉，让更多人意识到：怀抱强烈好感或恨意的骚扰行为等，凭自身意志力无法控制的跟踪狂症状，其实是一种病。如果这一点能够成为社会大众的常识与共识，跟踪狂本人也会对自身症状有更多察觉，从而更积极主动地寻求治疗。

我虽未主动提及，自己会围绕这些体验进行书写，但从U考察官的态度来看，仿佛是以此为前提与我展开了这番谈话。

两天后，我带着地方更生保护委员会出具的意见书、藤吉先生起草的申诉书，以及自己的请愿书，来到了小豆警署生活安全科，请求警方根据《反跟踪骚扰法》颁发人身安全保护令。G警员担心A最后发出Line消息的日子，是否在本法修订实施之日以后，他在与县警本部协商之后，回答我：可以受理。我将名誉损害案中2ch论坛的所有帖子，与Line的全部消息记录一并打印出来，提交给了警署。没过多久，我便接到了回复电话。

"县警本部的跟踪案负责人审核了您提交的材料，得出的结论是，不予颁发人身安全保护令。理由是，从口供记录等材料来看，A对您怀抱的情绪，并不符合'因好意未获回应，转而通过骚扰来发泄恨意'的评估条件。"

什么？关于雅虎伴侣上的那些攻击，还不能表明A对我怀有恨意？简直莫名其妙。

"头一回的恐吓事件，可以认定属于'好意未获满足而导致的怨恨'，但日期无法和《反跟踪骚扰法》的修订实施时间相匹配，所以无法适用。"

我更是感到莫名其妙了。

"另外，内泽女士，您还记得第一次来小豆警署报案时，做过一个测试问卷吗？那是用来判定加害者危险度的。"

记得。当时警方向我出示了 A 的犯人照，并告知 A 对我一直用的是化名，我处于巨大的心理冲击中，至于问卷到底测了些什么，我一点都没记住。

"从那个测定结果来看呢，A 的危险度算不上太高。这也是理由之一。所以本次的申请结果，是无法为您颁发人身保护令。"

啊？对一个二次犯罪过的跟踪狂，竟判断他属于"低危险度"，到底算怎么回事？最后那段时期，A 甚至扬言要闯小豆岛，不是吗？

"但话说回来，既然您一再表示担忧，那么作为一项折中方案，县警本部的警官，会与小豆警署生活安全科的负责人一同前往监狱，与服刑中的 A 做个面谈，向他提出口头警告，让他明白什么样的行为属于违法，别看本案不能适用《反跟踪骚扰法》，但还有《骚扰行为防止条例》可以约束他。而且，本次面谈也会在警方留下记录。我们与监狱方面联络，想确定一下具体的访问日期。结果被告知，A 已提交了假释申请，将在××日出狱。所以，我们会赶在他被释放的两天前过去。"

没想到啊，居然在收到检方寄送的假释通知书之前，先从警方口中得知了 A 的出狱日期。

差不多与此同时，我也收到了刑事科打来的电话："内泽女士，咱们国家有一项制度,叫'加害人处置情况通知'……"

啊,这个我在审判结束之后就申请了。目前已经收到了一些通知。

"是嘛。实际上,怎么说……就算我们想了解 A 的出狱日期,去向检方打听,也要花费蛮久的时间。所以,您直接利用这项制度,效率反而最高呢。"

我傻眼了。真的假的。别说讨论警方、检方以及更生保护委员会之间的协作互助了,单是在小豆警署内部,生活安全科和刑事科之间都还没协作起来吗?!

总之,生活安全科告知了我 A 的假释日期后,又提出想看一看我之前收到的几份通知书。我带去警署交给警员,他们一一复印,收入了档案。有劳各位费心了……我低头致谢。从警方的角度来说,起诉前一直负责案件的调查侦办,而案件一旦送交检方,别说之后的种种进展了,就连公审的结果,想详细把握据说都相当困难。在 A 被假释之前,他们愿意为我的案子费心奔波,单单这一点,在稍早之前,或许还是不可想象之事。没错,小豆警署的诸位警员,真的为我付出了许多努力。虽说警署几个部门之间没有建立起有效协作……

去高松监狱面谈的当日,生活安全科的 G 警员给我打来了电话。

"我们对 A 提出了方方面面的警告。然后……A 有几句话想告诉您,我负责转达一下。A 说保证不会再接触您,当初因为酒后失态,才做出了那样的举动,出狱后他会接受酒精成瘾症的治疗。他说自己不是跟踪狂,所以希望那位心理咨询师,叫作……小早川吧?今后别再打他的主意。"

什么？A当初对法官是怎么承诺的？岂非赤裸裸的谎言？我揣着一肚子火，打电话向小早川老师报告了此事。老师怒道："警方凭什么要为一个加害者做传声筒啊？"

对对，没错！我之前就觉得莫名来气，为的便是这一点。当然，对A我也感到愤慨至极。但是，一个死性不改、对自身罪行毫无反省及谢罪之意的罪犯，他满嘴跑火车的谎言，站在正义一方的警察，为何要客客气气地替他传话啊？

31
没有终点的战斗

在 A 被假释之前，小豆警署生活安全科的刑警，以及县警本部跟踪案的负责人一同前往高松监狱，与 A 进行了面谈，警告他不许再接触我。实在令人求之不得。对我来说，这是怎样一剂强心针哪！岛内的警察能够提前给 A 打打预防针，叫他明白"我们可没忘记你小子！"。我相信绝对会有不错的效果。换作我是 A 的话，恢复自由身以后，一想到警方随时虎视眈眈盯着自己，只要没什么顶天的大事，好歹也不敢马上造次，往小豆岛上闯。从物理意义上提高安全度，再没比这更好的措施了。

但是，回过头说，A 那些不逊的发言，到底算怎么回事？自己属于醉酒失德，根本不算跟踪？今后再也不会接触我了，所以请小早川老师别再打他的主意了？

因为服了几天刑，就觉得自己成了个清清白白的人？开什么玩笑！违约金到现在还一毛钱都没付呢。在 2ch 的镜像网站上，仍残留着 A 侮辱中伤我的痕迹。这些事情居然就给忘到九霄云外了？难道他觉得，这也算不上什么了不得的大事？连句道歉的话都没有，还说什么"别再打我的主意"？这到底是个什么人啊？品性太低劣了。

头一回恐吓事件那会儿，A 写给我的信里，也不见一句郑重致歉的话，我读完一脸茫然。这个男人，不管是得了一种名叫"跟踪狂"的病，还是得了酒精成瘾症，先后两次对我犯下绝不该犯的罪，毫无疑问，他还认知不到，错的那个人是他自己。监狱内的矫正指导，效果居然为零？他到底天天在里面做什么啊？有叠纸箱的工夫，好好教育教育他，让他反省一下自己，行不行?!

说到底，服刑本身，便是公民在破坏社会规则以后，规则的制定者，即国家对其做出的一种惩罚。而犯人在强制之下，于牢狱中度过失去人身自由的生活，则是对国家的一种谢罪。犯人支付的罚金，单纯是上缴给检察厅的。惩役也好，罚款也罢，加害人在国家力量的干预下，遭受了种种痛苦的刑罚，但若问这当中给受害人做出过哪些补偿，从刑事诉讼的角度来看，没什么值得一提的。

那么，对于受害人我，A 本人又主动给出过什么补偿吗？2ch 论坛上的删帖，不是 A 自己动手的，而是我、藤古先生以及 A 的辩护律师 Z 负责处理的相关手续，且最终还成了他减刑的理由。

而他，竟一副理直气壮的模样，对我不仅没有一句道歉，也再不提违约金分期支付的事，甚至对小早川老师傲慢地撂下话，"别再打我的主意"，之后便装作没事人，重新回归社会，继续如常生活？刑事判决中，为何不能对 A 规定一项永久性义务：无限期地负责删除所有镜像网站中无限复制的中伤言论？

警方、负责刑事审判的法官、检察官、考察官……谁也不来敦促A对我做出赔偿。据说这已超出刑事职能的范畴。意思莫非是说，剩下的事，就交给民事诉讼去办吧？真希望他们换到我的立场感受一下，被冷冷告知这一点，会有多么刺痛。那些中伤的帖子，尚未消失。哪怕带话的警员能说一句，"看样子A没有什么反省之意啊"，我好歹都会认为，警方同样也为此心有不甘。可连这点表示也没有，他们只是原封不动把A的话复述了一遍。同等对待我与A，这让我心里堵得难受。

再加上暂时躲过了一险，我的怒火开始遏制不住地往上蹿。

心里的烦闷怎么也无计消除，我把犯罪受害者协会运营的网站，还有描述受害者境遇的纪录片等，挨个看了一遍。服刑结束后，向受害者或受害者遗属诚心诚意表示谢罪，并继续做出补偿的人，几乎没有。那些背负着事件带来的精神或物理伤害，甚至留下了身体残疾，连正常生活都无能为力的人，不只加害者对他们没有任何赔偿，国家给予的补偿或照顾也谈不上到位，他们大多数都置身于痛苦当中。

四国地方更生保护委员会的U考察官，在听取我的意见时曾道：

"在发达国家中，日本对受害者的保护关照措施，真的十分落后。我们委员会，开始对受害者实施意见征询制度，也不过刚刚十年，或未到十年。"

哎呀，此话确实不假。没有对受害者的赔偿，这点且不去提。在跟踪狂案件中，也该优先考虑受害者的人身安全，以及设法帮助她们重新过上事发之前的正常生活。哦，删除网络的中伤帖，大概便是帮助她们回归旧日平静生活的第一步吧。

假释过去大约一个月后,A迎来了他的服刑期满之日。高松保护观察所给我寄来通知,作为考验期内具体情况的交代,通知书里记载了保释的特别遵守事项及生活行动指针的内容。

特别遵守事项为以下三条:

1. 包括网络活动在内,禁止对受害人进行一切接触。
2. 禁止饮酒。
3. 进行求职活动,或开始工作。

生活行动指针为一条:

1. 遵照精神科医生的指示,进行必要的治疗,或服药。

我差点没背过气去。看看这四条指导事项,就知道A一定会误解为:国家已经承认了,他是因为酒精成瘾才发的那些帖子。开庭之前,A在高松监狱羁押期间,我特地送小早川老师过去给他做了一场心理咨询,虽说只有二十分钟,但已得到他的表态,"我想接受针对跟踪狂的治疗"。然而,曾经的一切都被他翻脸不认账了。

无论如何,A死活不愿承认自己是跟踪狂。再加上本案未能适用于《反跟踪骚扰法》,于是这些命令,恐怕更使他彻底认为,"我可不是跟踪狂"了吧。我感到一阵虚脱。

但不管怎么说，凭着这张纸，A 的保释期已告结束，我能收到的通知也到此为止，A 又回归了毫无管束的"野生"状态。回过神来，我才意识到，距离他初次被捕，已经过去了七百多天。

不管 A 是怎样的状态，我要把过往的一切记录下来。虽说下了这样的决心，我却几次三番犹豫着、胆怯着，企图从书写中逃离。就这样咽下痛苦，独自在深夜饮泣吗？我茫然徘徊。选择写的话，很容易刺激到 A。协议书中规定，不止 A，我也一概不许向外透露案情，这点令我心情格外沉重。有人向我解释，协议里并未设置具体条款，写明我若违约该如何赔偿，再加上 A 违约在先，又犯了刑事罪，所以保密条款基本上形同无效。但也有人认为，严密来讲，我的创作活动亦属于违约行为。我向许多人征求了意见。

最后的结论是，我只能做好最坏打算，而后放手一搏。没有任何人能保证，A 绝对不会为此袭击我。同样谁也不能担保，我写下这本书，绝对不会招致什么不良后果。"内泽，凡事无绝对哦。"告诉我这句话，让我醒悟到这一点的，是小早川老师。

只是，我必须选择安全的写法，哪怕 A 以名誉损害为由起诉，我也绝对不能输官司。也就是说，不能在文章中指出 A 具体姓甚名谁，是何方人士。此外还有一点，必须明确表示书写受害经历，是为了公益。跟踪狂案件，已成一大社会问题。进行相关的写作，本身也具有公共性。刑法条文规定：为了公益目的，且能证明内容为真实事件，就不会受到处罚。

跟踪案中的加害者，凭自身意志力无法控制加害行为，加害者的行动具有嗜好症色彩，即陷于依存状态的人不在少数。尽管案件数量呈爆发式增长，许多人却对此全无概念。首先，我希望广泛告知全社会，狂热于跟踪是一种病。其次，既然属于疾病，仅仅给予处罚，是没有改造效果的。这样的人，只要一松绑，便会再次扑向受害者，带着汹涌的恨意，持续进行骚扰，如果仇恨不断升级，最终发展到动手杀人也未必不可能（在跟踪案中占据数个百分比）。为防止此类事件的发生，必须大声呼吁，通过医疗介入将其无害化。

再者，我身为受害者，希望向公众揭示的现状是：对待跟踪狂，该由谁，在什么阶段，通过何种方式为其导入治疗等，解决相关问题的法律与制度都惊人地匮乏。即使通过刑事立案，对其科以刑罚，跟踪狂迟早仍要回归社会。有多少受害者因此承受百般煎熬，离开熟悉的职场和居住已久的城市，放弃了结婚，从此过着隐姓埋名的生活？就连我，尽管决心不畏 A 的报复，大胆说出实情，但对自己居住的环境，平时也格外留意，尽量避免与他人的接触。因此，生活中的不便之处数不胜数。

或许，首都东京在相应的对策方面，会发展得相对完善一些吧。现实是，即便居住在偏远小岛的我，也遭遇到了跟踪狂，而岛内的警方，为我提供了热心周到的帮助。并且交谈时，从警员的话里话外也时不时可以窥见，岛内的受害者并非只有我一人，警方手中握有相当数量的此类案件（家暴案或许也包含在内）。因为身在乡下，所以更安全？这种事压根就不存在。

幸运的是，我确定了在《周刊文春》上发表连载，并会从2018年5月开始启动。杂志发售的第二日，电话就响了。是小豆警署生活安全科的E警员，他来确认一下A有没有接触过我，与此同时，问问我是否登录了110紧急报警系统。E自报家门："我4月份刚调来小豆警署，正在重读您这个案子的档案……"那个档案夹，比电话簿还要厚。

太过意不去了。110系统我已登录。万一有什么突发状况，我一定会第一时间联系警方。稍微闲聊了几句之后，我又提起了治疗的话题。

E答道："如果被受害者指出，'你病了，赶快去看病！'，加害者无论如何都会表示抗拒的吧？"

哦？莫非，这当中还有特殊的心理咨询技巧？感觉迄今为止，我所接触的所有司法人员里，E是最懂得心理学的警员，甚可信赖。

一个月后，小早川老师忽然打来电话，听到铃声我不由自主地心头一紧。据说A联络了她。这么说，我担心的最终还是来了？由于老师对谈话内容负有保密责任，所以她并没有告知我详情。但据说A读了《周刊文春》，感到气愤不已。果然不出我所料。

尽管A让小早川老师少打他的主意，但当我做出令他不满的事时，他似乎很清楚如果他直接向我抱怨，警察就会出动，所以不得不向我们唯一的交流窗口——小早川老师求助。虽没能说服A接受条件反射控制法的治疗，但当初拜托老师去高松监狱跟他面谈，实在是明智之举。

A 与老师谈话，实际等于接受心理咨询。老师运用认知行为疗法等各种咨询手段，试图解明 A 愤怒的根源。老师在著作中曾建议：当他人做出令自己感到不悦的行为时，不该通过违法手段进行报复，而应自始至终依照法律去提出控告，表达诉求。这话无疑是正确的。老师是否也告诉过 A，假如对内泽有什么不满，就走法律途径解决好了。

总之这一回，我成功避开了危险。老师说，她已设想了最坏的结果，做好了根据 A 的状态，随时联络警方的心理准备。我吃了一惊。哪怕是这样，老师都没有阻止我书写，一直从旁守护着我的创作。我从心底感动到哭泣。

在我过往的人生当中，哪怕做的事有针尖大的一点风险，都会遭到父母的彻底否定和严厉禁止。对这样成长起来的我而言，万万不曾想到的是，遇见危险时依赖并求助他人，竟如此值得放心，且让自身也日益坚强。能够委托老师代理此事，幸甚至哉。

之后又过了一个月，A 再次联络了小早川老师。据说他对我写的文章，无论如何还是接受不了。而这次，同样也在与老师谈过之后，A 平息了愤恨的怒火。

若是那时候，也能做出这样的应对该有多好。所谓那时候，是指第一回恐吓事件发生，我接受和解，放弃起诉的几个月后，A 得知我仍在小豆岛，再度为被捕一事燃起怒火的那段日子。

当时，A 联络了我谈判中的代理律师 I，可得到了怎样的回应呢？I 律师本人的说法，与口供记录中 A 的说法，两者显然对不上号。我一直认为，由于 I 律师不诚实的态度，A 才走上了犯罪的老路。

不过，要求律师对谈判对象做出心理咨询水准的回应，我想也是强人所难。他们是法律方面的专家，是基于海量的法律知识，去处理纠纷的专业人士。在刑事案件中，如果担任加害方的辩护律师，就必须设法去减轻委托人的罪状。这个职业本身极为重要，是社会生活中必不可缺的一环。说来或许太过理所当然，但他们发言的基准是：法律。愈是拘泥于法律，便愈是偏离人之常情。而人的感受，是会受态度影响和左右的。当然，律师也不尽然都是这样的类型。

接受心理咨询，是跟踪案受害人为数极少的选择之一。受害者可以寻求警方保护，或在谈判中委托律师协助，但当仅凭这些人士的力量无法彻底解决问题时，就有可能导致事态恶化。这一点，我希望能取得更多人的共识。

不过，话说回来，小早川老师究竟说了什么，竟平息了 A 的怒气呢？

"我告诉他：你对内泽女士至今还没给过一分一毫的补偿哦（即违约金的支付）。何不索性默许她的创作，把这当作是你对她的补偿呢？"

啊……必须说，能够急中生智，把这种话瞬间抛出口，老师的确是专家无疑。

之后，《周刊文春》编辑部收到过一个疑似 A 打来的电话。此人自称是案件当事人，投诉我的连载属于违法行为（违反了和解协议）。大概 A 去找免费的法律援助中心咨询过了吧。

自那以后，截至目前，A 从未接触过我。也没有发起诉讼。尽管这也理所当然，但我并未放松过警惕。

"绝对安全"，在我的人生中再也不复存在。

以下内容，我在落笔之前也曾有过犹豫，但想必本书的读者中也不乏跟踪案的受害人（自连载时起便如此），所以我斗胆写一写。在我执笔本书之际，向高松地检申请调阅了案子的刑事确定记录。所谓刑事确定记录，即判决书等公审之中产生的全部文书、案卷。公审结束后不久，这些记录便会交予检察厅保管。

只要受害人提出申请，就可以在涉及加害人隐私的部分全部用墨笔涂黑的状态下，阅览这些案卷。刑事案件的受害人，过后不管是否打算书写个人的经历，都应考虑到今后提起民事诉讼的可能性，届时仍需用到这些资料，所以我建议，最好将所有文件全部复印一份，自己留作备份。但有一点必须小心，阅览案卷之前，诸位最好在身边放几个呕吐袋，以备不时之需。

A 在口供笔录阶段对警方和检方都说了些什么呢？案卷里的内容简直不堪入目。口供书里连绵不绝，写满了比之前的恐吓消息或 2ch 上的诽谤文，还要"浓缩"几十倍的侮辱性发言（几乎清一色是与下半身相关的内容）。难道对与我之间的性事的感想，也能构成犯罪动机？针对 2ch 上的侮辱性言辞，逐字逐句地汇报当初之所以那样下笔的理由，是警方盘问下的老实交代吗？简直岂有此理。

记录里内容的污秽程度，甚至让人怀疑，这些内容作为公共机关的正式文书内容保留下来，真的没问题吗？它们甚至算不上是犯罪的理由。当时每次与警务人员会面，总能捕捉到对方奇怪的视线，有种近乎被二次强奸的感觉，我还一直以为是自己想多了。如今看来并不是。

A曾无数次让我体会到一种仿佛浑身被抹黑的屈辱感。但是，若论这些调查资料的破坏力，可谓有过之而无不及。这套口供书，可以说是第二次事件发生后，我凭自己的力量查明了IP地址，在A被逮捕后也未选择和解，而坚持提起了诉讼，因此才能有资格调阅的。如果当初我没有提起诉讼，恐怕还不知道它们是这样的内容呢。

我在床上埋头躺了三天，提不起精神做任何事。如果不是写了这本书，老实说我没有自信，能不能克制住杀掉A的冲动。

32

防患于未然，接受治疗

我无数次地想，自己到底错在了哪里？

当初要是没和 A 交往就好了。交往中，我要是该怒则怒就好了。提出分手时，我要是态度再委婉一点就好了。或许可以说，每个阶段都存在应当改善的点。然而，亲密关系里的错误，是置身其间的两人在互动之中，一点一滴、扎扎实实，逐步造就且强化的，恐怕也是最不易被当事者本人察觉的。

小早川老师接到的咨询中，也有人想求教，面对正在一步步变成跟踪狂的交往对象，该如何回复邮件才好。首先要避免高高在上的措辞；别向对方提及自己交了新男友之类的多余信息；不要和对方谈心，说一些触及感情的话等等。因为确实存在会平白触怒对方的写法，假如一心只想早做了断，然后急躁冒进地告诫对方自己会报警，这样的措辞，当然属于禁例。

如果提出分手，而对方不肯接受，接二连三发来"我要把你碎尸万段"之类的恐吓信息，受害者此时再怎么绞尽脑汁寻找合适的应答，也几乎无济于事。不如说，反而更加危险。此时，应避开直接与之对话，委托专业的第三方，如心理咨询师、律师等，由他们从中调停。具体到我的例子，在说出"我要去报警"之后，就该立刻请咨询师介入了。

然而，在这个节骨眼上，能做到干脆利落地切断联系，着手物色咨询师、洽谈、签约的人，估计也找不出几个吧？通过 Messenger 或 Line 之类的软件进行互动，对方会翻脸如翻书，一秒间变成仇敌，变成你都不认识的人。只要一句话没说好，对方便瞬间黑脸，以暴走列车般的速度，摇身化为哥斯拉。你若敢不回消息，他更是连连开炮，将污言秽语劈头盖脸地向你浇下。一旦进入这种状况，你会疲于招架，根本抽不出时间去搜索能为自己提供指导的咨询师。

再加上，身处对方的语言炮火之下，别看你自以为意志坚定、应对得当，其实也会因恐惧一点点丧失判断力、思考力以及理智，就连受害的感觉也会逐渐麻木。等回过神来时，会发现自己大脑的运作水平，连平时的三分之一都达不到。

本来嘛，在向警方求助之前的阶段，尽管已有 A 或许会变成跟踪狂的预感，但对该去找什么专业人士请教，我也完全没有方向。换作平时，至少还懂得用关键词在网上检索一二，可在那时候，恐惧会让自己的脑子彻底瘫痪。

如今，警视厅构建了防范跟踪狂受害于未然的资讯网站（CaféMizen），上面简洁地记载了公共咨询机构、电话求助窗口、援助制度等，希望受害者能第一时间参考利用。总之，应对越早越好。

不必担心"发生这么点小事就去求助，会不会给人家添麻烦"，要尽早请教，最好由专业人士对自己置身的状况作出客观评估。

另外，也有不少受害者，本身对加害者也做过一些错事，或有什么难以对外人言的苦衷。有时，这会成为阻碍受害者向外求援的原因。错事是错事，受害是受害，一码归一码，这样去思考是非常重要的。

此外，如果有朋友找您拿主意，倾诉她遭遇了跟踪狂（或苦恼于遭遇类似行为的可能性），请千万不要责备她过去做的糊涂事。她也许将在您的数落下，放弃向他人求援，从此陷入孤立。这会正中跟踪狂的下怀。希望您能评估一下朋友面临的事态，带她到公共机构的窗口求助。

除了咨询师或律师以外，您自己身为第三方，介入到朋友与加害者之间希望帮助调解，这种做法我并不推荐。加害者的骚扰行为，极有可能波及您。如果您打算参与其中，就必须做好万全的心理准备。若问我办不办得到，老实说，我心里一点谱也没有。正因如此，我才期待这个领域里的专业人士越来越多，公共机构能够更加及时有效地给予应对和指导。

最后，回首我个人的经历，我想盘点一下，该怎样将治疗纳入应付跟踪狂对策，阻碍治疗实现有什么问题点，以及有哪些急需改善之处。在这一部分，碍于我自身能力不足，再加上精神医学及法律方面的专业术语难免较多，读起来或许会比较难懂。尽管如此，我仍希望斗胆一试，因为如果您，或您的朋友、爱人、家人成为跟踪狂的受害者，而您决心自救，或施以援手，那么哪怕硬着头皮，也必须面对这个充斥专业术语的世界，否则就无法战斗到最后一刻。把这本书当成消遣读物，而读到这一页的朋友们，如果您感到无聊，尽管跳过这一章也不要紧。

自从 2016 年 6 月与小早川明子老师签订心理咨询的合约以来，我受教无数。与福井裕辉先生在 2018 年 2 月进行了近两小时的谈话后，我的不少疑问也得到了解答。福井先生目前正利用认知行为疗法，从事对跟踪狂的治疗。

对开发出条件反射控制法的平井慎二医生，我也发出了采访的请求，遗憾的是，未能获得对方的回应。那么，我就从著书、演讲，以及实际致力于推广应用条件反射控制治疗法的小早川老师的著作中摘录了一部分内容。不管怎么说，医疗方面的详细问题，还是推荐读者朋友们多多参照福井、平井两位先生的著作及个人网站主页。

对他人怀抱仇恨（有些甚至是社交网站从未谋面的粉丝），从而进行尾随、纠缠、骚扰的跟踪狂，其中有半数，都是途中通过自我克制，或收到警方的告诫，才恢复理智并停止骚扰行为的。这类人虽也属于跟踪狂，但并未达到急需治疗的程度。接到警方的告诫仍不见反省之意，不能有效自我控制，反而变本加厉，迈出违法犯罪的一步，对于这类人，则应认定其患有精神疾病，需要进行治疗。

然而，跟踪狂患的是精神疾病，是一种依存症，对他们可以进行治疗且能行之有效，关于这一点，还很难说已广为世人所知。A 第二次被逮捕的当时，即 2017 年，检察官与刑事科的刑警，听到这个观点，都还是一脸不解："啊？治疗？是怎么回事？"

在这种状况下，加害者本人很难建立一种病识，即意识到自己"患了狂热于跟踪这种病"的事实。原本来说，几乎每个跟踪狂都不会乐意承认自己是跟踪狂。但假如其本人正苦恼于"想停却停不下来"，然后得知自己其实是"生了病"，那么可以假定，他是期望接受治疗的。只是，从现节点来看，却无法简单轻松地实现这一点。

首先，能够提供这方面治疗的医院非常之少。针对跟踪狂行为，临床上有两种疗法：认知行为疗法与条件反射控制法。但这两种疗法都不单单应用于对跟踪狂的治疗。由于它们对其他依存症十分有效，才拿来对跟踪狂进行尝试，目前仍处在"发现具有疗效"的早期阶段。

认知行为疗法，是经过反复多次的心理辅导，让患者认识到自身想法与现实之间的落差，从而矫治偏差、修正认知的疗法。另一方面，条件反射控制法，则是基于人的大脑拥有动物脑（原脑和边缘脑）与人脑（大脑新皮质，即高级脑）两大中枢这一学说，先编造一个"骚扰行为必定失败"的设定，再通过几百次的重复灌输，设法植入治疗者的意识，建立起动物性脑反射，让主导骚扰行为的神经活动彻底失效。

小早川老师对峙过的跟踪狂中，据说有 90% 的人通过接受心理辅导和观想疗法，最后终止了骚扰行为。然而，在剩余的10%身上，却始终看不到成效。再者，越是抽不出时间接受辅导，加害的冲动便会越强。正当此时，老师得知了条件反射控制法的存在，通过安排患者入院治疗，终于消除了他们对受害者的接触冲动与仇恨执念。

目前，针对精神分裂症或躁郁症，一般是通过服药加以控制。我对跟踪狂治疗中，完全不需倚赖药物，只靠语言或行为来控制大脑反应的做法，不禁深感讶异。语言，不仅能使心灵坠落深渊，也可成为救人逃出黑暗的绳索。对于以言说为职业的我来说，这种治疗理念令人感到兴奋。

作为外行的一点私见，我认为：认知行为疗法，是发动人的意志与理性，通过语言，让患者理解到自身行为的失当；条件反射控制法，则是利用语言与行为，影响掌管本能反应的大脑潜意识，以达到消除冲动的目的。两种诱导机制完全不同。对于加害者，可首先令其入院，处于绝对无法实施骚扰的状态；其次，安排其接受条件反射控制法的治疗，消除掉对受害者的报复冲动后，再回归社会，继续在认知行为疗法的心理辅导中反省；最终，使其认识到"自己干了傻事，对受害者的骚扰是错误行为"。若能实现这一套流程，可谓再理想不过了。

认知行为疗法，比较广为人知，在心理咨询与临床中，应用该方法的医生与咨询师也为数众多。只是，专门用它来治疗跟踪狂的，却少之又少。据福井先生说，"全国也不过十名而已"。按照这种形势，若想配置到全国各县，还早得很。另外，就算认知行为疗法能应用于对跟踪狂的治疗，听说医保也无法报销。心理咨询每回至少九十分钟，每回都得让患者自费。假设心理咨询疗程约为一年，花费的金钱将是一笔相当大的数目。

另一方面，导入条件反射控制治疗法的医院与心理辅导机构，尽管已在逐日增多，但正式的数字尚无法把握。它们不仅大半属于门诊项目，且通常都标明为针对酒精、兴奋药物、赌博的成瘾症治疗，没把跟踪狂也算在就诊对象当中。在门诊中，如果利用"自立支援医疗制度"，自己只需负担全部费用的10%。经我确认，已配置住院设施并投入应用实践的，仅有千叶县下总精神医疗中心和另一家医院，总共两家机构而已。下总精神医疗中心可以使用国家医保。只是，若想入院三个月完成治疗，有工作的人就非得辞职不可。

没有医师资格的咨询师，也可以采用条件反射控制法。比如，在下总精神医疗中心经过一系列的诊治，消除了患者的加害冲动之后，为了维持其健康的精神状态，可以进行一些日常心理训练，有几位咨询师能够提供这方面的辅导。不过，心理咨询的费用不能走医保报销。我查阅了好几位咨询师的主页（仅限应用条件反射控制法），每小时的咨询费用，感觉通常在六千到一万日元。

在警署有备案的跟踪狂事件，2017年度共有23079件。福井先生认为，当中的10%都需要导入治疗。也就是说，大约有2300人。

我在警视厅官网的"跟踪骚扰综合对策"里查看了"加害者对策"的历年推进情况。2015年写道，"为了在各阶段帮助跟踪犯悔过重生,针对附带考验期的缓期执行人员,由保护观察所与警方通力协作,及时把握其异常动态,并给予相应处置;针对监狱服刑人员,或少管所内管教中的未成年对象,考虑其问题的性质与程度,导入并充实专门的改造项目;针对跟踪案加害人,运用精神医学或心理学的手法,实施调查研究"。

2016 年的实施状况中,可看到一句,"所需经费已计入预算书(警视厅)"。

接下来,2017 年《反跟踪骚扰法》改订之后,终于有了如下表述,"在加害者治疗中,推进警方与各地域精神医疗机构的联动"。看来 A 被逮捕的当时,警视厅已经朝着与地域精神医疗机构的协作调转了航向。

然而,经历了十个月的推进,在假释者的处置问题上,我连请四国地方更生保护委员会给香川县警写几条意见都办不到。这,便是真实的现状。这么说吧,我恰好被卡在了改善跟踪狂对策的过渡期的正中央。这要是其他方面的对策,岂不耽误大事?不过从长远来看……或许,也还有一点自欺欺人的余地。但落实到我这个案子,我只能抱头哀叹:难道是一群乌龟先生在开大会吗?能不能再抓紧点?

据 2018 年 1 月 25 日《日本经济新闻》报道,2017 年 4 月至 12 月,警方依据精神科医生的建议,安排罪犯接受治疗的案例,达 522 件。其中 70%,都遭到了拒绝。同意接受治疗的 162 人中,实际就医的有 108 人,仅占整体的 20.7%。如果将原本判定需要治疗的 2300 人视为总数,那么实际就医的百分比,仅有 4.7%。

附带一提，2016 年接受治疗的 93 人中，坚持到最后的，仅有 33 人。出狱后再犯的比例，截至 2017 年 9 月，尚未做出统计。而小早川老师负责接收，并安排入院下总精神医疗中心的 20 人，据说全员打消了对受害者的执拗关注。

这意味着，只要能将治疗贯彻到底，患者被治愈的可能性非常之高。对受害者来说，这是多大的安慰啊。每天战战兢兢、疑神疑鬼，总担心身后会不会有人尾随，连和朋友吃个饭，都害怕万一被谁拍了照片传到网上，因此要装作若无其事地把脸藏起来。每年都要更新"住民票限制阅览"的申请，这下子总算解放，再也不用花工夫去警局和市役所，处理那些繁杂的手续了。

问题在于，怎样将一个满心恨意的加害者向治疗方向引导。让一个自认为不是跟踪狂的跟踪狂，建立起病识，并走向治疗，心理辅导无论如何必不可少。看看 A 的例子就知道，与小早川老师这样的专家认真面谈后，我想许多加害者都会产生接受治疗的意愿。

另外，为将跟踪狂向治疗方向引导，而采取各种行动的，是警署的生活安全科。实际上，福井先生在面向警务系统的相关人士进行演讲时，生活安全科的警员也通常会到场。而在我的案子里，两次实施逮捕行动的，都是刑事科。危险系数高的跟踪狂，都由刑事科负责。在逮捕并移送检方期间，经手办案的刑事科刑警以及检察官们，几乎很少有谁理解治疗的必要性。照这样下去，在警方主导的情况下，恐怕很难将需要治疗的加害者安排到位。

尽管样本数谈不上充足，但有 70% 的犯人拒绝接受治疗，这一结果仍令人震惊。受害者是无法在这样的状况下安心生活的。有没有什么办法，可以在案犯本人不具备病识的情况下，将其向治疗方向引导呢？

2014、2015年度，警视厅在一项委托调查研究中（《针对跟踪案加害者采用精神医学・心理学手段进行干预治疗的调查研究》），对英国、澳大利亚、加拿大、美国、德国、意大利的应对跟踪狂对策进行了介绍。目前已经有六个国家，针对跟踪案的加害者，展开了应用精神医学、心理学手法的辅导与治疗。看看这些先进国家，"跟踪狂需要治疗"在那里早已成为一种常识。警方与临床心理从业人士、医疗机构之间的联手协作，相较日本取得了更大的进展。可以看出，甚至不必下达治疗命令，相关各机构之间也会突破组织壁垒，通力合作，为了守护受害者的安全，采取柔软、灵活的对策。

其中，我就该领域的先进国——英国的实施现状，稍微查阅了一些资料。有篇报道提到，2018年5月，伦敦成立了一个新组织。伦敦警视厅与国民保健服务系统下的地域精神医疗中心，以及一家名叫Suzy Lamplugh Trust的跟踪狂受害（确切来说是个人安全）民间援助团体，三者共同携手，实施了一系列针对跟踪狂的应对举措。将来，这样的合作组织预计在全国范围内大幅推广。与前文提到的研究报告比较来看，英国已经实现了警方与医疗机构的协同合作，而且，英国方面又在这一基础上新纳入了一家民间团体Suzy Lamplugh Trust。

这一团体的网站主页（https：//www.suzylamplugh.org），用四个字概括：精彩至极！团体组建的目的，是守护个人安全。为此，该组织在文化活动、教育培训、援助项目等方方面面，都有活跃积极的建树。具体到受害者援助制度，则开设了一条"国立反跟踪狂求助热线"，通过座机或一部分手机拨打，即可进行免费咨询。同时网站也受理邮件求助，还可以读到不少相关案例的研究资料。当然，为了防止新的受害者出现，该组织也致力于青少年教育、企业教育等。总之，该团体在每一方面皆考虑周详、照顾周到。光是读着网页，我就不禁羡慕到哭泣。跟踪狂对策方面的先进国，不仅在司法与医疗的协作上领先一筹，于其他方面也走在前列。

话题重新回到日本的现状。作为一种将跟踪狂导向治疗的手段，也可在其触犯刑法、被逮捕送检之后，由加害方的律师负责从中协调、安排。如果加害方的律师说服受害人，提出将接受治疗纳入和解条件，那么考虑到加害人中途放弃治疗的可能性，我建议受害人不要轻易撤销刑事起诉。此外还有一种做法：由检察官、法官以及接收单位的医生共同协商，在起诉之后申请保释的期间，将加害人的住所限定为医院，强制其接受治疗。

今后，如果"跟踪狂行为通过治疗即可终止"成为社会全体的一项共识，接受治疗者日益增多，那么乐于促成治疗的律师大概也会越来越多吧。

而这种条件下，治疗方法大多将会采用条件反射控制法吧。认知行为疗法，据说首先应针对具有人身自由，同时又感受到来自依存物诱惑的对象进行施治，否则便没有意义。而不断纠缠、骚扰他人，最终被逮捕的跟踪犯，保释得到批准的可能性是非常低的，受害人会想方设法阻止保释，向检方强硬申诉。

关于加害方律师积极促成治疗的方法，在《治疗的司法实践：立足于悔过重生的刑事辩护》（指宿信监修、治疗司法研究会编著，第一法规出版社）中，详细记载了不少实例。律师不是咨询师，与其去说服加害人，不如给予适当的建议，而后充当联络咨询师和医院的角色。

关于跟踪案的具体事例，虽然书中只介绍了一例，但针对兴奋药物成瘾症、偷窃癖、摄食障碍的辩护方法中，该在什么阶段与治疗机构如何协作的部分，想必还是具有借鉴意义的吧。哪怕多一位受益者也好，希望律师们能够更加积极地增添更多实例。不仅限于跟踪狂，凡是具有成瘾性的行为嗜好所导致的犯罪，犯人们都可以一边服刑，一边接受治疗。但愿这一点，能够成为世间的普遍共识。

犯人若能在公审之前接受治疗，甚至还有获得减刑的可能性，再犯的概率也可大大降低，对加害方的律师来说，绝无任何不利之处。从受害人的立场来看，对方选择接受治疗从而被轻判，虽说有违本意，但只要能够消除对方的加害意图，使其无害化，愿意选择安全生活的受害人想必还是很多的。

另外，在公审的判决中，还可以利用制度，将一部分刑期做缓刑处理，附设考验期，令其接受成瘾症的改善治疗。法官可指示加害人接受专门的医疗援助，当然需征得其本人的同意，或确认不违背其个人意愿。该制度自2016年起已开始施行。

不过，这项制度的正式名称，原本叫作"针对药物滥用等犯罪，进行部分刑期缓期执行的相关法条"。说到底,还是以药物成瘾者作为适用对象。另外,通过《更生保护法》第五十一条的特别遵守事项,也可命令犯人进入治疗,即所谓的"专门处置项目"。但是该项目,只包含性犯罪处置、吸毒及药物滥用犯处置、暴力防止、酒驾防止四个方面,目前仍尚未适用于跟踪骚扰犯。

据福井先生讲,作为防止暴力的一环,法务省已开始研讨、制定针对跟踪狂的治疗项目,但距离完成并投入应用,还有相当长一段时间。

另外,就算有定期的心理辅导,让加害者长期在家处于无约束的放任状态,多数受害者还是会表示不安。

是的,在写出下面的内容之前,我已做好被专家指责的心理准备。将跟踪狂放置在可任意对受害者进行纠缠、骚扰的自由环境中,接受认知行为疗法的心理辅导,可万一哪天他再度燃起怒火,处于脱离控制的状态,该怎么办?比如说,接受辅导的次日深夜,他无论如何按捺不住冲动,又给受害者发了邮件,而受害者在回复中一不小心触怒了他,使他在盛怒之下闯上门来……遇到这样的情况,相关人士能采取有效对策吗?

当然,治疗机构与警方、受害者之间,有着密切的联络与合作。但是,以现状来看,随时依据跟踪狂的心理状态做出应对,达成协议,及时调整保护受害者的具体手段,这样的系统,在我所见范围之内,仍然尚未形成。作为警方,只要跟踪狂没做出违法行为,最多只会提出警告。一部分跟踪狂，受到警告后对受害者的恨意反而会成倍加深。对方将理性等悉数抛在脑后，任由怒气肆意狂飙的那种恐怖，我想忘也忘不掉，至今每次想起，脑子里还会瞬间熄灯，陷入漆黑的噩梦之中。A当真勃然大怒的时候，尽管我并未实际与他见面，但仅仅收到手机信息，或有第三方从中传话，我都不寒而栗、怕得要死。实际上就算收到警告，有警方出面干涉，加害者仍狂怒不已，最终走向杀人的案例，也绝非不存在。

归根结底，我认为：不经加害者本人同意的入院措施，在非常事态下，也应纳入执法者的考试当中。此类强制入院包括处置入院与医疗保护入院两种形式。处置入院，仅限于有自伤或伤人危险的对象，只要有两名以上精神保健指定医生出具诊断，便可执行。医疗保护入院，主要针对无自伤或伤人危险，却有治疗必要的对象，可凭家人、区域政府的授意，及精神保健指定医生的诊断而实施。

只是，这里面存在一个问题。一部分"病入膏肓"的跟踪狂，虽有行为控制方面的障碍，但依然具备正常的判断能力，并不属于"认知能力丧失或低下"的状态。正因如此，审判中才能判其有罪，而受害人也希望能对其施以彻底的刑罚。假如犯有杀人等重大罪行的加害者，经鉴定属于认知能力丧失或低下状态，则可依据《认知能力丧失者医疗观察法》（2005年7月施行），命令其接受治疗。

然而，据小早川老师讲，跟踪狂拥有正常的认知能力，再加上不具备清晰的病识，因此即使有重大犯罪行为，也无法强制命令其接受治疗。即使父母将反复做出跟踪狂行为的孩子带往医院，许多时候，医生也会判断此人无病，单纯只是个爱打坏主意的家伙，不将其视为治疗的对象。

1931年，日本大审院①在某判例中，对认知能力丧失做出了定义，即"因精神障碍导致丧失了是非善恶的辨识能力，以及无法依照正确的辨识采取相应行为的状态"，而认知能力低下，则是辨识能力"显著减退的状态"。平井医生据此判例，发表了自己的见解，他认为：即使拥有判断能力，但只要不具备行为控制能力，就应当认为其人患有精神疾病（《论反复行为者，或反复进行同一违法行为的疾病性与有责性》，《医疗广场》2017年7月号）。

也有些医生，将狂热于跟踪者诊断为人格障碍者。在这类人格障碍者之中，一些人厌恶或仇恨的对象，不仅限于某个特定的他者。他们认定"自己的失败与不得志全都怪社会"，或"都怪那些有毛病的人"，因此会走向大量无差别杀人的极端。每当发生震惊整个社会的大事件，民众集体陷入恐惧的熔炉时，大家总会掀起轰轰烈烈的讨论：为何制止不了这些危险分子的极端行为？

他们与跟踪狂拥有相同的精神构造。但在现行制度之下，即使有心在酿成惨事之前，将其送入医疗机构，也找不到有效途径。他们患上了"不属于精神病的精神病"，面对这样的犯罪者及犯罪预备军，国家已到了一个需要认真扩充对策及治疗机构的时期，不是吗？

与小早川老师自2013年便开始合作的下总精神医疗中心，将行

---

① 大审院，日本最高法院的前身，创立于1875年，主要负责民事诉讼和刑事诉讼案件的终审。——编者注

为控制能力障碍也认定为精神病，接受此类患者入院治疗，在全国医疗机构中，属于鲜有的个例。有些跟踪狂尽管本身没有病识，但在小早川老师签约的导医人员带领下来到医疗中心，听到平井医生说，"您拥有正常的判断力，但行为控制能力却存在障碍"时，据说都会表示接受。

治疗行为控制能力障碍的有效药物，现今并不存在。无论认知行为疗法，还是条件反射控制法，效果虽然已被知晓，但目前治疗的体验者也还太少。

尽管如此，身为一名受害者，既然两种疗法的效果皆已获得业界人士的肯定，我甚至希望A能两种治疗各来一遍。如果还存在其他划时代的治疗方法或尖端药物，我也希望能拿到A身上试一试，正像癌症患者会同时采用化疗、手术切除、免疫疗法、抗癌药物等各种治疗手段一样。这样说不晓得会不会有点粗暴，但我们受害者，就是这么迫切盼望着能够消除跟踪狂对自己的恨与执念。

A尚未被逮捕，每天逍遥自得、无拘无束地在2ch上发帖骂我那会儿，如果他采取某种屏蔽措施，让我无法追踪和查明IP地址的话，我提出刑事起诉的计划，也就不得不泡汤了。万一那种情况发生，我又能如何对抗呢？我曾绞尽脑汁地思考，能对A施加影响，为我提供助力的人会是谁呢？当时，我好不容易想到的一个人，是为A治疗抑郁症的心理医生。当他经过问诊，给A开出精神类药物的时候，就没察觉A有什么异常行为吗？

后来，在审判中才弄明白，原来A每晚服下精神类药物的同时，还会大量饮用啤酒，接着才去网上发帖。我甚至有种感觉，仿佛医生开这些处方药，目的是用来协助 A 完成骚扰。真是满肚子火也无可奈何。医生对患者的违法行为，就没有提醒或告诫的义务吗？

《给精神障碍型恐怖分子的处方笺》（吉川圭一著，近代消防社）中，刊载了一篇对日本国立研究开发法人、国立精神神经医疗研究中心藤井千代部长的访谈。"相模原精神障碍者杀伤事件"的犯人，因行为表现出危险倾向，而被认定具有伤人可能，通过处置入院接受治疗后，被诊断风险解除，他回到原地域，最终却做出了犯罪举动。著者针对该事件提出质疑，询问处置入院的风险解除审查，是否应当遵循更为严厉的标准，而藤井部长却数度答道："《精神福祉法》的实施目的，在于对精神障碍的治疗，基本将重点放在辅助精神障碍者复归社会上面，并未纳入防止犯罪的视点。"我对这番说辞，不禁深感忧虑。

我向福井先生请教，如果患者有违法行为，医生会如何处理。

"当然会介入并干预，指导其放弃此类念头。医生同时具有守密与通报两项义务，该以哪个为优先，并没有明确的基准，总是具体情况具体对待。如果医生预见到患者有实施犯罪行为的危险，就会通报警方。但假如患者自诉，昨天给骚扰对象发了封邮件，则无须通报。如果患者提到，昨天干了一票明天还要再干，那就得明确提出制止，告诫他'这样不行'，万一患者仍坚持要干，这种情况，通报就是必需的。

"关于再犯问题，每位工作人员都会严密记录患者的发言，留下文本，通过仔细思考、分析文本，来判断患者有无再犯可能，并在此基础上，决定是否解除守密义务，知会警方。"

福井先生这番话，既让我感慨医生做出判断有多难，同时也使我因其中的诚意而感到获得了拯救。这么说来，平井先生也曾在讲座中提道，通过心理咨询中与药物依赖症患者的互动，来判断是否应当通报警方，其实是相当困难的一件事。但平井先生的口吻中，也流露出一丝希望在治疗患者的同时，令世间更美好的想法。

如果今后不能令加害者接受充分的治疗，仅仅给予处罚后便对其撒手不管，正如前文所述，大概就只能期待给他们装上 GPS 电子脚镣，阻止其从物理意义上接近受害者了吧。但是像 A 这样，哪怕实际生活中并未闯上门来，可以用来骚扰我的方法也一抓一大把，即便阻止他直接靠近我，也很难认为，这样做会提高我作为受害者的生存与生活质量。

福井先生对于强制性犯罪者佩戴电子脚镣，表现出质疑态度，但认为对跟踪狂采取该防范措施，会有不错的效果。理由是，性犯罪者的施害对象为幼儿或女性，尽管有细致的分类，却仍旧是不特定的多数。即使通过 GPS 确定了犯罪者的具体位置，也无法借此情报来提前预知犯罪。而另一方面，跟踪狂行动指向的目标，却是清楚明确的某一个人。只要其靠近受害者的半径五公里以内，各有关部门便会进入警戒态势，受害者的生命危机，也会得以解除。

佩戴电子脚镣也好，非同意状态下入院也罢，都因牵涉到人权问题等，遭到了社会人士各种各样的阻挠。这我可以理解。但是，身为受害的一方，不得不抛弃过往正常平静的生活，妥协于残酷的现状，显而易见是不合情理的。与犯罪加害者一样，我期待受害者的人权也能获得尊重。我认为有这样的诉求，实属天经地义。拜托请让我们受害者，也能脱离恐惧不安，安稳地过上正常的日子。

话说回来，正如谁都有可能沦为受害者一样，谁也都有概率因为小小一点龃龉或失和，便向对方发起过度的攻击；或是对某个人抱有好感，就去偷窥对方的社交账号，悄悄曝光人家的隐私，并以此为乐，等回过神来时，已陷入成瘾模式无法自拔。由于某个正常手续的一环，而得知了他人的住址，就用谷歌街景好奇地偷偷查看的人，不是也挺多的吗？这样的行为，我认为也有十足的危险性，很可能会发展为跟踪狂。

就连我自己，如果不是遭遇本次事件，有了受害者的亲身体验，对《反跟踪骚扰法》也谈不上有什么了解，万一和什么人发生了激烈争吵，一时血气上头，向对方发送大量愤怒信息的可能性，也并非为零。

成为受害者的今天，我才以切身的体会，认识到邮件、聊天软件等是多么危险的东西，极有可能被用来给对方制造无尽的恐惧。只要一想到 A 也许会越过网线，在现实之中接近我，我就惊恐到难以呼吸。同时，关于向对方做何种举动属于违法行为，我也比一般人了解得更为详细。窃以为，今后我去骚扰别人的概率一定极低。

尽管如此，万一哪天回过神来，发现自己竟不知不觉站在了加害者的一方，该如何是好？毫无思想准备地，谁都不肯再听你的任何解释，政府也不向你提出治疗建议，二话不说强行给你戴上电子脚镣，或把你朝医院里一丢，谁能受得了这种对待？说一千道一万，这完全是最坏情况下的应对措施（再次声明：遭遇跟踪狂的受害体验，就是恐怖到会使人忍不住去设想这些极端状况）。首先，应该在现实层面，彻底做到如下几个方面：认真施行受害者的保护措施；通过心理辅导等手段，降低跟踪狂的加害冲动，必要时，还应切实令其进入医疗机构接受干预，随时且持续观察其心理状态，但凡有一丝危险，就应向受害者的守备系统及时反馈。正如前文所述，这些举措，都已在多个先进国家予以实施。在日本，想做到也绝非不可能。

以上，是我以一个外行人的立场，针对导入医疗手段应对跟踪狂的问题，尝试进行的一点探讨。回到原点，最终极的应对跟踪狂的对策，说到底还是提前做好预防措施。这对此刻并未有任何受害体验，尽情享受平稳生活的绝大多数读者来说，是可以立即实行的。假如在跟踪狂的心理状态尚未达到必须治疗的疾病水平之前，在酿成必须实施逮捕的事件之前，只要其人表露出一点失控的迹象，就立即向合适的人员或单位进行咨询，而负责咨询的人员与机构能够给出正确无误的回应，我相信，有大量事件都是可以及早平息或避免的。

我在自己的事件中，犯了不少错误。回头想来，净是些令自己脸红的愚蠢操作。读着这本书的原稿，也数度涌起将它付之一炬的冲动。这简直就是一部个人的黑暗历史嘛，并且还是"黑洞级"的。

除了激怒 A，把他变成一个跟踪狂以外，身为刑事案件的受害人，我对各相关机构都在哪些方面、除法律之外基于何种规则行动或拒绝行动，彼此间又是如何信息隔绝、缺乏合作，全都一无所知，直到最后的最后才有所了解，可以说遭遇惨痛。

然而，我依然活着。尽管一颗心支离破碎，我的身体至少仍完好无损。用来敲电脑的手和眼全都无恙。也还能正常说话。我心里明白日本的警视厅、法务省，都在为应对跟踪狂的对策的完善而努力行动。我受恩于此，也倍觉感激。然而，太迟了。在受害者被刺伤、身亡后，才大幅推进法律的改订，这样的前例，令我渴望去改变现实。怀抱这样的心情，我写下了本书的内容。正因如此，我对读到这一页的诸位表示感谢的同时，也强烈希望大家能够意识到"明天或许便是我"（意为每个人都有沦为受害者或变成加害者的可能），从而理解对跟踪狂事件的加害者，不仅该科以刑罚，更必须给予治疗。

后记

终于跋涉到了提笔撰写后记的这一刻。何其漫长。

不设法把这份体验记录下来,不吐尽胸中块垒,今后我将再也写不出任何东西。然而,书写令我恐惧。我恨不得能忘掉一切,从书桌前逃离,装作什么都不曾发生,缩进自己的壳里。但话说回来,作为跟踪狂事件的幸存者,不去书写受害者体会到的那份绝望,我又有何可为?置身矛盾的旋涡,抱着两难的心情,我走到了今天这一步。

我绝不是个坚强的人,在人际交往中也未免显得笨拙,甚至连看人争执都感到不适,害怕与任何人发生争端。可惜,我却遭受了异常严重的骚扰与侮辱,不知不觉间,沦为一名跟踪狂的受害者。仿佛在毫无准备的情况下,被强行推上了拳击台。许多犯罪案件的受害人,一定也是恍惚之间就成了受害人吧。而且原以为抗争的对手,仅仅是加害者一人,谁知现实却并非如此。打交道的各方人士,也分不清是敌是友。不,虽说称不上是敌方,却令你心生疑窦,不禁开始琢磨对方到底算不算值得自己依赖的人。一切都混沌不明。与机构、制度、法律条文，以及背负潜规则或各种条条框框的人打交道，每一个回合都举步维艰，且过程没完没了。而所做的一切，仅仅是为了捍卫自己的尊严。

仅凭自己一人之力，我走不到今天。谨向以下提到的每一位友人，奉上衷心的感谢。考虑到或许会给对方带去困扰，我无法透露大部分朋友的真名，也不得不改变对他们特征的描述，以免暴露他们具体的身份。

居住在小豆岛，以及分散在东京或其他各地的友人们，为我提供了数不清的帮助。当我以为发生这种倒霉的事情，就算别人避之不及我也无可奈何时，是你们向我伸出了温暖的援手。在此表示感谢。希望将来有天能报答你们的恩情。

小豆警署的诸位警员们，仍以现在进行时的状态，对我照顾有加。今后也请诸位多费心了。尽管在对跟踪狂与家暴事件的处理上，我认为还有进一步完善的必要，但诸位仍以超出我想象的耐心，对我做出了细致周到的回应与保护。尤其是 Y 警员，为了执行逮捕，竭尽全力搜集证据，付出的辛劳令我没齿难忘。

以名誉损害罪实施逮捕的关键推手，查明发帖人 IP 地址的律师藤吉修宗先生，为我提供了大量协助，甚至从开通连载到撰写本书，所有法律术语的检查修改，也是藤吉先生代劳的。谢谢您。

此外，当我孤立无援，只能独自与 A 对峙的时候，为我提供内容证明寄件地址的杂志社编辑，向您提出那样任性的不情之请，实在抱歉。

而最需要提及的，还是咨询师小早川明子老师。是您与我签订合约，挺身周旋在加害者 A 与我之间，使我有了书写的动力和勇气，让我理解到为加害者导入治疗的必要性，并得以在本书中涉及这方面的内容。能够邂逅发自内心信赖的专业人士，对我的助力委实巨大。感谢您。今后也请多多指教。

在我提笔记录自己的受害体验时，曾一度认为：想确保一个书写、发声的场域，恐怕将困难重重。毕竟会有哪家媒体，愿意刊载这么没有爆点的事件呢？何况还有和解协议的制约。以前曾提交过选题策划方案的新谷学先生，后来升任了《周刊文春》的总编，我抱着试一把的心态，给他写去了邮件。原本的想法是，倘若机会凑巧的话，说不定他能给我介绍个月刊之类的发表园地，谁知四小时后他便发来了回复，"在我们杂志开连载吧"，令我大吃一惊。真是一剂强心针。可话虽如此，对于在业界的角落里游手好闲的我来说，在周刊上开连载，门槛未免太高了。从事件中振作起来，也需要时间。幸而得到石井一成先生的鼎力协助，我才好歹抓住了内容的大致轮廓，顺利开始了连载。谁知一拿起笔，就再也停不下来，在很长的一段时期里，给责编丰田健先生添了不少麻烦。再加上无论如何我都希望增添最终章的内容，也让出版此书的山本浩贵责编一直等到了截稿的最后一刻。在每位编辑正确而又客观的建议下，我才有幸完成了这本尚且值得一读的作品。最后，为本书封面设计题字的平野甲贺先生，真的非常感谢！

衷心祈祷，这本书在未来会成为过时的笑谈。希望针对跟踪案加害者的治疗，以及针对受害者的援助及预防对策，皆能尽早充实完善，哪怕早一天也好。

2018 年 2 月

内泽旬子